我和我的翻译

没有爱情可不能结婚

孙致礼译文自选集

孙致礼 译著

中国出版集团
中译出版社

丛书编辑说明

“我和我的翻译”系列丛书由罗选民教授担任主编，第一辑遴选了12位当代中国有影响力的翻译家，以自选集的方式，收录其代表译著篇目或选段，涵盖小说、散文、诗歌等多种体裁，涉及英、德、法、日、西、俄等多个语种，集中展示了当代翻译家群体的译著成果。

丛书篇目及选段大多是翻译家已出版的经典作品，长期受到读者的喜爱和追捧。每本书的译者不仅是知名翻译家，还是高校教授翻译、文学课程的名师，对译文的把握、注释、点评精辟到位。因此，这套丛书不仅具有一定的文学价值，同样具有较高的收藏价值和研究价值，是翻译研究的宝贵历史语料，也可作为外语学习者研习翻译的资料使用，更值得文学爱好者品读、体会。

书稿根据译者亲自校订的最后版本排印，经过了精心的编辑，主要包括以下几方面的处理：

一、译者及篇目信息

1. 丛书的每个分册各集中展示一位翻译家的译著面貌，文前增添翻译家自序，由译者本人对自己的翻译理念、自选作品的背景和脉络等进行总体介绍。

2. 每篇文章都注明了出处，读者可依据兴趣溯源阅读。

3. 根据各位翻译家对篇目的编排，章前或作品前增添导读，由译者自拟，解析原著内容和写作特色，帮助读者更深入、全面地理解文本。

4. 书后附译著版本目录，方便读者查找对照、进行延伸阅读。

二、译文注释与修改

1. 在译文必要的位置增加脚注，对一些陌生的表述，如人名、地名、书名等做了必要的注释，有助于读者理解术语的文化背景及历史渊源。

2. 遵照各位翻译家的意愿，书中有的拼写仍然保留了古英语的写法和格式，原汁原味。

3. 诗歌部分，考虑其翻译的特殊性，可探讨空间较大，并且具有英文阅读能力的读者较多，特将原文为英文的诗歌，以中英双语形式呈现。

由于编辑水平有限，书稿中肯定还存在一些不足之处，望各位读者批评指正。

丛书总序

百年征程育华章　薪火相传谱新曲

翻译是文化之托命者。翻译盛，其文化盛，如连绵数千年的中华文明；翻译衰，则其文化衰，如早已隔世、销声匿迹的墨西哥玛雅文化、印度佛教文化。文化传承，犹如薪火相传；静止、封闭的文化，犹如一潭死水，以枯竭告终。

翻译是思想的融通、心智的默契、语言的传神。化腐朽为神奇是翻译的文学性体现，化作利器来改造社会与文化乃是翻译的社会性体现。前者主要关注人性陶冶和慰藉人生，个性飞扬，神采怡然；后者主要关注社会变革和教化人伦，语言达旨，表述严谨。在清末的两类译者中，代表性人物是林纾和严复。林纾与他人合作翻译了 180 余部西洋小说，其中不少为世界名著，尤其译著《茶花女》赢得严复如下称赞："孤山处士音琅琅，皂袍演说常登堂。可怜一卷茶花女，断尽支那荡子肠。"[1] 严复则翻译了大量西方的社会学、政治学、经济学、法学、哲学等方面的著作，是中国近代重要的思想启蒙家，其译著《天演论》影响尤为深远。该书前言中提出的"信、达、雅"翻译标准对后世影响

1　严复，《甲辰出都呈同里诸公》。

很大。严复本人也因此被誉为中国近代史上向西方国家寻找真理的“先进的中国人”之一。

此后百余年，我国出现了一大批优秀文学翻译家，如鲁迅、朱生豪、傅雷、梁实秋、罗念生、季羡林、孙大雨、卞之琳、查良铮、杨绛等。他们的翻译作品影响了一个时代，影响了一批中国现当代文学家，有力地推动了中国现当代文学的创新与发展。

余光中先生有一段关于译者的描述：“译者未必有学者的权威，或是作家的声誉，但其影响未必较小，甚或更大。译者日与伟大的心灵为伍，见贤思齐，当其意会笔到，每能超凡入圣，成为神之巫师，天才之代言人。此乃寂寞译者独享之特权。”[1] 我以为，这是对译者最客观、最慷慨的赞许，尽管今天像余先生笔下的那类译者已不多见。

有人描述过今天翻译界的现状：能做翻译的人不做翻译，不做翻译的人在做翻译研究。这个说法不全对，但确实也是一个存在的现象。我们只要翻阅一些已出版的译书就不难发现词不达意、曲解原文的现象。这是翻译界的一个怪圈，是一种不健康的翻译生态现象。

作为学者、译者、出版者，我们无法做到很多，但塑造翻译经典、提倡阅读翻译经典是我们应该可以做到的事情，这是我们编辑这套丛书的初衷。编辑这套丛书也受到了漓江出版社的启发。该社曾开发“当代著名翻译家精品丛书”，出了一辑就停止了，实为遗憾。

本丛书遴选了12位当代有影响力的翻译家，以自选集的形式，收录译文、译著片段，集中反映了当代翻译家所取得的成绩。收录译文

1　余光中，《余光中谈翻译》，中国对外翻译出版公司，2002。

基本上是外译中，目前，外国语种包括英语、俄语、法语、德语、西班牙语、日语。每本书均有丛书总序、译者自序，每部分前有译者按语或导读。译丛尤其推崇首译佳作。本次入选的译本丛书可以视为当代知名翻译家群体成果的集中展示，是一种难得的文化记忆，可供文学和翻译爱好者欣赏与学习。

如今，适逢中国面临百年未有之大变局之际，中译出版社的领导高度重视，支持出版“我和我的翻译”丛书，可以视为翻译出版的薪火相传，以精选译文为依托，讲述中国翻译的故事，推动优秀文化的世界传播！

罗选民

2021 年 7 月 1 日于广西大学镜湖斋

译者自序

我于1960年开始学习英语，1963年做起了翻译梦，但我真正动手翻译英美文学作品，还是在改革开放后的第二年，也就是1979年，至今恰好过去了四十多年，我总共出版了20余部英美文学经典作品和现当代文学名著，其中大多数已成为众多出版社争相出版的畅销书。

我着手做翻译时，译坛涌现了许多翻译流派，我给自己定下一条规矩：不跟定某一派，而要“博采众长，自成特色”。我先是赞赏卞之琳先生的“亦步亦趋”和王佐良先生的“一切照原作来译”，后来由于我主要是翻译小说，因而又更看重严复的“信、达、雅”，并且明确地以杨必、张谷若等译家为榜样。这样翻译了十来年之后，我渐渐发现老一代翻译家的优秀译作大多只畅销了二三十年，便纷纷退出了图书市场，我自己的译作虽然受到读者的青睐，有人也略感觉有点刻意求雅、爱用四字结构的倾向。

自1993年起，我开始带翻译研究生，接触了西方的翻译理论，逐渐开阔了视野。我经过反复考察，意识到我国1870年到1970年之间的外国文学翻译，走的基本是一条“以我为主、为我服务”的翻译路线，致使不少译者对原著缺乏应有的尊重，往往采取归化为主的翻译策略，无形中忽视了对原文意蕴的精确传达。实际上，“信、达、雅”并不是个科学概念，而是一个悖论。“信”字虽然在先，但凡是翻译都要“信、达、雅”，原文不“达”不“雅”，也要译成“达”“雅”，那岂不是不“信”吗？正是在“信、达、雅”的驱动下，许多翻译家在翻译实践中重“雅”轻“信”，喜欢搬用现成的汉语表达方式来套译，妨碍了翻译的忠实性和创造性。让我们看看二十世纪五十年代《傲慢与偏见》中的一个典型译例。

I had not known you a month before I felt that you were the last man in the world whom I could ever be prevailed on to marry. (Jane Austen: *Pride and Prejudice*, Ch.2, V. II)

译文一：我还没认识你一个月，就觉得哪怕天下男人都死光了，我也不愿意嫁给你。（王科一）

译文二：我还没有认识你一个月，就觉得像你这样一个人，在天下的男人中我最不愿意和他结婚的就是你。（王译本修订版）

拙译：我认识你还不到一个月，就觉得哪怕我一辈子找不到男人，也休想让我嫁给你。

傲慢的男主角达西第一次向女主角伊丽莎白求婚时，正是伊丽莎白对他偏见最深的时候。王科一撇开原文的表达方式，推出了“哪怕天下男人都死光了，我也不愿意嫁给你”的译文，不少中国读者可能会拍手称快，甚至称之为“神来之笔”。但是，熟谙英国文化的读者势必会发出质疑：“死”在英国是个禁忌语，有身份、有素养的人是说不出口的，可是伊丽莎白不仅说出口了，还要咒“天下男人都死光”，这句话严重损害了女主角的形象，有人难免会问：难道达西会向这样一个出口粗俗的女人求爱吗？王译本后来的修订者看出了这个译文的失当，将之改为“在天下的男人中我最不愿意和他结婚的就是你”，本该是一句斩钉截铁的厉声拒绝，却给译得过于生硬拗口，完全失去了原著的气势。轮到我翻译时，我仔细琢磨了奥斯丁的原文，将之对应地译成“哪怕我一辈子找不到男人，也休想让我嫁给你”，似乎既跟原文意蕴契合，又保持了原文的气势。

从 1993 年到 2005 年，是我带着翻译实践和翻译研究中遇到的种种问题，向西方翻译理论寻求“真经”的十多年。这其中，对我影响较大的是三位学者的翻译理念：一是韦努蒂的尊重“他者”、尊重差异的异化翻译观；二是本雅明的意指方式交融互补的“纯语言”翻译观；三是纽马克的“译无止境”论。有这样的翻译理念作借鉴，我渐渐形成了一套全面求“信”的翻译观。所谓“全面求‘信’”，就是既要忠实地再现原作的思想内容，又要如实地展示原作的写作风格和审美效果，使译作成为名副其实的原作的“回声”。为达此目的，我给自己订下了这样几条原则：一要充分地尊重原作者，二要尽可能照原作来译，三是把“文化传真”视为文化翻译的基本原则，四是把契合视为文学翻译的最高境界。

从 2006 年到 2019 年，我有了自成体系的翻译观，不仅用来驾驭我后几部译作《永别了，武器》《老人与海》和《瓦尔登湖》的翻译，而且以它们为座右铭，一次次地修订了十几本旧译，使之面目一新。

下面，我具体地谈谈我的四个翻译理念。

一、充分尊重原作者

我所翻译的 20 余部英美文学名著都是我十分喜爱、十分推崇的作品，其中有好几本，我认为是十全十美的，一字不多，一字不少，一字不可易。基于这个事实，我在翻译中确立了一个基本态度：充分地尊重原作者，力求忠实地再现作者所创造的艺术世界。

所谓充分地尊重原作者，首先要彻底读懂原作，对之做出精确无误的传译。凡是没有把握之处，或发现可疑的地方，就应该尽最大努力，把问题搞清楚，把误译纠正过来。

Mrs. Jenkinson ... was entirely engaged in listening to what she said, and placing a screen in the proper direction before her eyes.（Jane Austen: *Pride and Prejudice*, Ch. 6, V.II）

拙译一：詹金森太太……光顾得听德布尔小姐说话，而且挡在她面前，不让别人看清她。

拙译二：詹金森太太……光顾得听德布尔小姐说话，而且挡在她面前，不让炉火烤着她。

德布尔小姐是个病病恹恹的贵家千金，詹金森老夫人是她的忠实"侍伴"，她挡在小姐前面，究竟是挡什么？中国译者没有体验，很难想象。1989 年初译时，我译作"挡在她面前，不让别人看清她"，我自知有点牵强附会，继续寻觅了多年，后来看到了企鹅版的注释，我才恍然大悟：原来，詹金森太太是在给德布尔小姐遮挡炉火，"不让炉火烤着她"。这才是对一个忠实仆人的真实写照！

与尊重原作者相反，以想当然代替严谨的科学解读，甚至望文生义，天马行空，都有悖翻译的伦理，是万万要不得的。请看下例：

It gave Joseph satisfaction, apparently, to watch him go the worst lengths: he allowed that he was ruined: that his soul was abandoned to perdition; but then, he reflected that Heathcliff must answer for it. Hareton's blood would be required at his hands; and there lay immense consolation in that thought. (Emily Bronte: *Wuthering Heights*, Ch.4, V.II)

译文一：很显然，眼看着孩子坏到了不能再坏的地步，约瑟夫感到心满意足。他承认，这孩子是毁了，他的灵魂是没救了，可是他又想到，这笔账都该算在希克厉头上。哈里顿需要有血气，那就得靠他来指点了；这么一想，他就得到极大的安慰了。

拙译：显然，眼看着他坏到极点，约瑟夫觉得颇为得意。他承认，这孩子给毁了，他的灵魂沉沦了。不过他又想，这得由希思克利夫负责。哈雷顿的堕落是他一手造成的。想到这里，他感到万分欣慰。

本例中的译文一引自一位资深翻译家的译作，译者把 Hareton's blood would be required at his hands 译成"哈里顿需要有血气，那就得靠他来指点了"。其实，该语是英语成语 have one's blood on one's hands（对某人的死亡或灾祸应负责任）的变体，因此本人将之译作"哈雷顿的堕落是他一手造成的"。而尤为令人惊异的是，在该位前辈的《呼啸山庄》译本中，诸如此类的译例还可以找到多处。

违背作者的意图，对原作做出错误甚至荒谬的传译，都属于翻译中的硬伤，能给译作带来无法挽回的损失。试设想：如果一部译作中有众多"指鹿为马"式的误译，那它还能称得上是一部好的译作吗？不仅不能，而且会引起读者的"信任危机"。因此，译者做翻译，首先要透彻地理解作者的意图，并力求对原作的意指对象做出准确无误的传译。

译者应该充分尊重原作者，那他该如何把握译作的风格呢？我开始英美文学翻译时曾表示赞同这样一个说法：译作的风格应是“原作的风格加上译者自己的特色”（孙致礼，1949—1966：我国英美文学翻译概论，译林出版社，1996：代前言）。我不仅是这样说的，而且在很长一段时间里，也是试图这么做的。但是，2011 年我翻译海明威的《老人与海》时，在风格上似乎完全“归顺”了海明威，一心只考虑如何再现海明威的风格，完全意识不到自己风格的存在。也就是说，我最大限度地尊重海明威，尽量把自己“埋没”起来，尽量照原作来译。比如《老人与海》中老人与小男孩几句对话：

“... How much did you suffer?”

“Plenty,” the old man said.

译文一：“……你吃过多少苦啊？”

“一言难尽。”老人说。（海观）

拙译：“……你吃过多少苦呀？”

“可不少。”老人说。

原文语言极其简练质朴，译界前辈海观将 plenty 译为“一言难尽”，曾受到好评。但这里有一个不容忽视的问题：海明威笔下的硬汉都“长于行动、弱于言辞”，既不会说大话，也不会发感慨，硬把“一言难尽”这样的汉语成语放在他嘴上，似乎有点欠妥，我坚持作者的风格，译作“可不少”。

我的《老人与海》交稿后，我又专门花费了一年多的时间，修订了我的旧译中刻意显露自己风格的译文，清除了不应有的四字结构。

二、尽可能照原作来译

“一切照原作来译”是王佐良先生提出的一个见解，他说：“一切照原作，雅俗如之，深浅如之，口气如之，文体如之”（王佐良，翻译：思考与试笔，外语教学与研究出版社，1989：3）。要做到“一切照原作”，就是要在深刻理解作者意图的基础上，忠实地传达原作的意蕴和风格。特别是对于原著的表意方式、修辞手法乃至句法结构，如有可能，应尽可能照原作来译，因为这种译法产生的译文有可能最忠实于原作，也最可能展现原作的风采。

On the morning of a fine June day, my first bonny little nursling, and the last of the ancient Earnshaw stock, was born.（E. Bronte: *Wuthering Heights*, Ch.8, V.I）

译文一：6月份一个阳光明媚的早晨，厄恩肖这个古老世家的最后一代继承人出生了，这是第一个我亲自喂养的孩子。

拙译：六月份一个阳光明媚的早晨，我要抚养的第一个小宝宝，也是古老的厄恩肖家族的最后一根苗，出世了。

这是勃朗特《呼啸山庄》中的一句话，作者的遣词造句非常考究。句子开头是一个时间状语，接着是两个较长的主语结构，最后出现短短的谓语动词，意在制造一种悬念。译文一的译者根据自己的喜好，遣词造句“另起炉灶”，也就失去了原文的韵味。拙译则严格采取勃朗特的遣词造句方式，从“第一个小宝宝”，到“最后一根苗”，最后是“出世了”，展示了原句的悬念笔法。

2002年，我在《中国翻译》上发表了一篇论文《中国的文学翻译：从归化趋向异化》。（孙致礼，中国的文学翻译：从归化趋向异化，中国翻译，2002（1）:40–44）这么多年过去了，我的异化观念不仅没有淡薄，反而有所加强，不信请看《傲慢与偏见》中的这个译例：

All Meryton seemed striving to blacken the man, who, but three months before, had been almost an angel of light.（Jane Austen: *Pride and Prejudice*, Ch.6, V.III）

拙译一：三个月之前，威克姆几乎**被人们捧上了天**；三个月之后，仿佛全梅里顿的人都在诋毁他。

拙译二：三个月之前，威克姆简直是个**人见人爱的光明天使**；三个月之后，仿佛全梅里顿的人都在**诋毁他**。

拙译三：三个月之前，威克姆简直是个**光明天使**；三个月之后，仿佛全梅里顿的人都在**黑他**。

威克姆是个和颜悦色，内里贪图女色的邪恶青年，他勾引女主角的妹妹跟他私奔后，作者写了这样一句话。拙译一：1989 年初译时，在国内尚且查不到 angel of light 的准确意思，我便采取了打马虎眼的意译法，将之译成“被人们捧上了天”，虽然不能说完全不靠谱，却有点望文生义之嫌。拙译二：后来查明了 angel of light 的意思，便将之直译成“光明天使”，但此语并非给世人带来光明之人，而是指令人高兴、招人喜爱之人，所以我在前面加了个“人见人爱”，虽然意义明确了，但附加注释未必是上策。拙译三：仍把 angel of light 直译成“光明天使”，并把 blacken the man 直译成“黑他”，通过“光明”与“黑”两相对照，一字未加，一字未减，恰到好处地传达了作者的匠心运思。比较而言，这第三种译法是否更为可取一些？

我很少翻译诗歌，但我发现一个让我为之纳闷的现象：我国不少译者在翻译英语诗歌时，往往不是再现原诗的韵律，而是将之改为中国诗歌的韵律，或者说改为译者自己习惯的韵律，为什么要这样译呢？

难道不能照原诗的韵律来译吗？这次翻译梭罗《瓦尔登湖》中的诗歌时，我基本采取了跟着原作“亦步亦趋”的做法：原诗无韵我无韵，原诗有韵我有韵，而且原诗怎么押韵我怎么押韵，让读者充分领略原作的风貌。如下面这四行诗：

And here a poet builded,

In the completed years,

For behold a trivial cabin

That to destruction steers.（Thoreau: *Walden*, “Baker Farm”）

译文一：

这间小屋为诗人所建，

其时他已届风烛之年。

且看，这荒僻的小屋

摇摇欲坠，衰朽不堪。

拙译：

这是一位诗人所建，

而他已年届暮节，

瞧这小小的陋屋，

已在走向毁灭。

这四行诗，一、三行不押韵，二、四行押韵，译文一采取了汉诗常用的一、二、四行押韵，可以算是在韵律上的“归化”译法，但这种译法有一个明显的缺点：中国读者无法了解原诗的真实韵律。我在翻译中完全步作者的“后尘”，通过二、四行的“暮节”和“毁灭”，足以让读者体会到原诗的韵律。

王佐良先生主张“一切照原作来译”，如果做得到，那当然好，但在实践中确实很难做到“一切照译”，比如《傲慢与偏见》的第一句话：It is a truth universally acknowledged, that a single man in possession of a good fortune, must be in want of a wife. 这句话的一个很大亮点，是前后采取了先庄后谐的语序，先庄制造一种“严肃的期待”，后谐来了个“滑稽的突降”。所以，二十世纪末，有人建议译成：“这是一条举世公认的真理：有钱的单身汉总要娶位太太。”我认为这样译总有点欠顺畅，因而就没有照搬原文的语序，而是遵照汉语的习惯译成：“有钱的单身汉总要娶位太太，这是一条举世公认的真理。”

三、“文化传真”是文化翻译的基本原则

翻译作为文化交流的工具，是无法做到“语言传真”的，但却可以要求“文化传真”。“文化传真”可以说是在“更大语境”下做翻译。有时候，从语言对等的角度考虑，可以得出一个译法，而从文化传真的角度考虑，可能得出另一个译法，而且可能是更高一筹的译法。语言和文化是一个互为依存、密不可分的整体。翻译不仅要密切关注语言的差异，而且要密切关注文化的差异。语言可以转换，甚至可以归化，但文化属性却不宜改变，一定要如实地传达出来。简而言之，翻译要杜绝“文化失真”“以假乱真”的现象发生。基于这样的认识，我在修订自己的译文时，总要仔细寻找有没有将异域文化概念归化成汉文化的情况。

所谓的“文化传真”，就是说，译者不要轻易改变原文中所蕴含的异国情调，特别是要切忌把异域的文化特色改换成汉语的文化特色。总而言之，翻译中语言上可以归化，但文化上要力戒归化，特别不宜“同化”。然而，即使在今天，有些译者时而还有强烈的“文化归化”倾向。

长年来，我一直把“文化失真”视为文化翻译之大忌。我认为，在英译汉中，诸如“目不识丁”“半斤八两”“班门弄斧”“八字没一撇”等汉语成语是要绝对避免的，否则就是往洋文化里滥贴汉文化的标签。

饮食是文化的一个重要因素。《傲慢与偏见》第一卷第二十一章，贝内特太太表示，要用 two full courses 招待未来的女婿。中国的部分译者因为不了解英国的饮食风俗，便照汉语的风俗来翻译，将 two full courses 译作“两道大菜”“两道正菜”等。前年看了企鹅版新读本，我才恍然大悟，原来，two full courses 系指两道齐全的套菜——在英国，一道全菜有一盘主菜，一两盘副菜，再加上若干配菜。所以，我后来改译成“两道全菜”，并辅以必要的注解，让读者意识到“两道全菜”并非“两大盘菜”，而是足有十来盘菜，可谓丰盛的宴请。

我在翻译奥斯丁的其他几部小说中，多次遇到 damn 等禁忌语，有几次根据英汉词典的释义译成了“妈的”，后来研究了中西的禁忌语差异，意识到英国人极少用“妈的”来骂人，我便改成了“该死”“见鬼”等西方诅咒语。

“Why, where the devil is the use on’t?” growled Hareton...（Emily Bronte: *Wuthering Heights*, Ch.7, V.II）

拙译一：“哼，那有什么屁用？”哈雷顿咆哮道。

拙译二：“哼，那有什么鬼用处？”哈雷顿咆哮道。

同样的道理，汉语中常用“屁”这个粗俗语，而英语却极少用，此处的“屁用”最好改为“鬼用处”。

“文化失真”貌似小事，实则事关重大，译者不容含糊。

四、契合是文学翻译的最高境界

一种语言的质地和潜能不仅可以通过创作展示出来，而且可以通过翻译揭示出来。本雅明强调不同语言之间意指方式的和谐共存，强调译者对意指方式的寻找与传递，强调译者在意指方式的传译上，要力求达到一种相济相融的和谐境界。

钱钟书先生主张："化"是文学翻译的最高境界。我并不反对这种说法，但"化"很难把握。我认为，提"契合"更浅显易懂，也更容易被众人所接受。所谓"契合"，就是寻求两种语言之间的交融互补，两者你中有我，我中有你。

契合的文字可以是汉语中已有的现成词语，也可以是新创的字眼，如希拉里·克林顿的传记 *Living History* 被中国译者译成《亲历历史》，就是一个创译的范例；我自己也很向往这种尝试，如：

Her mind was less difficult to develope...（Jane Austen: *Pride and Prejudice*, Ch.1, V.I）

拙译一：这位太太的脑子就不那么难以捉摸了……

拙译二：这位太太的心性就不那么难以捉摸了……

《傲慢与偏见》开卷第一章末段总结贝内特太太的个性特征时，说了这样一句话。mind 是个很棘手的字眼，无论以前还是现在，在英汉词典里都找不到恰当的译法，中国的译者基本采取了"头脑"和"性格"两种译法——我跟王科一先生一样，将之译为"脑子"。可是，我深感这位太太的 mind 既不是"头脑"问题，也不是"性格"问题，为此我心里纠结了多年。直至十多年前，我反复念叨下文这一句话：When she was discontented, she fancied herself nervous.（一碰到不称心的时候，就自以为神经架不住），顿时，我灵机一动，心里冒出了“心性”二字，当即把这句话改译为：“这位太太的心性就不那么难以捉摸了”，庆幸自己终于觅得了一个恰到好处的译法。

A young member of the band turned her head at the exclamation. She was a fine and handsome girl—not handsomer than some others, possibly—but her mobile peony mouth and large innocent eyes added eloquence to colour and shape.（Thomas Hardy: *Tess of the D'Urbervilles*, Ch.2, Phase I）

拙译：听到这声叫喊，队列中有一个年轻姑娘扭过头来。她是个标致俊俏的姑娘——也许不比有些姑娘更漂亮——不过她那两片灵动红艳的嘴唇，那一双天真烂漫的大眼睛，又给她的姿色平添了几分慑人的魅力。

这是作者对 17 岁少女苔丝的第一次描写，我在翻译中紧跟原作的措辞和节奏，将 mobile peony mouth 译作“灵动红艳的嘴唇”，将 large innocent eyes 译作“天真烂漫的大眼睛”，将 added eloquence to colour and shape 译作“又给她的姿色平添了几分慑人的魅力”，可以说英汉两种语言完全交融在一起了。

《老人与海》中有一句话可以视为老人的格言或座右铭，因而我译得格外费尽周章，并且我是从原文的言辞中找到了最佳修订方案：

A man can be destroyed but not defeated.（Ernest Hemingway: *The Old Man and the Sea*）

译文一：一个人可以被毁灭，但是不会被打败。

拙译一：人尽可被毁灭，但是不会被打败。

拙译二：人尽可被毁灭，但不可被打败。

既然是格言，就要具有格言“范儿”，有人译作“一个人”，就有些“失范儿”了。我初译“人尽可被毁灭，但是不会被打败”，跟原文比起来，“但是”欠简洁，一个“但”字足够；另外原文用的是 can be，鉴于前面译作“尽可被毁灭”，后面续译“不可被打败”，岂不比“不会被打败”来得更精炼！真是凑巧，2019 年第 7 期的《英语世界》发表了拙译《老人与海》的节选，其中就包括这句话的译文。而在这同一期《英语世界》的后面，香港学者金圣华教授点评了诗人余光中的译文：“人可以毁灭，但不能屈服。”金教授称赞了余教授不加“被”字的译文，批评了“被字横行”的译法。对此，笔者不敢苟同。海明威的这句原文，突出的正是被动语态，译者欲求简练，尽可删减别的字，唯独“被”字去不得，否则语义不明，让人误解为“自毁自灭、不打自败”。其实，汉语里尚有“人善被人欺，马善被人骑”的谚语，而毛主席还曾说过：“这个军队具有一往无前的精神，它要压倒一切敌人，而决不被敌人所屈服。”译文里怎么就不能“被被不绝”呢？用了“被”字正表明我们的汉语更加严谨了。

纽马克说过：“Translation cannot be finished.”既然译无止境，翻译很难一蹴而就。我的每部译作出版后，难免会发现一些理解或有偏差、表达或失严谨等现象，于是每逢译作再版或重印的时机，我都会对之进行修订。修订的内容包括：1. 误解误译和疏漏之处，2. 过于自由的译笔，3. 对文化概念的归化处理，4. 生硬拗口之译笔。大致统计下来，我的这些译作除了《瓦尔登湖》刚出版不久之外，其他各译本都修订了四五次、五六次：如《老人与海》于 2012 年出版，现已作了四次修订；《呼啸山庄》1995 年出版后，我在 21 世纪修订了六次，其中第一次相当于推倒重译；而《傲慢与偏见》于 1990 年出版，1994 年被评为“全国优秀畅销书”后，我对之作了八次修订，日臻完美。所以，我的翻译活动可以概括成这样十六个字：尊重原著，全面求信；不断修订，精益求精。我的这些译作大多已销售了三十多年，特别是近些年来，年年都有较高的再版率。因此，我有理由相信它们会有较长的生命力。

我们生活在一个改革开放的新时代，国与国之间的交流提倡和而不同、求同存异。我所主张的全面求“信”，就是在全方位求信的基础上，力求充分展示原作的丰姿，特别是在语言转换的过程中，应该充分发挥汉语的韧性和潜力，寻求两种语言的交融互补，做出契合的传译。实践证明，全面求“信”不是不可能的，经过努力往往是行得通的，如此译出的作品更加贴近原作，更加接近原汁原味，更加富有异国情调，这样的译作更容易为广大读者所喜爱。

目/录

傲慢与偏见

导读

奥斯丁既是一位文学大师，又是一位语言大师，她在描写人情世故的小说中，善于运用种种语言手段，包括妙用标点符号，创造出妙趣横生的反讽艺术。她所著的六部长篇小说，部部堪称上乘之作，尤其是这部脍炙人口的《傲慢与偏见》，实属世界文库中不可多得的珍品，难怪毛姆将其列为世界十大小说名著之一。奥斯丁行文生动、活泼、犀利，时而会出现一些“文字陷阱”，但是翻译她的作品，最大的挑战还是看你能否在全面求“信”的基础上，精准地再现她的反讽艺术。

《傲慢与偏见》总共约 21.5 万字，精彩场面层出不穷。本选集选择了书中的 10 章，约占全书 12% 的篇幅。

首先，我们选择了该书第一卷的前四章，小说拉开序幕，主要人物依次亮相，一个个无不惟妙惟肖。接着，作者把讽刺的笔锋指向了集自负和谦卑于一身的笨伯柯林斯牧师，在第十四章他大言不惭地吹嘘自己对女恩主如何具有“巧妙捧场的天赋”，然后在第十九章他向女主角导演了文学史中最拙劣的一场求婚丑剧。

在小说第二卷第十一章，男主角达西带着傲慢之情，向女主角伊丽莎白求婚，本来就对他抱有偏见的伊丽莎白义正词严地拒绝了他。

在小说第三卷第十四、第十七和第十八章，不可一世的凯瑟琳·德布尔夫人跑去威吓伊丽莎白，责令她不准嫁给她外甥达西，遭到伊丽莎白的严词拒绝后，她紧接着跑去训诫达西；令人啼笑皆非的是，正是她这次奔走为两位默默相爱的青年通了信息，促成他们结为伉俪。

第一卷

第一章

有钱的单身汉总要娶位太太，这是一条举世公认的真理。

这条真理还真够深入人心的，每逢这样的单身汉新搬到一个地方，四邻八舍的人家尽管对他的心思想法一无所知，却把他视为自己某一个女儿的合法财产。

“亲爱的贝内特先生，”一天，贝内特太太对丈夫说道，“你有没有听说内瑟菲尔德庄园终于租出去啦？”

贝内特先生回答说没有。

“的确租出去啦，”太太说道。“朗太太刚刚来过，她把这事一五一十地全告诉我了。”

贝内特先生没有理睬。

“难道你不想知道是谁租去的吗？”太太不耐烦地嚷道。

“既然**你**想告诉我，我听听也无妨。”

这句话足以逗引太太讲下去了。

“哦，亲爱的，你应该知道，朗太太说内瑟菲尔德让英格兰北部的一个阔少爷租去了；说他星期一那天乘坐一辆四轮马车来看房子，看得非常中意，当下就和莫里斯先生讲妥了；说他打算赶在米迦勒节[1]以前搬进新居，下周末以前打发几个用人先住进来。”

“他姓什么？”

“宾利。”

“成家了还是单身？”

“哦！单身，亲爱的，千真万确！一个有钱的单身汉，每年有四五千镑的收入。真是女儿们的好福气！”

“这是怎么说？跟女儿们有什么关系？”

“亲爱的贝内特先生，”太太答道，“你怎么这么令人讨厌！告诉你吧，我在琢磨他娶她们中的一个做太太呢。”

“他搬到这里就是为了这个打算？”

“打算！胡扯，你怎么能这么说话！他**兴许**会看中她们中的哪一个，因此，他一来你就得去拜访他。”

“我看没有那个必要。你带着女儿们去就行啦，要不你索性打发她们自己去，这样或许更好些，因为你的姿色并不亚于她们中的任何一个，你一去，宾利先生倒作兴看中你呢。”

“亲爱的，你太抬举我啦。我以前确实**有过**美貌的时候，不过现在却不敢硬充有什么出众的地方了。一个女人家有了五个成年的女儿，就不该对自己的美貌再转什么念头了。”

---

1 米迦勒节：9月29日，英国四大结账日之一。雇用佣人多在此日，租约也多于此日履行。

“这么说来，女人家对自己的美貌也转不了多久的念头啦。”

“不过，亲爱的，宾利先生一搬到这里，你可真得去见见他。”

“告诉你吧，这事我可不能答应。”

“可你要为女儿们着想呀。请你想一想，她们谁要是嫁给他，那会是多好的一门亲事啊。卢卡斯爵士夫妇打定主意要去，还不就是为了这个缘故，因为你知道，他们通常是不去拜访新搬来的邻居的。你真应该去一次，要不然，我们**母女**就没法去见他了。”[1]

“你实在过于多虑了。宾利先生一定会很高兴见到你的。我可以写封信叫你带去，就说他随便想娶我哪位女儿，我都会欣然同意。不过，我要为小莉齐[2]美言两句。”

“我希望你别做这种事。莉齐丝毫不比别的女儿强。我敢说，论长相，她没有简一半漂亮；论脾气，她没有莉迪亚一半好。可你总是偏爱**她**。”

“她们哪一个也没有多少好称道的，”贝内特先生答道。“她们像别人家的姑娘一样，一个个又傻又蠢，倒是莉齐比几个姐妹伶俐些。”

“贝内特先生，你怎么能这样糟蹋自己的孩子？你就喜欢气我，压根儿不体谅我那脆弱的神经。”

“你错怪我了，亲爱的。我非常尊重你的神经。它们是我的老朋友啦。至少在这二十年里，我总是听见你郑重其事地说起它们。”

“唉！你不知道我受多大的罪。”

---

1 按英国当时的习俗，拜访新迁来的邻居，先得由家中男主人登门拜访之后，女眷才可以去走访。

2 莉齐系二女儿伊丽莎白的昵称，伊莱扎也是她的昵称。

“我希望你会好起来，亲眼看见好多每年有四千镑收入的阔少爷搬到这一带。”

“既然你不肯去拜访，即使搬来二十个，那对我们又有什么用。”

“放心吧，亲爱的，等到搬来二十个，我一定去挨个拜访。”

贝内特先生是个古怪人，一方面乖觉诙谐，好挖苦人，另一方面又不苟言笑，变幻莫测，他太太积二十三年之经验，还摸不透他的性格。这位**太太**的心性就不那么难以捉摸了。她是个智力贫乏、孤陋寡闻、喜怒无常的女人。一碰到不称心的时候，就自以为神经架不住。她人生的大事，是把女儿们嫁出去；她人生的快慰，是访亲拜友和打听消息。

第二章

贝内特先生是最先拜访宾利先生的人之一。本来，他早就打算去拜见他，可在太太面前却始终咬定不想去。直到拜访后的当天晚上，贝内特太太才知道实情。当时，事情是这样透露出来的。贝内特先生看着二女儿在装饰帽子，便突然对她说道：

“我希望宾利先生会喜欢这顶帽子，莉齐。”

“既然我们不打算去拜访宾利先生，”做母亲的愤然说道，“我们怎么会知道人家喜欢**什么**。”

“你忘啦，妈妈，”伊丽莎白说道，“我们要在舞会上遇见他的，朗太太还答应把他介绍给我们。”

“我不相信朗太太会这样做。她自己还有两个侄女呢。她是个自私自利、假仁假义的女人，我一点也瞧不起她。”

“我也瞧不起她，”贝内特先生说道。“我很高兴，你不指望她来帮忙。”

贝内特太太不屑搭理他，可是忍不住气，便骂起一个女儿来。

“别老是咳个不停，基蒂[1]，看在老天爷分上！稍微体谅一下我的神经吧。你咳得我的神经快胀裂啦。”

“基蒂真不知趣，”父亲说道，“咳嗽也不拣个时候。”

“我又不是咳着玩的，”基蒂气冲冲地答道。

“你们下一次舞会定在哪一天，莉齐？”

“从明天算起，还有两个星期。”

“啊，原来如此，”母亲嚷道。“朗太太要等到舞会的前一天才会回来，那她就不可能向你们介绍宾利先生啦，因为她自己还不认识他呢。”

“那么，亲爱的，你就可以占你朋友的上风，反过来向**她**介绍宾利先生啦。”

“办不到，贝内特先生，办不到，我自己还不认识他呢。你怎么能这样戏弄人？”

“我真佩服你的审慎。结识两周当然微不足道。你不可能在两周里真正了解一个人。不过，这件事**我们**不抢先一步，别人可就不客气了。不管怎么说，朗太太和她侄女总要结识宾利先生的。因此，

1 基蒂系四女儿凯瑟琳的昵称。

你要是不肯介绍，我来介绍好了，反正朗太太会觉得我们是一片好意。”

姑娘们都瞪大了眼睛望着父亲。贝内特太太只说了声：“无聊！无聊！”

“你乱嚷嚷什么？”贝内特先生大声说道。“你以为替人家做做介绍讲点礼仪是无聊吗？我可不大同意你**这个看法**。你说呢，玛丽？我知道，你是个富有真知灼见的小姐，读的都是鸿篇巨制，还要做做摘记。”

玛丽很想发表点高见，可又不知道怎么说是好。

“趁玛丽深思熟虑的时候，”贝内特先生接着说道，“我们再回头谈谈宾利先生。”

“我讨厌宾利先生，”太太嚷道。

“真遗憾，听见你说**这话**，可你为什么不早对我这么说呢？假使我今天早上了解这个情况，我肯定不会去拜访他。非常不幸，既然我已经拜访过了，我们免不了要结识他啦。”

正如他期望的那样，太太小姐们一听大为惊讶，尤其是贝内特太太，也许比别人更为惊讶。不过，大家欢呼雀跃了一阵之后，她又声称：这件事她早就料到了。

“亲爱的贝内特先生，你真是太好啦！不过我早就知道，我终究会说服你的。你那么疼爱自己的女儿，决不会不去结识这样一个人。啊，我太高兴啦！你这个玩笑开得真有意思，早上就去过了，直到刚才还只字不提。”

“好啦，基蒂，你可以尽情地咳嗽啦，”贝内特先生说道。他一边说，一边走出房去，眼见着太太那样欣喜若狂，他真有些厌倦。

“孩子们，你们有个多好的爸爸啊，”门一关上，贝内特太太便说道。“我不知道你们怎样才能报答他的恩情，也不知道你们怎样才能报答我的恩情。我可以告诉你们，到了我们这个年纪，谁也没有兴致天天去结交朋友。但是为了你们，我们是什么事情都乐意去做。莉迪亚，我的宝贝，虽说你年纪最小，可是开起舞会来，宾利先生肯定会跟你跳。”

“哦！”莉迪亚满不在乎地说，“我才不担心呢。我尽管年纪最小，个子却最高。”

当晚余下的时间里，太太小姐们猜测起宾利先生什么时候会回拜贝内特先生，盘算着什么时候该请他来吃饭。

第三章

贝内特太太尽管有五个女儿帮腔，宾利先生长宾利先生短地问来问去，可丈夫总不能给她个满意的回答。母女们采取种种方式对付他——露骨的盘问，奇异的假想，不着边际的猜测，但是，任凭她们手段多么高明，贝内特先生都一一敷衍过去，最后她们给搞得无可奈何，只能听听邻居卢卡斯太太的间接消息。卢卡斯太太说起来赞不绝口。威廉爵士十分喜欢他。他年纪轻轻，相貌堂堂，为人极其随和，而最让人高兴的是，他打算拉一大帮人来参加下次舞会。真是再好不过啦！喜欢跳舞是谈情说爱的可靠步骤，大家都热切希望去博取宾利先生的欢心。

“我要是能看到一个女儿美满地住进内瑟菲尔德庄园，”贝内特太太对丈夫说道，“看到其他几个女儿也嫁给这样的好人家，我也就心满意足了。”

几天以后，宾利先生前来回访贝内特先生，跟他在书房里坐了大约十分钟。他对几位小姐的美貌早有耳闻,希望能够趁机见见她们，不想只见到了她们的父亲。倒是小姐们比较幸运，她们围在楼上的窗口，看见他穿着一件蓝外套，骑着一匹黑马。

过了不久，贝内特先生便发出请帖，请宾利先生来家吃饭。贝内特太太早已计划了几道菜，好借机炫耀一下她的当家本领，不料一封回信把事情给推迟了。原来，宾利先生第二天要进城，因此无法接受他们的盛情邀请。贝内特太太心里大为惶惑。她想不出宾利先生刚来到赫特福德郡，怎么又要进城有事。她开始担心他是否总要这样东漂西泊，来去匆匆，而不会正儿八经地住在内瑟菲尔德。幸亏卢卡斯太太兴起一个念头，说他可能是到伦敦去多拉些人来参加舞会，这才使贝内特太太打消了几分忧虑。顿时，外面纷纷传说，宾利先生要带来十二位女士和七位男士参加舞会。小姐们听说这么多女士要来，不禁有些担忧。但是到了舞会的头一天，又听说宾利先生从伦敦没有带来十二位女士，而只带来六位——他自己的五个姐妹和一个表姐妹，小姐们这才放了心。后来等宾客走进舞厅时，却总共只有五个人——宾利先生，他的两个姐妹，他姐夫，还有一个青年。

宾利先生仪表堂堂，很有绅士派头，而且和颜悦色，大大落落，丝毫没有矫揉造作的架势。他的姐妹都是些窈窕女子，仪态雍容大方。他姐夫赫斯特先生只不过像个绅士，但是他的朋友达西先生却立即引起了全场的注意，因为他身材魁伟，眉清目秀，举止高雅，进场不到五分钟，人们便纷纷传说，他每年有一万镑收入。男士们称赞他一表人才，女士们声称他比宾利先生漂亮得多。差不多有半个晚上，人们都艳羡不已地望着他。后来，他的举止引起了众人的厌恶，他在人们心目中的形象也就一落千丈，因为大家发现他自高自大，目中无人，不好逢迎。这样一来，纵使他在德比郡的财产再多，也无济于事，他那副面孔总是那样讨人嫌，那样惹人厌，他压根儿比不上他的朋友。

宾利先生很快就结识了全场所有的主要人物。他生气勃勃，无拘无束，每曲舞都跳，只恨舞会散得太早，说他自己要在内瑟菲尔德庄园再开一次。如此的好性子，自然不言自明，人人看得出来。他跟他的朋友形成多么鲜明的对照！达西先生只跟赫斯特夫人跳了一次，跟宾利小姐跳了一次，有人想向他引荐别的小姐，他却一概拒绝，整个晚上只在厅里逛来逛去，偶尔跟自己人交谈几句。他的个性太强了。他是世界上最骄傲、最讨人嫌的人，人人都希望他以后别再来了。其中对他最反感的，要算贝内特太太，她本来就讨厌他的整个举止，后来他又得罪了她的一个女儿，她便由讨厌变成了深恶痛绝。

由于男士人数少，有两曲舞伊丽莎白·贝内特只得干坐着。这当儿，达西先生一度站在离她不远的地方，宾利先生走出舞池几分钟，硬要达西跟着一起跳，两人的谈话让她无意中听到了。

“来吧，达西，”宾利先生说，“我一定要你跳。我不愿意看见你一个人傻乎乎地站来站去。还是去跳吧。”

“我绝对不跳。你知道我多讨厌跳舞，除非有个特别熟悉的舞伴。在这样的舞会上跳舞，简直让人受不了。你的姐妹在跟别人跳，这舞厅里除了她俩之外，让我跟谁跳都是活受罪。”

“我可不像你那么挑剔，”宾利嚷道，“决不会！说实话，我平生从来没有像今天晚上这样，遇见这么多可爱姑娘。你瞧，有几个非常漂亮。”

“**你**当然啦，舞厅里仅有的一位漂亮姑娘，就在跟你跳舞嘛，”达西说道，一面望望贝内特家大小姐。

“哦！我从没见过她这么美丽的姑娘！不过她有个妹妹，就坐在你后面，人很漂亮，而且我敢说，也很讨人爱。让我请我的舞伴给你俩介绍介绍吧。”

“你说的是哪一位？”达西说着转过身，朝伊丽莎白望了望，等伊丽莎白也望见了他，他才收回自己的目光，冷冷地说道：“她还过得去，但是还没漂亮到能够打动**我**的心。眼下，我可没有兴致去抬举那些受到别人冷落的小姐。你最好回到你的舞伴身边，去欣赏她的笑脸，别把时光浪费在我身上。”

宾利先生听他的话跳舞去了。达西随即也走开了，伊丽莎白依旧坐在那里，对他着实没有什么好感。不过，她还是兴致勃勃地把这件事讲给亲友们听了，因为她生性活泼，爱开玩笑，遇到什么可笑的事情都会感到有趣。

总的说来，贝内特一家这个晚上过得相当愉快。贝内特太太发现，内瑟菲尔德那帮人非常喜爱她的大女儿。宾利先生同她跳了两次舞，他的姐妹们也很看得起她。简和母亲一样，觉得非常得意，只是不像母亲那样叽叽喳喳。伊丽莎白也为简感到高兴。玛丽听见有人向宾利小姐夸奖自己，说她是附近一带最有才华的姑娘。凯瑟琳和莉迪亚也很走运，每曲舞都有舞伴，这是她们参加舞会最看重的。因此，母女们兴高采烈地回到了朗伯恩，她们就住在这个村上，可谓是村里的重要成员。她们发现，贝内特先生还没睡觉。他这个人，平素只要有本书，就会忘记时间。可眼下他倒是出于好奇，很想知道母女们寄予厚望的这个晚上，究竟过得怎么样。他满以为太太会对那位贵邻感到失望，但他立刻发觉，事情并非如此。

“哦！亲爱的贝内特先生，”太太一进房便说道，“我们这一晚过得太快活了，舞会棒极了。你没有去真可惜。简成了大红人，真是红得不得了。人人都说她长得漂亮，宾利先生认为她相当美，跟她跳了两次舞！你就想想**这一点**吧，亲爱的，他确确实实跟她跳了两次！整个舞厅里，只有她一个人受到了他第二次邀请。他最先邀请卢卡斯小姐。我见他跟卢卡斯小姐跳舞，心里真不是滋味！不过，宾利先生对她丝毫没有意思。其实，你也知道，谁也不会对她有意思。简走下舞池的时候，宾利先生好像完全给迷住了。他打听她是谁，让人做了介绍，然后请她跳下两曲舞[1]。第三轮他是跟金小姐跳的，第四轮跟玛丽亚·卢卡斯，第五轮又跟简，第六轮跟莉齐，还有那布朗热舞[2]——”

1 按英国当时风俗，男女之间相邀跳舞，每轮总是连跳两曲。

2 布朗热舞：法国的一种轻快的乡间舞蹈，跳舞者排成两排对舞。

“他要是多少体谅体谅**我**，”贝内特先生不耐烦地嚷道，“他就不会跳那么多，一半也不会！看在上帝的分上，别再提他的舞伴啦。嗐，他要是跳头一场舞就把脚踝扭伤了有多好！”

“哦！亲爱的，”贝内特太太接着说道，“我倒是非常喜欢他，他长得漂亮极啦！他的姐妹们也很讨人喜欢。看看人家的衣着，我一辈子也没见过比她们更讲究的。我敢说，赫斯特夫人衣服上的花边——”

她说到这里又给打断了。贝内特先生不愿听她絮叨华装丽服。因此她不得不另找个话题，非常尖刻而又有些夸张地说起了达西先生令人震惊的粗暴态度。

“**不过我**可以告诉你，”她又说道，“莉齐不中**他**的意倒没有什么可惜的。他是个最讨厌、最可恶的人，压根儿不值得去巴结。那么高傲，那么自大，叫人无法忍受！一会走到这，一会走到那，自以为非常了不起！还嫌人家不漂亮，不配跟他跳舞！亲爱的，你要是在场就好了，狠狠教训他一顿。我厌恶透了这个人。”

第四章

简本来并不轻易赞扬宾利先生，但是当她和伊丽莎白单独在一起的时候，她却向妹妹表白了自己多么爱慕他。

“他是一个典型的好青年，”她说道，“有见识，脾气好，人又活泼，我从没见过这么讨人喜欢的举止！——那么端庄，那么富有教养！”

“他还很漂亮，”伊丽莎白答道。“年轻人嘛，只要可能，也应该漂亮些。因此，他是个十全十美的人。”

“他第二次请我跳舞的时候，我高兴坏了。我没想到他会这样抬举我。”

“你没想到？**我**可替你想到了。不过，这正是你我之间大不相同的地方。**你**一受抬举总是受宠若惊，**我**可不这样。他再次请你跳舞，这不是再自然不过的事情吗？他不会看不出，你比舞厅里哪个女人都漂亮好多倍。他为此向你献殷勤，你犯不着感激他。他的确很可爱，我也不反对你喜欢他。你以前可喜欢过不少蠢货呀。”

“亲爱的莉齐！”

“哦！你知道，你通常太容易对人产生好感了。你从来看不出别人的短处。在你眼里，天下人都是好的，都很可爱。我生平从没听见你说过别人的坏话。”

“我不愿意轻易责难任何人。不过我总是讲心里话。”

“我知道你讲心里话，而你让人奇怪的也正是**这一点**。**你**这样聪明的人，竟然真会看不出别人的愚蠢与无聊！假装胸怀坦荡是个普遍现象——真是比比皆是，但是，坦荡得毫无炫耀之意，更无算计之心——承认别人的优点，并且加以夸耀，而对其缺点则绝口不提——这只有你才做得到。这么说，你也喜欢那位先生的姐妹啦？她们的风度可比不上他呀。”

“的确，初看是比不上。不过，你跟她们攀谈起来，她们也都很讨人喜欢。宾利小姐要与她哥哥住在一起，替他料理家务。我敢肯定，她会成为我们的好邻居。”

伊丽莎白一声不响地听着，但是心里并不服气。那姐妹俩在舞厅里的举动，并非想要讨好众人；伊丽莎白观察力比姐姐来得敏锐，脾性也不像姐姐那么柔顺，凡事自有主见，不会因为人家待她好而随意改变，因此她决不会对那两人产生好感。其实，她们都是很优雅的女性，高兴起来并非不会谈笑风生，适意的时候也不是不会讨人喜欢，但是为人骄傲自大。她们长得十分标致，曾在城里一家一流私立学校[1]受过教育，拥有两万镑的财产，花起钱来总是大手大脚，喜好结交有地位的人，因而才得以在各方面自视甚高，瞧不起别人。她们出生于英格兰北部一个体面的家庭，这个情况她们总是铭记在心，相比之下，她们兄弟和她们自己的财产全是靠做生意赚来的这件事[2]，给她们的印象却比较淡薄。

宾利先生从父亲那里继承了将近十万镑的遗产。父亲本来打算购置一份房地产，不想心愿未了就与世长辞了。宾利先生也有这个打算，有时还择定了在哪个郡购置。不过，眼下他已经有了一幢好房子，还有一座庄园供他打猎。了解他性情的人都知道，他是个随遇而安的人，说不定以后就在内瑟菲尔德度过一生，购置房地产的事留给下一代人去操办。

他的两个姐妹都热切希望他能有一份自己的房地产。不过，尽管他现在仅仅是以房客的身份在这里住了下来，但宾利小姐还很愿意替他掌管家务，而那位赫斯特夫人嫁了个家财不足、派头有余的

1 私立学校：尤指私立女子学校，青年女子在这里读书写字，弹琴唱歌，学习缝纫之类。

2 在当时的英国社会，靠做生意维生的人受到上流社会的蔑视。

男人，因而一旦得便，也很情愿把弟弟的家当作自己的家。当时宾利先生成年还不满两年，因为偶然听人推荐，便情不由已地要来看看内瑟菲尔德家宅。他里里外外看了半个钟头，房子的位置和主房间都很中他的意，加上房东又把房子赞美了一番，他听了越发满意，于是便当即租了下来。

他与达西虽然性情截然不同，彼此之间却有着始终不渝的交谊。达西之所以喜欢宾利，是因为宾利为人和易、坦率、温顺，尽管这与他自已的性情大相径庭，而他也从不觉得自己的性情有什么不好的地方。宾利对达西的友情坚信不疑，对他的见解也推崇备至。从智力上看，达西更胜一筹。虽说宾利一点也不愚笨，但是达西着实聪明。达西同时还有些趾高气扬，不苟言笑，爱挑剔人，虽然受过良好的教育，举止却不受人欢迎。在这方面，他的朋友倒占有很大优势。宾利无论走到哪里，都会招人喜爱，达西却总是惹人讨厌。

两人谈论梅里顿舞会的方式，就很能表明他们的不同性格。宾利从没遇见过这么可爱的人们，这么漂亮的姑娘；每个人对他都极其和善，极其关心；大家既不拘谨，也不刻板；他很快便与全场的人混熟了；至于说到贝内特小姐[1]，他无法想象还会有比她更美丽的天使。与他相反，达西发现这些人既不漂亮，又无风度，谁也没有使他产生丝毫的兴趣，谁也没有对他表示关注，或是博得他的欢心。他承认贝内特小姐长得漂亮，可她太爱笑了。

赫斯特夫人姐妹俩同意这种看法——可她们仍然羡慕她，喜欢

1　按英国当时的习惯，姓加“小姐”是对大小姐的正式称呼，二小姐以下或称教名，或称教名加姓。所以，本书中的“贝内特小姐”，一般指大小姐简·贝内特。

她，说她是个甜妞儿，不妨与她结个深交。于是，贝内特小姐被认定为一位甜妞儿，她们的兄弟听了这番赞美，觉得以后可以随心所欲地去思念她了。

第十四章

吃饭的时候，贝内特先生几乎没吭一声。可是等用人走开以后，他心想该跟客人交谈几句了，于是便打开了一个想必会让客人喜笑颜开的话题，说是柯林斯先生能有这样一个女恩主，似乎非常幸运；看样子，凯瑟琳·德布尔夫人非常照顾他的意愿，关心他的安适。贝内特先生这个话题选得再好不过了。柯林斯先生滔滔不绝地赞美起那位夫人来。他一谈起这个问题，态度变得异常严肃，只见他带着极其自负的神气说，他生平从没看到过任何有地位的人，能像凯瑟琳夫人那样和蔼可亲，那样体恤下情。他很荣幸，曾经当着夫人的面讲过两次道，承蒙夫人垂爱，对他那两次布道大为称赞。夫人曾经请他到罗辛斯吃过两次饭，上星期六晚上还差人来喊他去打四十张[1]。他认识的人中，许多人都认为凯瑟琳夫人为人骄傲，可他柯林斯只觉得她和蔼可亲。夫人跟他讲起话来，总是拿他与其他有身份的人一样看待。她丝毫不反对他与邻居来往，也不反对他偶尔离开教区一两个星期，去拜访拜访亲人。她甚至屈尊劝说他及早结婚，只是要慎重挑选对象。她有一次还光临过他的寒舍，十分赞成他对

1　四十张：18 世纪后半叶开始盛行的一种四人牌戏。

住宅做出的种种修缮，甚至亲自赐教，建议他往楼上的壁橱里添置几个架子。

“这一切的确是很得体，很客气，”贝内特太太说，“我想她一定是个十分和蔼可亲的女人。可惜贵妇人一般都比不上她。她住的地方离你近吗，先生？”

“寒舍所在的花园，与夫人住的罗辛斯庄园只隔着一条小路。”

“你好像说过她是个寡妇吧，先生？她有子女吗？”

“她只有一个女儿，是罗辛斯的继承人，有很大一笔财产。”

“啊！”贝内特太太叫了起来，一面又摇了摇头。“那她比许多姑娘都有钱啦。她是个什么样的小姐？长得漂亮吗？”

“她真是个极其可爱的小姐。凯瑟琳夫人亲口说过，讲起真正的美貌，德布尔小姐远远胜过天下最漂亮的女性，因为她容貌出众，一看就知道出身显贵。可惜她体质虚弱，妨碍了她朝多才多艺的方向发展，不然她是不会有什么欠缺的，这是她的女教师告诉我的，这位女教师现在还跟她们母女住在一起。德布尔小姐十分和蔼，常常不拘名分，乘着她那辆小马车路过寒舍。”

“她觐见过国王吗？进过宫的仕女中，我不记得有她的名字。”

“不幸她身体单弱，不能进城去。我那天跟凯瑟琳夫人说，英国王宫里因此损失了一颗最绚丽的明珠。她老人家似乎很喜欢我这种说法。你们可以想象得到，在任何场合，我都乐于说几句巧妙的恭维话，准能讨太太小姐们高兴。我不止一次跟凯瑟琳夫人说过，她那位迷人的女儿是一位天生的公爵夫人，而这公爵夫人地位再高，也提高不了小姐的身价，而只会由小姐为公爵夫人的头衔增添光彩。

她老人家就喜欢听这类话，我觉得我应该特别尽心竭力。”

“你判断得很准确，”贝内特先生说，“而且你也很幸运，具有巧妙捧场的天赋。我是否可以请问：你这种讨人喜欢的奉承话是当场灵机一动想出来的，还是事先煞费苦心准备好的？”

“大多是即席而成的。虽然我有时也喜欢预先想好一些能适用一般场合的短小精悍的恭维话，但我总要尽量装出一副不假思索的神气。”

果然不出贝内特先生所料，他这位表侄就像他想象的那样荒谬，他兴致勃勃地听他聒叨着，表面上又装作万分镇静，除了偶尔朝伊丽莎白瞥一眼以外，并不需要别人来分享他的这份乐趣。

不过，到吃茶点的时候，这场罪总算受完了。贝内特先生高高兴兴地把客人带到客厅，等到喝完茶，又高高兴兴地邀请他给太太小姐们朗诵。柯林斯先生欣然答应，于是有人给他拿来一本书。柯林斯先生一见到那本书（看样子显然是从流通图书馆借来的），就吓得往后一缩，连忙声明他从来不读小说[1]，只好请大家原谅。基蒂瞪眼望着他，莉迪亚惊叫起来。她们又拿来几本书，柯林斯先生寻思了一会，选了一本福代斯[2]的《布道集》。莉迪亚目瞪口呆地瞅着他打开书，他一本正经、单调乏味地还没念完三页，她便打断了他：

---

1 18世纪末、19世纪初，由于封建意识的影响，英国出现了一股反小说的邪风，特别是封建贵族阶级，公然将小说视为一种无聊甚至有害的消遣，加以唾弃。柯林斯自称“从来不读小说”，进一步显示了他的趋炎附势，故作优雅。

2 詹姆斯·福代斯（1720—1796）：英格兰牧师兼诗人，著有《对青年妇女布道集》（1765），内容大多是向青年妇女灌输封建伦理道德。奥斯丁在此以诙谐的笔调，抨击了那些旧道德。

"妈妈，你知不知道菲利普斯姨父说要解雇理查德？要是姨父真想解雇他，福斯特上校倒想雇用他。这是星期六那天姨妈亲口告诉我的。我想明天去梅里顿再打听一下，顺便问问丹尼先生什么时候打城里回来。"

大姐二姐忙叫莉迪亚住嘴。柯林斯先生很生气，将书一撂，说道：

"我经常发现年轻小姐对正经书不感兴趣，尽管这些书纯属写给她们看的。老实说，我感到惊讶，因为对她们来说，最有益的事无疑是聆听圣哲的教诲。不过，我也不再勉强我那年轻的表妹了。"

他说罢转向贝内特先生，要求跟他玩十五子棋[1]。贝内特先生答应了他的要求，说这倒是个聪明办法，让姑娘们去搞她们自己的小玩意。贝内特太太和几个女儿恭恭敬敬地向他道歉，请他原谅莉迪亚打断了他的朗诵，并且保证说，他若是重新再读那本书，决不会再发生这类事。不想柯林斯先生对她们说，他一点也不记恨表妹，决不会怨她有意冒犯。随后，他便与贝内特先生坐到另一张桌旁，准备玩十五子棋。

第十九章

第二天，朗伯恩发生了一桩新鲜事。柯林斯先生正式提出求婚了。他的假期到星期六就要结束，再说当时他丝毫也不觉得有什么难为情的，因此决定不再耽搁时间，便有条不紊地开始行动了，只要他

1　十五子棋：二人对玩的一种棋，双方各持十五子，掷骰子行棋。

认为是常规惯例，他都一一照办。刚一吃过早饭，他见贝内特太太、伊丽莎白和一个小妹妹待在一起，便对做母亲的这样说：

“太太，今天早上我要请令爱伊丽莎白赏个脸，跟我单独谈一次话，您同意吗？”

伊丽莎白一听，惊讶得涨红了脸，但是没等她作出其他任何反应，贝内特太太连忙回答道：

“哦，天哪！——同意——当然同意。莉齐一定也很乐意——她肯定不会有意见。来，基蒂，跟我上楼去。”说罢收拾好活计，急匆匆地往外走，不想伊丽莎白大声叫起来了：

“好妈妈，别走。我求求你别走。柯林斯先生一定会原谅我的。他要跟我说的话，别人都可以听。我也要走了。”

“别，别，别胡说，莉齐。我要你乖乖地待在这里。”眼见伊丽莎白又恼又窘，好像真要走开，便又添了一句，“莉齐，我**非要**你待在这里听柯林斯先生说话不可。”

伊丽莎白不便违抗母命。她考虑了一下，觉得能尽快悄悄把事情了结了也好，于是便重新坐下来，试图借助不停地做针线，来掩饰她那啼笑皆非的心情。贝内特太太和基蒂走开了，等她们一出门，柯林斯先生便开言了。

“请相信我，亲爱的伊丽莎白小姐，你害羞怕臊，非但对你没有丝毫损害，反而使你更加尽善尽美。假如你**不**稍许推却一下，我反倒不会觉得你这么可爱了。不过，请允许我告诉你一声，我这次找你谈话，是得到令堂大人许可的。尽管你天性羞怯，假痴假呆，你一定会明白我说话的意图。我的百般殷勤表现得够明显的了，你不会看不出来。我差不多一来到府上，就选中了你做我的终身伴侣。不过说起这个问题，也许我最好趁现在还控制得住感情的时候，先讲讲我为什么要结婚——以及为什么要来赫特福德选择配偶，因为我确实是这么做的。”

柯林斯先生这么一本正经、安然若素的样子，居然还会控制不住感情，真叫伊丽莎白忍俊不禁，因此，对方虽然顿了顿，她却没能去阻止他，于是他又接着说道：

“我之所以要结婚，有这样几条理由：第一，我认为每个生活宽裕的牧师（像我本人），理当给教区在婚姻方面树立一个榜样；第二，我相信结婚会大大增进我的幸福；第三——这一点或许应该早一点提出来，我有幸奉为恩主的那位贵妇人特别劝嘱我要结婚。承蒙她老人家开恩，先后两次向我提出这方面的意见（而且还不是我请教她的！）。就在我离开亨斯福德的前一个星期六晚上，趁着玩四十张的间隙，詹金斯太太正在为德布尔小姐安放脚凳，她老人家对我说：‘柯林斯先生，你应该结婚了，像你这样的牧师应该结婚。好好选个对象。为了**我**，选个有身份的女人；为了你**自己**，选个能干管用的人，不求出身高贵，但是要会细水长流过日子。这就是我的意见。赶快找个这样的女人，把她带到亨斯福德，让我见见她。’亲爱的表妹，让我顺便说一声，凯瑟琳·德布尔夫人的关怀体贴，应该说是我的一大优越条件吧。你会发现她为人和蔼至极，真让我无法形容。我想，你的聪明活泼一定会讨她喜欢的，不过你在那种身份高贵的人面前，势必还会变得文静恭敬一些，这样她会越发喜欢你。以上就是我要结婚的主要意图。现在还要说明我为什么瞄准了朗伯恩，而没有看中自己家乡那一带，尽管我家乡那里有的是年轻可爱的姑娘。事情是这样的：令尊大人过世以后（不过他还能活许多年），他的财产将由我来继承，我心里实在过意不去，觉得只有娶他的一个女儿做妻室，等将来那不幸的事情发生的时候，你们的损失可以减少到最低限度。当然，我刚才已经说过，这不幸也许要许多年以后才会发生。亲爱的表妹，这就是我的动机，我看你总不至于因此而瞧不起我吧。现在我没有其他话要说了，只想用最激动的语言，向你倾诉一下我最炽烈的感情。说到财产问题，我完全无所谓，不会向令尊提出这方面的要求，因为我很清楚，提了他也满足不了。你名下应得的财产，只不过是一笔年息四厘的一千镑存款，还得等令堂去世以后才能归你所有。因此，在这个问题上，我将绝口不提。而且请你放心，我们结婚以后，我决不会小里小气地发一句怨言。”

现在非得打断他不可了。

“你太性急了吧，先生，”伊丽莎白叫了起来。“你忘了我根本没回答你呢。别再浪费时间啦，让我这就回答你。谢谢你对我的恭维。你的求婚使我感到荣幸，可惜我除了拒绝之外，别无办法。”

“我早就知道，”柯林斯先生刻板地挥挥手，回答道，“年轻小姐遇到人家第一次求婚，即使心里想答应，嘴里总是要拒绝，有时候还要拒绝两次，甚至三次。因此，你刚才说的话决不会叫我灰心，我希望不久就能把你领到教堂举行婚礼。”

“说实在话，先生，”伊丽莎白嚷道，“我已经表了态，你还抱着希望，真是太奇怪了。老实跟你说，如果天下真有些年轻小姐那么胆大，居然拿着自己的幸福去冒险，等着人家提出第二次请求，那我也不是这种人。我是郑重其事地拒绝你。你不可能使**我**幸福，而且我相信，我也绝对不可能使**你**幸福。再说，假使你的朋友凯瑟琳夫人认识我的话，我相信她会发觉，我无论哪方面都不配做你太太。”

“即便凯瑟琳夫人真会这么想，”柯林斯先生一本正经地说——“不过我想她老人家决不会看不中你。你尽管放心，我下次有幸见到她的时候，一定要好好夸赞一下你的贤淑、节俭以及其他种种可爱的优点。”

“说真的，柯林斯先生，对我的任何夸赞都是没有必要的。你应该允许我自己来判断，并且赏个脸，相信我说的话。我希望你生活美满，财运亨通，我拒绝你的求婚，就是竭力成全你。而你呢，既然向我提出了求婚，对我家里也就不用感到过意不去了，将来朗伯恩庄园一旦落到你手里，你也就可以受之无愧了。因此，这件事就算彻底了结了。”她一面说，一面立起身来，若不是柯林斯先生向她说出下面的话，她早就走出屋了：

“等我下次有幸跟你再谈起这个问题时，希望你给我的回答能比这次的令人满意些。我这次并不责怪你冷酷无情，因为我知道，你们女人照惯例总是拒绝男人的第一次求婚，你刚才说的话也很符合女性的微妙性格，足以鼓励我继续追求下去。”

“你听着，柯林斯先生，”伊丽莎白有些气恼，便大声叫道，“你太让我莫名其妙了。我把话说到这个地步，你还觉得是在鼓励你，那我真不知道怎么拒绝你，才能让你死了这条心。”

“亲爱的表妹，请允许我说句自信的话：你拒绝我的求婚，不过照例说说罢了。我之所以会这样想，主要有这样几条理由：我觉得，我的求婚总不至于不值得你接受。我的家产总不至于让你无动于衷。我的社会地位，我与德布尔府上的关系，以及与贵府的关系，都是我极为优越的条件。你还得进一步考虑一下：尽管你有许多吸引人的地方，不见得会有人再向你求婚。你不幸财产太少，这就很可能把你活泼可爱的地方全抵消掉。因此，我不得不断定：你并不是真心拒绝我，我看你是在仿效优雅女性的惯技，欲擒故纵，想要更加博得我的喜爱。”

“我向你保证，先生，我绝没有假充优雅，故意作弄一位堂堂的绅士。我倒希望你给我点面子，相信我说的是真心话。蒙你不弃，向我求婚，真叫我感激不尽，但是要我接受，那是绝对办不到的。我感情上绝对不许可。难道我说得还不明白吗？请你别把我当作一个优雅的女性，存心想要作弄你，而把我看作一个明白事理的人，说的全是真心话。”

“你始终都那么可爱！”柯林斯先生带着尴尬讨好的神气叫道。“我相信，只要令尊令堂做主应承了我，我的求婚就决不会遭到拒绝。”

柯林斯死皮赖脸地硬要自欺欺人，伊丽莎白也就懒得再去理他，赶忙悄悄走开了。她打定了主意：假若他定要把她的一再拒绝视为讨好与鼓励，那她就只得去求助于父亲，让父亲回绝他，父亲一定会说得斩钉截铁；至少，由父亲出面，总不至于被当作优雅女性的装腔作势和卖弄风情吧。

第二卷

第十一章

等柯林斯夫妇走了之后，伊丽莎白仿佛想要进一步激发她对达西先生的深仇大恨似的，拿出她到肯特以来简写给她的所有信件，一封封地细读了起来。信上没有实在的抱怨，既没重提过去的旧事，也没诉说目前的痛苦。本来，简素性娴静，待人和善，写起信来从不阴阴郁郁的，笔调总是十分欢快；可现在却好，在她所有的信中，甚至在每封信的每一行里，却全然找不见这种欢快的笔调。伊丽莎白第一次读得比较马虎，这一次仔细读来，觉得信上每句话都流露出坐立不安的心情。达西先生恬不知耻地吹嘘说，他最善于让人受罪，这就使她越发深切地体会到姐姐的百般痛苦。她心里略觉宽慰的是，达西后天就要离开罗辛斯，而使她更觉宽慰的是，再过不到两周，她又可以和简在一起，而且可以凭借感情的力量，帮助她重新振作起精神。

一想到达西就要离开肯特，便不免记起了他表兄也要跟他一起走。不过，菲茨威廉上校已经表明对她毫无意图，因此，他虽然讨人喜欢，她却不想因为他而自寻苦恼。

刚想到这里，突然听到门铃响，她以为是菲茨威廉上校来了，心头不由为之一振，因为在这之前，他有天夜晚来过一次，这次可能是特地来问候她。但她立即便打消了这个念头，使她万分惊讶的是，进来的竟是达西先生，她的情绪又顿时低落下来。达西匆匆忙忙地立即问她身体好了没有，说他所以来这里，就是希望听到她康复的好消息。伊丽莎白冷漠而不失礼貌地回答了他。达西坐了一会，然后站起身来，在屋里踱来踱去。伊丽莎白感到奇怪，但是没有做声。沉默了几分钟之后，达西带着激动的神情走到她跟前，说道：

“我克制来克制去，实在撑不住了。这样下去可不行。我的感情再也压抑不住了。请允许我告诉你，我多么敬慕你，多么爱你。”

伊丽莎白惊讶得简直无法形容。她瞪着眼，红着脸，满腹狐疑，闷声不响。达西见此情景，以为她在怂恿他讲下去，便立即倾诉了目前和以往对她的一片深情。他说得十分动听，但是除了爱慕之情之外，还要详尽表明其他种种情感……而且吐露起傲慢之情来，绝不比倾诉柔情蜜意来得逊色。他觉得伊丽莎白出身低微，他自己是降格以求，而这家庭方面的障碍，又使得理智与心愿总是两相矛盾。他说得如此激动，似乎由于他在屈尊俯就的缘故，但却未必能使他的求婚受到欢迎。

伊丽莎白尽管打心眼里厌恶他，但是能受到这样一个人的爱慕，她又不能不觉得是一种恭维。虽说她的决心不曾有过片刻的动摇，但她知道这会给对方带来痛苦，因此开头还有些过意不去。然而他后来的话激起了她的怨恨，她的怜悯之情完全化作了愤怒。不过她还是尽量保持镇定，准备等他把话说完，再耐着性子回答他。达西临了向她表明，他爱她爱得太强烈了，尽管一再克制，还是觉得克制不住；并且表示说，希望她能接受他的求婚。伊丽莎白不难看出，他说这些话的时候，自以为肯定会得到个满意的答复。他虽然嘴里**说**自己又担忧又焦急，但是脸上却流露出一副稳操胜券的神气。这种情态只会惹对方更加恼怒，因此等他一讲完，伊丽莎白便红着脸说道：

“在这种情况下，按照常规，人家向你表白了深情厚谊，你不管能不能给以同样的报答，都应该表示一下自己的感激之情。有点感激之情，这也是很自然的，我要是**真**觉得感激的话，现在也会向你表示谢意的。可惜我不能这么做——我从不企望博得你的青睐，再说你这种青睐也表露得极为勉强。很抱歉，我会给别人带来痛苦。不过那完全是无意造成的，而且我希望很快就会过去。你告诉我说，你以前有种种顾虑，一直未能向我表明你的好感，现在经过这番解释之后，你很容易就能克制住这种好感。”

达西先生这时正倚着壁炉架，两眼直瞪瞪地盯着她，好像听了她这番话，心里又惊奇又气愤。他气得脸色铁青，整个神态处处显现了内心的烦扰不安。他竭力装出镇定自若的样子，不等到自以为装相了就不开口。这番沉默使伊丽莎白感到可怕。最后，达西以强作镇定的口气说道：

“我真荣幸，竟然得到这样的回答！也许我可以请教一下，我怎么会遭到如此**无礼**的拒绝？不过这也无关紧要。”

“我也想请问一声，”伊丽莎白答道，“你为什么要这样如此露骨地冒犯我，侮辱我，非要告诉我你是违背自己的意志、理智甚至人格而喜欢我？如果说我当**真**无礼的话，这难道不也情有可原吗？不过令我恼怒的还有别的事情。这一点你也知道。退一万步说，即使我对你没有反感，跟你毫无芥蒂，甚至还有几分好感，难道你认为我会鬼迷心窍，居然去爱一个毁了（也许永远毁了）我最心爱的姐姐的幸福的人吗？”

达西先生听了她这些话,脸色刷地变了。不过他很快又平静下来，也没想着去打断她，只管听她继续说下去：

“我有充分的理由鄙视你。你在**那件事**上扮演了很不正当、很不光彩的角色，不管你动机如何，都是无可宽容的。说起他们两人被拆散，即使不是你一手造成的，你也是主谋，这你不敢抵赖，也抵赖不了。看你把他们搞的，一个被世人指责为朝三暮四，另一个被世人讥笑为痴心妄想，害得他们痛苦至极。”

她说到这里顿住了，一见达西那副神气，完全没有一丁点懊悔之意，真气得她非同小可。他甚至还装作不相信，笑吟吟地望着她。

“你敢说你没干吗？”伊丽莎白又问了一遍。

达西故作镇定地答道：“我不想否认，我的确竭尽全力拆散了我的朋友和你姐姐的姻缘，并且还为自己的成功感到高兴。我对**宾利**比对自己还要关心。”

伊丽莎白听了他这番文雅的词令，表面上不愿显出很留意的样子，不过她倒明白这番话的意思，因此心里也就不可能消气。

“我还不光是在这件事上厌恶你，”她继续说道。“早在这件事发生之前，我对你就有了看法。好几个月以前，我从威克姆先生那里了解了你的人品，你在这件事上还有什么好说的？你能虚构出什么友谊举动来替自己辩护？你又将如何颠倒黑白，欺骗世人？”

“你对那位先生的事倒十分关心呀，”达西说道，话音不像刚才那么镇定，脸色变得更红了。

“凡是了解他不幸遭遇的人，谁能不关心他？”

“他的不幸遭遇！”达西轻蔑地重复了一声。“是呀，他的遭遇是很不幸。”

“而且都是你一手造成的，”伊丽莎白使劲嚷道。“你把他逼到如此贫困的地步——当然是相对而言。你明知应该属于他的利益，却不肯交给他。他正当年轻力壮，理应享有那笔足以维持闲居生活的资产，你却剥夺了他的这种权利。这全是你干的好事！可是人家一提到他的不幸，你还要加以鄙视和讥笑。”

“这就是你对我的看法！”达西一边叫嚷，一边疾步向屋子那头走去。“你原来是这样看我的！谢谢你解释得这么详尽。这样看来，我真是罪孽深重啦！也许，”他停住脚，扭过头来对她说道，“只怪我老实坦白了以前迟疑不决的原因，结果伤害了你的自尊心，否则你也不会计较这些过失了。假如我耍点手腕，把内心的矛盾掩饰起来，一味恭维你，让你相信我从理智到思想，各方面都对你怀有无条件的、纯洁的爱，你也许就不会这样苛责我了。可惜我厌恶任何形式的伪装。我也不为刚才所说的种种顾虑感到羞耻。这些顾虑是自然的，正当的。难道你指望我会为你那些微贱的亲戚而欢欣鼓舞吗？难道你期望我因为要结攀一些社会地位远远不如我的亲戚而感到庆幸吗？”

伊丽莎白越听越气愤，然而她还是平心静气地说道：

“达西先生，假如你表现得有礼貌一些，我拒绝了你也许会觉得过意不去，除此之外，你要是以为你的表白方式还会对我产生别的影响，那你就想错了。”

她见达西为之一惊，但却没有做声，于是她又接着说下去：

“任你采取什么方式向我求婚，也不会诱使我答应你。”

达西又显出非常惊讶的样子。他带着诧异和屈辱的神情望着对方。伊丽莎白继续说道：

“从我最初认识你的时候起，几乎可以说，从我刚一认识你的那刻起，你的言谈举止就使我充分意识到，你为人狂妄自大，自私自利，无视别人的感情，这就导致了我对你的不满，以后又有许多事，致使我对你深恶痛绝。我认识你还不到一个月的时候，就觉得哪怕我一辈子找不到男人，也休想让我嫁给你。”

“你说够了吧，小姐。我完全理解你的心情，现在只有对我自己的那些想法感到羞耻。请原谅我耽搁了你这么多时间，请允许我衷心祝愿你健康幸福。”

他说完这几句话，便匆匆走了出去。接着，伊丽莎白就听见他打开大门走了。

她这时心烦意乱，痛苦不堪。她不知道如何支撑自己，实在觉得太虚弱了，便坐在那里哭了了半个钟头。回想起刚才的情景，真是越想越奇怪。达西先生竟然会向她求婚！而且会爱上她好几个月！他会那样爱她，竟然不顾种种不利因素，想要和她结婚。想当初，正是基于这些不利因素，他才出来阻挠他的朋友娶简为妻，可见轮到他自己头上，他至少会同样注重这些不利因素——这简直不可思议！一个人能在不知不觉中博得别人如此热烈的爱慕，这也足以自慰了。但是，他为人傲慢，而且傲慢到令人发指的地步，居然恬不知耻地承认他破坏了简的好事，承认的过程中虽然不能自圆其说，却流露出一种无可宽恕的狂妄神气，还有他提起威克姆先生时，根本是满不在乎，全然不想否认他对他的残酷无情——一想到这些事，她一时因为念及他的一片钟情而激起的恻隐之心，也顿时化为乌有。

她这样回肠九转地左思右想，直到后来听见凯瑟琳夫人的马车声，才意识到她这副模样见不得夏洛特，便匆匆回自己房里去了。

第三卷

第十四章

大约在宾利和简订婚后一个星期，有天上午，宾利正和太太小姐们坐在餐厅里，忽然听到一阵马车声，大家都赶忙凑到窗口，只见一辆四轮马车驶进草场。一大清早，照理不会有客人来，再看看那车马装备，又不像是哪家邻居的。马是驿站上的马。还有那马车和车前侍从所穿的号衣，大家也不熟悉。不过肯定有人来访，宾利立即劝说贝内特小姐不要让不速之客缠住，快跟他一起跑到矮树林里。于是，他们两人走开了，另外三个人则依然在那里猜来猜去，尽管猜不出个端倪。霍然门给推开了，客人走进来了，原来是凯瑟琳·德布尔夫人。

当然，大家都做好了惊讶的准备，但是没有料想会惊讶到这个地步。贝内特太太和基蒂虽说与来客素昧平生，却比伊丽莎白还要惊愕。

客人摆出一副很不礼貌的神气走进屋来，伊丽莎白向她打招呼，她只微微点了一下头，便一声不响地坐了下来。夫人进来以后，虽然没有要求介绍，伊丽莎白还是把她的姓名告诉了母亲。

贝内特太太大为愕然，不过有这样一位贵客登门，她又感到十分荣幸，因此，便万分客气地加以接待。凯瑟琳夫人默默坐了一会，然后便冷冰冰地对伊丽莎白说：

“我想你挺好吧，贝内特小姐。这位太太大概是你母亲吧。”

伊丽莎白简单说了声正是。

“**那一位**大概是你妹妹吧。”

“是的，夫人，”贝内特太太答道，她很乐意跟凯瑟琳这样的贵妇人攀谈。“她是我的四女儿，我的小女儿最近刚刚出嫁，大女儿正跟一个小伙子在园里散步，我想那小伙子不久也要跟我们成为一家人了。”

“你们这座庄园可真小呀，”沉默了片刻之后，凯瑟琳夫人说道。

“当然比不上罗辛斯庄园，夫人。不过我敢说，比起威廉·卢卡斯爵士的庄园来，却要大得多。”

“夏天晚上坐在这间起居室里一定很不舒服，窗子全部正朝西。”

贝内特太太告诉她说，她们吃过晚饭以后从来不坐在那里，接着又说：“我是否可以冒昧地问夫人一声：您来的时候柯林斯夫妇都还好吧？”

“他们都很好。我前天晚上还看见他们的。”

这时，伊丽莎白满以为她会拿出夏洛特写给自己的一封信，因为看样子，这可能是她来访的唯一动机。可是夫人并没拿出信来，这真叫她大惑不解。

贝内特太太客客气气地恳请夫人随意用些点心，不想凯瑟琳夫人非常坚决而又很不客气地回绝了，说她什么也不要吃。接着她又站起来，对伊丽莎白说道：

“贝内特小姐，你们这块草场的一端好像颇有几分荒野的景致，倒也相当好看。我很想到那里转转，是否请你陪我走一走。”

“去吧，乖孩子，”她母亲大声说道，“陪着夫人到各条小径上转转。我想她一定会喜欢我们这个僻静的地方。”

伊丽莎白只好从命，跑进自己房里取来阳伞，陪着贵客走下楼。穿过走廊的时候，凯瑟琳夫人打开餐厅和客厅的门，稍微审视了一下，说是这两厅看上去还不错，然后继续往前走。

她的马车还停在门口，伊丽莎白看见她的侍女坐在车里。她们两人沿着通往矮树林的石子路，默默无声地向前走着。伊丽莎白觉得这个女人异常傲慢，异常令人讨厌，因此打定主意，决不主动跟她搭腔。

她仔细瞧了瞧她的脸，心想：“她哪里像她外甥呀？”

两人一走进小树林，凯瑟琳夫人便这样说道：

“贝内特小姐，你不会不知道我为什么要来这里。你心里有数，你的良心会告诉你我为什么要来。”

伊丽莎白露出毫不做作的惊异神情。

“夫人，你实在是想错了。我压根儿不明白怎么会有幸在这里见到你。”

“贝内特小姐，”夫人怒声怒气地答道，“你应该知道，谁也休想来戏弄我。不过，不管**你**怎么不老实，**我**可不会那样。我一向以真诚坦率著称，如今遇到这样一件大事，当然不会违背自己的个性。两天以前，我听到一条极其惊人的消息。我听说不光是你姐姐就要攀上一门阔亲，就连**你**，伊丽莎白·贝内特小姐，马上也要攀上我的外甥——我的亲外甥——达西先生。虽然我**知道**这是无稽之谈，虽然我不想那样小看达西，认为真会有这种事，我还是当机立断，立即动身赶到这里，向你表明我的态度。”

“你既然认为不会真有这种事，”伊丽莎白又是惊讶，又是鄙夷，满脸涨得通红，“那你何必自找麻烦，跑到这么远的地方来？您老人家究竟有何来意？”

“要你针对这种传闻，立即向大家去辟谣。”

“要是真有这种传闻，”伊丽莎白冷冷地说，“那你赶到朗伯恩来看我和我家里人，反而会弄假成真。”

“要是！难道你想故意装糊涂？你们不是一直在起劲地传播吗？你难道不知道已经传扬开了吗？”

“我从来没有听说过。”

“那你能不能说，这话**毫无根据**？”

“我并不想跟您老人家一样坦率。**你**尽管问好了，**我**可不想回答。”

“不要放肆！贝内特小姐，我非要听你说个明白。我外甥向你求过婚没有？”

“您老人家说过这不可能。”

“理应不可能。他只要头脑清醒，那就决不可能。可是，**你**会不择手段地诱惑他，他一时中了邪，忘记了他对自己和家人所担负的责任。你可能把他迷住了。”

“我即使把他迷住了，也决不会说给你听。”

“贝内特小姐，你知道我是谁吗？我可听不惯你这种言词。我差不多是他最亲近的亲戚，有权利过问他的切身大事。”

“可你没有权利过问**我**的事。你这种态度也休想逼我招认。”

“让我把话说明白，你不知天高地厚，妄想高攀这门亲事，那是决不会得逞的。是的，决不会得逞。达西先生早跟**我女儿**订过婚了。好啦，你有什么话要说？”

“只有这句话：要是他真订婚了，那你就没有理由认为他会向我求婚。”

凯瑟琳夫人踌躇片刻，然后答道：

“他们的订婚非同寻常。他们从小就给许定了终身。这是双方母亲的最大心愿。他们还在摇篮里，我们就给他们定了亲。现在，眼见姐妹俩就要如愿以偿，那小两口就要成亲，却冒出了个出身卑贱、门户低微、跟他非亲非眷的小妮子从中作梗！难道你完全无视他亲人的心愿，无视他与德布尔小姐默许的婚约？难道你一点不讲体统，一点不知廉耻吗？难道你没听我说过，他从小就跟他表妹许定终身了吗？”

“不错，我以前听说过。可是那关我什么事？要是没有别的理由妨碍我嫁给你外甥，我决不会因为他母亲和姨妈要他娶德布尔小姐，而就此却步。你们姐妹俩费尽心机筹划了这起姻缘，能否得逞却要取决于别人。要是达西先生既没有义务，也不愿意跟他表妹结婚，那他为什么不能另做选择？要是他选中了我，我为什么不能答应他呢？”

“为了维护尊严，顾全体面，谨慎从事，而且从利害关系着想，也不允许这么做。是的，贝内特小姐，从利害关系着想。如果你硬要一意孤行，那就休想他的亲友会对你客气。凡是与他沾亲带故的人，都会指责你，轻视你，厌恶你。你们的联姻成了一桩耻辱，我们甚至谁都不愿提起你的名字。”

“这真是天大的不幸，”伊丽莎白答道。“不过，做了达西先生的太太，势必会享受到莫大的幸福，因此，总的说来，完全用不着懊恼。”

“你这个丫头真是顽固不化！我都替你害臊！今年春天我那么厚待你，你就这样报答我？难道你对此就没有一点感恩之心？我们还是坐下谈谈。你应该明白，贝内特小姐，我是抱着不达目的誓不罢休的决心来到这里的，谁也休想劝阻我。我从不听从任何人的怪念。我从不让自己失望。”

“那只能使**你**目前的处境更加可怜，而对**我**却毫无影响。”

“我说话不许你插嘴！你给我老实听着。我女儿和我外甥是天生的一对。他们的母亲出身于同一贵族世家。他们的父亲家虽然没有爵位，可都是很有地位的名门世家。他们两家都有巨额资产。两家亲人都一致认定，他们是天造地设的一对，谁能拆散他们？你这个小妮子，一无门第，二无贵亲，三无财产，却要痴心妄想。这像什么话！真让人忍无可忍。你要是有点自知之明，就不会想要背弃自己的出身。”

“我认为，我跟你外甥结婚，并不会背弃自己的出身。他是个绅士，我是绅士的女儿，我们正是门当户对。”

“不错。你**的确**是绅士的女儿。可你妈妈是个什么人？你舅父母和姨父母又是些什么人？别以为我不了解他们的底细。”

“不管我的亲戚是些什么人，”伊丽莎白说道，“只要你外甥不计较，便与你毫不相干。”

“你明言直语地告诉我，你究竟跟他订婚了没有？”

伊丽莎白本想不买凯瑟琳夫人的账，索性不回答这个问题，可是细想了想之后，又不得不说：

“没有。”

凯瑟琳夫人显得很高兴。

“你肯答应我永远不跟他订婚吗？”

“我不能答应这种事。”

“贝内特小姐，你真让我感到震惊。我原以为你会通情达理一些。你可不要打错了算盘，认为我会退让。你不答应我的要求，我就决不走开。”

“我**决不会**答应你的要求。你休想恐吓我去干那种荒唐透顶的事情。你想让达西先生跟你女儿结婚，可是就算我答应了你的要求，难道就能促成**他们俩**的婚事吗？要是他看中了我，就算我拒绝他，难道他会因此而去向他表妹求婚吗？恕我直言，凯瑟琳夫人，你这种异想天开的要求实在有些荒唐，你的论点也实在无聊。你要是以为你能拿这些话说动我，那你就完全看错了人。你外甥是否会让你干涉他的事，这我说不上，可你绝对没有权力干涉我的事。因此，我请求你不要为这件事再来纠缠我了。”

“请你不要这么性急。我还远远没有说完呢。我之所以坚决反对你和我外甥结婚，理由除了上面提到的那些之外，还得补充一条。

别以为我不知道你小妹妹私奔的丑事。这件事我全知道。那个年轻人跟她结婚，只是你父亲和舅父收拾残局，花钱买来的。**这样**一个臭丫头，也配做我外甥的小姨子吗？**她**的丈夫是他先父管家的儿子，也配做他的连襟吗？天哪！你究竟打的什么主意？彭伯利的祖荫能给人这样糟蹋吗？”

“你**现在**应该说完了吧，”伊丽莎白愤懑地答道。“你已经把我侮辱够了。我可要回家去啦。”

她说着站起身来。凯瑟琳夫人也站了起来，两人扭身往回走。老夫人真给气坏了。

“这么说，你毫不顾全我外甥的体面和名声啦！你这个无情无义、自私自利的丫头！你难道不知道，他一跟你结了婚，大家都要看不起他吗？”

“凯瑟琳夫人，我不想再讲了。你已经知道了我的意思。”

“那你非要把他弄到手不可啦？”

“我没说这种话。我只不过拿定主意，觉得怎么做会使我幸福，我就怎么做，**你**管不着，与我无关的人都管不着。”

“好啊。这么说，你拒不答应我的要求啦。你真是不守本分，不知廉耻，忘恩负义。你非要让他的亲友看不起他，让天下人都耻笑他。”

“目前这件事根本谈不到什么本分、廉耻和恩义，”伊丽莎白答道。“我与达西先生结婚，并不触犯这些原则。要是说他娶我真会引起家里人厌恶他，那我也毫不在乎。至于说天下人会因此感到气愤，我认为世人大多数都很通情达理，不见得个个都会耻笑他。”

“这就是你的真实思想！这就是你坚定不移的决心！好极啦，我现在可知道怎么办了。贝内特小姐，别以为你的痴心妄想会得逞。我是来探探你的。我原指望你会通情达理一些。不过，你等着瞧吧，我非要达到目的不可。”

凯瑟琳夫人就这样一直喋喋不休，等走到马车门口，又急忙掉过头来，接着说道：

“我不向你告辞，贝内特小姐。我也不问候你母亲。你们不配受到这样的礼遇。我感到扫兴透了。”

伊丽莎白没去理她，也没请她回屋坐坐，便只身不声不响地走进屋里。她上楼的时候，听到马车驶走的声音。母亲心急地待在梳妆室门口迎候她，问她凯瑟琳夫人为什么不再进屋歇歇脚。

“她不愿意进来，”女儿说。“她要走。”

“她是个好俊俏的女人啊！她能光临我们这里，真是太客气了！我想，她只是来告诉我们，柯林斯夫妇过得很好。她大概是到什么地方去，路过梅里顿，心想不妨来看看你。她大概没有特别跟你说什么话吧，莉齐？”

伊丽莎白不得不撒了个小谎，因为她实在没法说出她们谈话的内容。

第十七章

“亲爱的莉齐，你们散步散到什么地方去了？”伊丽莎白一进屋，简便这样问她；等大家坐下吃饭的时候，家里其他人也都这样问她。

她只得回答说，他们随便闲逛，她也不知道走到什么地方去了。她说着说着，脸便红了。但是，不管是她那神色，还是什么别的迹象，都没引起大家怀疑到实情上去。

晚上平平静静地过去了，并没出现什么特别情况。那一对公开了的情人有说有笑，那对没有公开的恋人却不声不响。达西性情稳重，从不喜形于色。伊丽莎白心慌意乱，只**知道**自己幸福，却**体会**不到幸福的滋味，因为除了眼前的别扭之外，她还面临着其他种种麻烦。她预料事情公开之后，家里人会怎么想。她知道，家里人除了简以外，谁也不喜欢达西。她甚至担心，别人都会**讨厌**他，任凭他再有钱有势，也于事无补。

夜晚，她向简敞开了心扉。虽说贝内特小姐一向并不多疑，这次却断然不肯相信。

"你在开玩笑，莉齐，这不可能！答应嫁给达西先生！不，不，你休想骗我。我知道这不可能。"

"一开头就这么不幸！你是我唯一可信赖的，要是你不相信我，那就没有人会相信我了。可我真不是开玩笑。我说的都是实话。他仍然爱着我，我们已经许定了终身。"

简拿怀疑的目光看着她。"哦，莉齐！这不可能。我知道你十分讨厌他。"

"你一点也不了解这件事。你**那话**就别提了。也许我以前不像现在这样爱他。可是这一类事切不可记得太牢。这一次之后，我要把它忘个一干二净。"

贝内特小姐仍然显得十分惊异。伊丽莎白又一次更加郑重其事地对她说，这是事实。

“天哪！真会有这种事！不过我现在应该相信你了，”简大声说道。“亲爱的莉齐，我想——我要恭喜你——可你肯定——请原谅我这样问你——你十分肯定你嫁给他会幸福吗？”

“那毫无疑问。我们两个都认为，我们将成为世界上最幸福的一对。不过你高兴吗，简？你愿意要这样一位妹夫吗？”

“非常愿意。没有比这使我和宾利更高兴的事啦。不过，这件事我们以前考虑过，谈论过，认为不可能。你当真非常爱他吗？哦，莉齐！人怎么都可以，没有爱情可不能结婚。你确实觉得你应该这样做吗？”

“哦，是的！等我统统告诉了你之后，你只会认为，比起我的感觉来，我做得还**不够**呢。”

“你这是什么意思？”

“唔，我应该承认，我爱他比爱宾利来得深切一些。恐怕你要生气了吧。”

“好妹妹，**请**你严肃一些。我想严肃地跟你谈谈。凡是可以告诉我的事，请你赶快统统告诉我。你能告诉我你爱他多久了吗？”

“那是慢慢发展起来的，我也不知道是什么时候开始的。不过我想，应该从我最初看到他彭伯利的美丽庭园算起。”

简又一次恳求妹妹严肃些，这一次总算产生了效果，伊丽莎白马上一本正经地对简说，她真爱达西。贝内特小姐对这一点置信不疑之后，便也心满意足了。

“我感到十分高兴，”她说，“因为你会和我一样幸福。我一向很器重他。不说别的，光凭他爱你，我也该始终敬重他。现在他既是宾利的朋友，又要做你的丈夫，因此除了宾利和你之外，我最喜爱的就是他啦。不过，莉齐，你真狡猾，还对我保守秘密呢。你去彭伯利和兰顿的事，一点也不对我说！我所了解的一些情形，全是别人告诉我的，而不是你讲的。”

伊丽莎白把保守秘密的原因告诉了姐姐。她一直不愿意提起宾利，由于心绪不定的缘故，又总是避而不提达西。可是现在，她不再向姐姐隐瞒达西如何为莉迪亚的婚事奔波了。她把事情和盘托出，姐妹俩一直谈到半夜。

“天哪！”第二天早晨，贝内特太太站在窗口嚷道，“那位达西先生真讨厌，又跟着亲爱的宾利到这里来了！他怎么这么不知趣，老往这里跑？我还以为他会去打鸟，或者随便去干点别的什么，而别来打扰我们。我们拿他怎么办呢？莉齐，你还得陪他出去走走，免得他妨碍宾利。”

伊丽莎白一听这个主意，正中下怀，禁不住笑了。但是母亲总说他讨厌，又真叫她气恼。

两位先生一走进门，宾利便意味深长地望着她，跟她热烈握手，她一看便知道，他得到了确凿的消息。过了不一会，他大声说道：“贝内特太太，附近有没有别的曲径小道，好让莉齐今天再去迷迷路？”

“我建议，”贝内特太太说，“达西先生、莉齐和基蒂今天上午都去奥克姆山。这段路又长又宜人，达西先生从没见过那里的景色。”

“这对他们两人是再好不过了，”宾利先生答道。“可是基蒂一定吃不消。是吧，基蒂？”

基蒂承认，她宁可待在家里。达西声称，他很想到山上观观景致，伊丽莎白则默然表示同意。她正上楼去准备，贝内特太太跟在后面说道：

“实在抱歉，莉齐，害得你单独陪着那个讨厌鬼，不过，希望你不要介意。你知道，这都是为了简。你犯不着跟他攀谈，偶尔敷衍两句就行了。因此，你也不要多费心思。”

散步的时候，两人决定晚上就去请求贝内特先生同意。母亲那里则由伊丽莎白自己去说。她拿不定母亲会做何反应。她有时在想：达西尽管有财有势，这未必能消除母亲对他的憎恶。但是，母亲对这门婚事不管是极力反对，还是极为满意，她的言谈举止都不会得体，总要让人觉得她毫无见识。让达西先生听见母亲气势汹汹地表示反对也好，欢天喜地地表示赞成也好，她都觉得忍受不了。

到了晚上，贝内特先生刚回到书房，她便看见达西先生也起身跟了进去。顿时，她心里感到万分焦灼。她并不害怕父亲反对，而是怕他给弄得不愉快。她想，她本是父亲最宠爱的女儿，如果因为选择对象而给父亲带来痛苦，让父亲为她的终身大事担忧遗憾，那未免太不像话。她伤心地坐在那里，直到达西先生又回来了，一见他面带笑容，她才松了口气。过了一会，达西走到她和基蒂就座的桌前，假装欣赏她手里的活计，轻声说道：“快去你父亲那里，他在书房里等你。”伊丽莎白马上去了。

父亲正在书房里踱来踱去，样子既严肃，又焦急。“莉齐，”他说，“你在搞什么名堂？你是不是疯了，怎么会答应这个人？你不是一直都在恨他吗？”

她这时真巴不得自己当初的看法能理智一些，言词能温和一些！那样一来，她也就用不着无比尴尬地去解释，去剖白了。可现在既然非得费些口舌，她只得心慌意乱地对父亲说，她爱达西先生。

“换句话说，你是打定主意要嫁给他啦。他当然有的是钱，你可以比简有更多的漂亮衣服，漂亮马车。可这些东西会使你幸福吗？”

“你除了认为我不爱他以外，”伊丽莎白说，“还有别的什么反对意见吗？”

“丝毫没有。我们都知道他是个高傲、讨嫌的人。不过，只要你真喜欢他，这也无关紧要。”

“我喜欢他，我真喜欢他，”伊丽莎白眼里噙着泪花答道。“我爱他。他并不是傲慢得不合道理。他可爱极了。你不了解他的真正为人。因此，我求你不要用那样的言词谈论他，免得让我伤心。”

“莉齐，”父亲说道，“我已经应允他了。像他这样的人，只要蒙他不弃，有所要求，我当然决不敢拒绝。如果你已经决定要嫁给他，我现在也应允**你**了。不过，我还是劝你重新考虑一下。我了解你的脾气，莉齐。我知道，除非你真正敬重你的丈夫，除非你认为他高你一筹，否则你就不会觉得幸福，也不会觉得体面。你是那样活泼聪慧，要是嫁个不般配的丈夫，那是极其危险的。你很难逃脱丢脸和悲惨的下场。孩子，别让我伤心地看着你瞧不起你的终身伴侣。你可不要稀里糊涂的。”

伊丽莎白变得更加激动，回答得也非常认真，非常严肃。她再三表明达西先生确实是她选择的对象，说她是渐渐对他敬重起来的，说她确信达西对她的感情也不是一朝一夕形成的，而是经受了好多个月悬而未决的考验，后来还津津乐道地列数了达西的种种优良品质，最后终于打消了父亲的疑虑，心甘情愿地赞成了这门婚事。

“好孩子，”等女儿讲完了，他便说道，“我没有意见了。如果真是这样，他倒配得上你。莉齐，我可不愿意让你嫁给一个与你不相配的人。”

为了使父亲对达西先生有个完满的印象，伊丽莎白又说起了他自告奋勇搭救莉迪亚的事。父亲一听大为惊奇。

“今天晚上真是奇迹迭出啊！这么说来，全靠达西先生鼎力相助啦——捏合了这门亲事，拿出钱来，替那家伙还债，给他找了个差事！这再好也没有了！这就省了我好多麻烦，好多钱。假如事情是你舅舅干的，我就一定**非要**还他不可。不过，这些陷入狂恋的年轻人总是自行其是。我明天就提出还他钱，他会慷慨激昂地大吹大擂，声称他如何爱你，这样事情就了结了。”

他随即记起，几天前他念柯林斯先生的那封信时，伊丽莎白有多么局促不安。他取笑了她一阵之后，终于放她走了，她刚要走出屋，他又说：“要是有年轻人来向玛丽或基蒂求婚，就让他们进来好了，我正闲着呢。”

伊丽莎白心里一块大石头，这才算落了地。她在自己房里沉思了半个钟头之后，倒能比较镇定地来到众人中间。事情来得太突兀，一时还高兴不起来，不过这个夜晚还是平平静静地过去了。再也没有什么大不了的事情需要担忧了，终究会产生一种安然自得、亲密无间的适意感。

晚上母亲去梳妆室的时候，伊丽莎白也跟了进去，她把这条重大新闻告诉了她。结果大大出乎意料。贝内特太太乍听到这条消息，只是静静地坐着，一句话也说不出。虽说她遇到对家里有好处的事，或者有人来向女儿求爱之类的事，反应向来都不迟钝，但这次硬是迟疑了半天，才听懂了女儿的话。她最后终于清醒过来，在椅子上坐立不安，忽而站起来，忽而又坐下，忽而诧异，忽而又为自己祝福。

“天哪！老天保佑！只要想一想！天哪！达西先生！谁会想到啊！真有这回事吗？哦！我的心肝莉齐！你就要大富大贵了！你会有多少零用钱，多少珠宝，多少马车啊！简就差远了——简直是天上地下。我真高兴——真快活！多么可爱的一个人！那么英俊！那么魁梧！哦，亲爱的莉齐！我以前那么讨厌他，请代我向他赔罪，但愿他不计较。亲爱的莉齐！城里有座住宅！家里琳琅满目！三个女儿出嫁啦！每年有一万镑的收入！哦，天哪！我会怎么样啊，我要发狂了。”

这番话足以证明，她完全赞成这门婚事。伊丽莎白庆幸的是，母亲这些信口开河的话，只有她一个人听见。过了不久，她便走开了。但她回到自己房里还不到三分钟，母亲又赶来了。

“我的宝贝，”母亲大声叫道，“我脑子里光想着这件事！每年有一万镑的收入，可能还要更多！阔得像王公一般！还有特许结婚证！你当然应该凭特许结婚证结婚！不过，我的宝贝，快告诉我达西先生最爱吃什么菜，我明天就做给他吃。”

这是个不祥之兆，看来母亲又要在那位先生面前出丑了。伊丽莎白觉得，她虽然确信自己已经赢得了达西最热烈的爱，而且也得到了家人的同意，但事情还有不尽人意的地方。不过，出乎她的意料，第二天进展得倒挺顺利。原来，多亏贝内特太太对未来的女婿还有些敬而远之，不敢贸然跟他说话，只能向他献点殷勤，恭维一下他的远见卓识。

伊丽莎白高兴地发现,父亲也在尽力跟达西先生亲近。过了不久，贝内特先生便对她说，他越来越器重达西了。

“我非常器重我的三个女婿,”他说。“威克姆也许最受我宠爱。不过我想，你的丈夫也像简的丈夫一样讨我喜欢。”

第十八章

伊丽莎白一来精神，马上又变得调皮起来了，她要达西先生讲一讲他当初是怎么爱上她的。“你是怎么开头的？”她说。“我知道你一旦开了头，就会一帆风顺地进行下去。可是，你当初是怎么开头的呢？”

“我也说不准是在什么时间，什么地点，看见你的什么神情，听见你的什么言语，便开始爱上了你。那是很久以前的事。我是到了不能自拔的时候，才发现爱上了你。”

“我的美貌起初并没使你动心，至于我的举止——我对你的态度至少不是很有礼貌，每次跟你说话总想让你痛苦一番。请你说句老实话，你是不是喜爱我的唐突无礼？”

“我喜爱你头脑机灵。”

“你还是称之为唐突吧。不折不扣的唐突。事实上，你讨厌恭恭谨谨、虔虔敬敬和殷勤多礼那一套。有些女人从说话，到神态，到思想，总想博得你的欢心，你厌恶这种女人。我引起了你的注意，打动了你的心，因为我跟她们截然不同。假如你不是实在和蔼可亲的话，你一定会因此而恨我。不过，尽管你想尽办法来掩饰自己，你的情感却总是高尚的，公正的。你从心里憎恶那些拼命向你献殷勤的人。瞧，我这么一说，就省得你费神解释了。说真的，通盘考虑一下，我觉得你这样做完全合情合理。当然，你并不了解我有什么实在的优点——不过人在谈恋爱的时候，谁也不去考虑这个问题。"

"当初简在内瑟菲尔德病倒了，你对她那样温柔体贴，这难道不是优点吗？"

"简实在太可爱了！谁能不关心她呢？不过，就权当这是我的一条优点吧。我的优点全靠你夸奖啦，你就尽量夸张吧。作为报答，我要经常寻找机会嘲笑你，跟你争论。我这就开始：请问你为什么总不愿意直截了当地谈到正题？你第一次来访，以及后来在这儿吃饭的时候，为什么要躲避我？尤其是你来拜访的那一次，为什么摆出那副神气，好像全然不把我放在心上？"

"因为你板着个脸，一言不发，我不敢贸然行事。"

"可我觉得难为情呀。"

"我也一样。"

"你来吃饭那次本来可以跟我多谈谈的。"

"假如不是那么爱你，或许倒可以多谈谈。"

"真不凑巧，你做出了一个合情合理的回答，而我偏偏又合情合理地接受了你这个回答！假如我不来理会你，说不定你要拖到哪年哪月！假如不是我问起你，不知道你什么时候才肯开口！我决定感谢你挽救了莉迪亚，这当然产生了巨大的作用——恐怕太大了。如果说我们因为违背了当初的诺言，才获得了目前的快慰，那在道义上怎么说得过去？我实在不该提起这件事。万万不该。”

“你用不着难过。道义上完全说得过去。凯瑟琳夫人蛮横无理，想要拆散我们，反而使我彻底打消了疑虑。我并非承蒙你急于想感谢我，才获得了目前的幸福。我可等不及让你先开口。我听姨妈一说，心里便产生了希望，于是便打定主意，立即把事情弄个水落石出。”

“凯瑟琳夫人帮了大忙，她应该为此感到高兴，因为她就乐意帮忙。不过，请告诉我，你这次来内瑟菲尔德究竟为什么？难道就是为了骑着马到朗伯恩来难为情一番？还是准备做点正经事？”

“我的真正目的，是想看看你，如果可能的话，想断定是否有希望使你爱上我。我对别人、对自己都声称，我是来看你姐姐是否依然爱着宾利，如果她还爱着他，那我就向宾利认错，这一点我已经做到了。”

“你有没有勇气向凯瑟琳夫人宣布我们这件事？”

“我需要的不是勇气，而是时间，伊丽莎白。不过，这件事是应该做的。你要是给我一张纸，我马上就做。”

“要不是我自己有封信要写，我一定会像另一位年轻小姐那样，坐在你身旁，欣赏你那工整的书法[1]。可惜我也有一位舅妈，再也不能不给她回信了。”

1 指宾利小姐看达西写信那件事，见第一卷第十章。

原来，伊丽莎白不愿挑明舅妈过高估计了她与达西先生的关系，因此一直没有回复加德纳太太写来的那封长信。现在有了这条消息告诉她，她一定会感到万分高兴。不过伊丽莎白又觉得，让舅父母迟了三天才知道这条喜讯，真有些不好意思，于是她马上写道：

亲爱的舅妈，承蒙你一片好心，给我写来那封长信，令人欣慰地说明了种种详情细节。我本当早日回信道谢，但是说实话，我有点生气，因此没有回信。你当时想象得有些言过其实。可是现在，你尽可爱怎么想象就怎么想象吧。张开想象的翅膀，任你怎么异想天开，只要不认为我已经结婚，你决不会有很大出入。你得马上再写封信，把他再赞美一番，而且要赞美得大大超过你上一封信。我要多谢你没带我到湖区去。我怎么那样傻，居然想去那里！你说要驾上两匹小马去游园，这个主意可真有意思。我们可以每天绕着彭伯利庄园兜一圈。我现在成了天下最幸福的人。也许别人以前也说过这句话。可是谁也不像我这样名副其实。我甚至比简还要幸福，她只是莞尔而笑，我却是开怀大笑。达西先生分出一部分爱我之心，向你表示问候。请你合家到彭伯利来过圣诞节。

您的外甥女

达西先生写给凯瑟琳夫人的信，格调和这封信大为不同，而贝内特先生写给柯林斯先生的回信，则又和这两封信截然不同。

亲爱的先生：

我要烦请你再恭贺我一次。伊丽莎白马上要做达西夫人了。请多多劝慰凯瑟琳夫人。不过，假若我是你，我将站在她外甥一边，他可以给你更多的好处。

你的真诚的……

宾利小姐祝贺哥哥即将结婚，虽说不胜亲切，但却毫无诚意。她甚至写信给简，表示恭喜，并把她那一套虚情假意重新倾诉了一番。简没有受蒙骗，不过倒有些感动。她虽说并不信赖她，可还是回了她一封信，措辞十分亲切，实在让她受之有愧。

达西小姐一接到喜讯，便表示了由衷的欣喜之情，正如哥哥发出喜讯时一样情真意切。她写了四面信纸，还不足以表达她内心的喜悦，不足以表明她多么渴望嫂嫂会疼爱她。

贝内特先生还没收到柯林斯先生的回信，伊丽莎白也没接到柯林斯夫人的祝贺，但是朗伯恩这家人却听说，柯林斯夫妇跑到了卢卡斯家。他们之所以突然赶来，原因很快就弄清楚了。原来，凯瑟琳夫人接到外甥的来信，不禁勃然大怒，夏洛特偏偏要为这门婚事感到欣喜，因此便急火火地想躲避一下，等到这场风暴平息了再说。伊丽莎白觉得，她的朋友能在这种时候赶来，真让她从心坎里感到高兴。不过在会面的过程中，她有时又难免认为，她为这种乐趣付出了高昂的代价，因为她眼看着柯林斯先生极尽阿谀奉承之能事，对达西先生大献殷勤。不过，达西先生倒镇定自若地容忍着。他甚至还能听得进威廉·卢卡斯爵士的絮叨，只听他恭维说，他撷取了当地最绚丽的明珠，并且大大落落地表示，希望今后能常在宫里见面。

直到威廉爵士走开之后，他才无奈地耸耸肩。

还有菲利普斯太太，她为人粗俗，也许会叫达西更难忍受。菲利普斯太太像她姐姐一样，见宾利和颜悦色，说起话来很随便，但对达西敬畏有加，不敢造次，不过她每次一开口，总是俗不可耐。虽说她因为敬重达西而显得比较安静，但她没有因此而变得文雅一些。伊丽莎白千方百计不让达西受到这两个人的一再纠缠，总是竭力让他跟她自己谈话，跟她家里那些不会使他难堪的人谈话。虽说这些应酬使她心里觉得不是滋味，大大减少了恋爱的乐趣，但是却给未来增添了希望。她乐滋滋地期待着尽快离开这些讨厌的人们，到彭伯利去享受他们舒适而优雅的家庭生活。

理智与情感

导读

《理智与情感》的作者是英国作家奥斯丁。《理智与情感》与《傲慢与偏见》是一前一后创作，一前一后出版的，因而在格调上十分接近，很像一对孪生姐妹，几乎同样富于幽默情趣。考虑到这一因素，我们只选择了该书的第一卷第二章。

女主角埃丽诺姐妹三人及母亲，随着父亲去世，落入寄人篱下的地步。父亲临终前，曾嘱咐同父异母的哥哥约翰资助她们母女四人，约翰慨然答应资助每人一千英镑。但是，晚上回到家里跟妻子商讨时，一个强词夺理，一个言听计从，最后决定：不给母女四人分文！不长的一席对话，两个冷漠自私的守财奴的形象跃然纸上。

第一卷

第二章

约翰·达什伍德夫人如今当上了诺兰庄园的女主人，她的婆母和小姑们反而落到寄人篱下的境地。不过，这么一来，她待她们反倒文静客气起来。她丈夫对她们也和和气气的，他除了对自己和自己的老婆孩子之外，对别人充其量也只能如此。他颇为恳切地请求她们把诺兰庄园当作自己的家。达什伍德太太觉得一时在左近找不到合适的房子，不如暂且待在这里，于是便接受了他的请求。

对于达什伍德太太来说，待在老地方，随时随地都能回想起昔日的欢乐，倒也再称心不过了。碰到高兴的时候，谁也没有她那样开心，那样乐观地期待着幸福的到来，仿佛期待本身就是一种幸福似的。可是一遇到伤心事，她也同样胡思乱想，失去常态，同她高兴时不能自已一样，她伤心起来也是无法解脱的。

约翰·达什伍德夫人根本不赞成丈夫资助他几个妹妹。从他们小宝贝的财产中挖掉三千镑，岂不是把他刮成穷光蛋了吗？她请丈夫重新考虑这件事。自己的孩子，而且是独生子，他怎么忍心剥夺他这么一大笔钱呀？几位达什伍德小姐与他只是同父异母的兄妹，她认为这根本算不上什么亲属关系，她们有什么权利领受他这样慷慨的资助？人所周知，同父异母的子女之间历来不存在什么感情，可他为什么偏要把自己的钱财送给同父异母的妹妹，毁自己，也毁他们可怜的小哈里？

“我父亲临终有嘱咐，”丈夫回答说，“要我帮助寡母和妹妹们。”

“他准是在说胡话。那阵子，他十有八九是神志不清了，要不然他就不会异想天开地要你把自己孩子的财产白白送掉一半。”

“亲爱的范妮，他倒没有规定具体数目，只是笼统地要求我帮助她们，使她们的境况比他力所能及地搞得好一些。也许他不如索性把事情全部交给我。他总不会认为我会怠慢她们吧。可他让我许诺时，我又不能不应承；起码在当时，我是这么想的。于是，我许诺了，而且还必须兑现。她们早晚要离开诺兰，到别处安家，总得帮她们一把吧。”

“那好，就**帮**她们一把吧，可是帮**一把**何必要三千镑。你想想看，”她接下去说道，“那钱一旦抛出去，可就再也收不回来了。你那些妹妹一出嫁，那钱不就无影无踪啦。真是的，这钱要是能回到我们可怜的小儿子手里——”

“哦，当然，”丈夫一本正经地说道，“那可就了不得啦。有朝一日，哈里会怨恨我们给他送掉这么一大笔钱。他一旦人丁兴旺起来，这笔款子可就派大用场了。”

“谁说不是呢。”

“这么说，不如把钱减掉一半，这或许对大家都有好处。给她们一人五百镑，她们也够发大财的了！”

“哦！当然是发大财了！世上哪个做哥哥的能这样照应妹妹，即使是对待**亲妹妹**，连你的一半也做不到！何况你们只是同父异母关系！可你却这样慷慨解囊！”

“我做事不喜欢小家子气，”做丈夫的回答说。“逢到这当口，人宁可大手大脚，而别小里小气。至少不会有人觉得我亏待了她们，就连她们自己也不会有更高的期望了。”

“谁知道**她们**有什么期望，”夫人说道，“不过，我们也犯不着去考虑她们的期望。问题在于：你能拿得出多少。”

“那当然，我想我可以给她们每人五百镑，其实，即便没有我这份补贴，她们的母亲一死，她们每人都能得到三千多镑，对于一个年轻女子来说，这是一笔相当不错的财产啦。”

“谁说不是呢！说实在的，我看她们根本不需要额外补贴了。她们有一万镑可分。要是出了嫁，日子肯定富得很。即使不出嫁，就靠那一万镑得来的利息，也能在一起生活得舒舒服服的。”

“的确如此。所以我在琢磨：整个来看，趁她们母亲活着的时候，给她点补贴，这是不是比给她们更可取呢？我的意思是给她点年金什么的。这个办法产生的良好效果，我妹妹和她们的母亲都能感觉得到。一年出一百镑，管叫她们全都舒舒服服的。”

然而，他妻子没有马上同意这个计划，她犹豫了一下。

“当然，”她说，“这比一下子送掉一千五百镑要好。不过，要是达什伍德太太活上十五年，我们岂不上了大当。”

“十五年！我亲爱的范妮，就她那命呀，连这一半时间也活不到。”

“当然活不到。不过，你留心观察一下，人要是能领到一点年金的话，总是活个没完没了。她身强力壮的，还不到四十岁。年金可不是闹着玩的，一年一年地给下去，到时想甩都甩不掉。你不懂这种事，我可体验到给年金的不少苦楚，因为我母亲遵照我父亲的遗嘱，年年要向三个老仆人支付退休金，她发现这事讨厌极了。这些退休金每年支付两次，要送到仆人手里可麻烦了。此后听说有一个仆人死了，可后来发现并没有这回事。我母亲伤透了脑筋。她说，她的财产被这样长久刮下去，她哪里还做得了主？这都怪我父亲太狠心，不然这钱还不都是我母亲的，爱怎么用就怎么用。如今，我对年金憎恶透了，要是叫我给哪个人付年金，我说什么也不干。”

“一个人的收入年年这样消耗下去，”达什伍德先生说，“这当然是件不愉快的事情。你母亲说得对，这财产就不由自己做主了。一到年金支付日，都要照例支出一笔钱，这着实有些讨厌：它剥夺了一个人的自主权。”

“那还用说。尽管如此，你还不讨好。她们觉得自己到期领取，万无一失，而你又不会再多给，所以对你压根儿不领情。我要是你呀，不管做什么事，一定自作裁夺。我决不会作茧自缚，去给她们什么年金。逢到某些年头，你要从自己的花销中抽出一百镑，甚至五十镑，可没那么容易。”

“亲爱的，我看你说得对，这事还是不搞年金为好。偶尔给她们几个钱，比给年金有益得多，因为钱给多了，她们只会变得大手大脚，到了年底一个小钱也多不出来。这是个最好不过的办法。不定时地送她们五十镑，这样她们什么时候也不会缺钱用，我还能充分履行我对父亲的承诺。”

“当然如此。说实在话，我认为你父亲根本没有让你资助她们的意思。我敢说，他所谓的帮助，不过是让你合情合理地帮点忙，比方替她们找座舒适的小房子啦，帮她们搬搬东西啦，等季节到了给她们送点鲜鱼野味啦，等等。我敢以性命担保，他没有别的意思；要不然，岂不成了咄咄怪事。亲爱的达什伍德先生，你只要想一想，你继母和她的女儿们靠着那七千镑得来的利息，会过上多么舒适的日子啊。况且每个女儿还有一千镑，每年能给每人带来五十镑的收益。当然啦，她们会从中拿来向母亲缴纳伙食费的。总计起来，她们一年有五百镑的收入，就那么四个女人家，这些钱还不够吗？她们的花销少得很！管理家务不成问题。她们一无马车，二无马匹，也不用雇仆人。她们不跟外人来往，什么开支也没有！你看她们有多舒服！一年五百镑啊！我简直无法想象她们哪能花掉一半。至于说你想再给她们钱，未免太荒诞了吧。论财力，她们给**你**点倒差不多。”

“哟！”达什伍德先生说，“你说得真是一点不假。我父亲对我的要求，除了你说的之外，肯定没有别的意思。我现在搞清楚了，我要严格履行我的承诺，照你说的，为她们帮点忙，做点好事。等我母亲搬家的时候，我一定尽力帮她安顿好，还可以送她点小件家什。”

“当然，”约翰·达什伍德夫人说，“但是，有**一点**你还得考虑。你父母亲搬到诺兰时，斯坦希尔那儿的家具虽说都卖了，可那些瓷器、金银器皿和亚麻台布都还保存着，统统留给了你母亲。因此，她一搬家，屋里准摆得阔阔气气的。”

“你考虑到这一点无疑事关重大啊。那可是些传家宝啊！有些金银器皿送给我们可就美啦。”

“就是嘛。那套瓷器餐具也比我们家的漂亮多了。我看太漂亮了，**她们**住得起的房里根本不配摆设。不过，事情就这么不公平。你父亲光想着**她们**。我实对你说吧：你并不欠你父亲的情，不用理睬他的遗愿，因为我们心里有数，他若是办得到的话，准会把所有财产都留给**她们**的。”

这个论点是无可争辩的。如果达什伍德先生先前还有点下不了决心的话，这下子可就铁了心啦。他最后决定，对他父亲的遗孀和女儿，按他妻子说的，像邻居似的帮帮忙也就足够了；越此雷池一步，不说有失体统，也是绝对多余的。

劝导

导读

《劝导》的作者是英国作家奥斯丁。《劝导》是作者进入 40 岁后写出的最后一部小说，描写了一个曲折多磨的爱情故事。贵族小姐安妮同温特沃斯倾心相爱，订下了婚约。可是，其父沃尔特爵士和教母拉塞尔夫人嫌温特沃斯出身卑贱，没有财产，劝导她解除了婚约。八年后，在战争中升了官、发了财的温特沃斯舰长休役回乡，随姐姐、姐夫当上了沃尔特爵士的房客。他虽说对安妮怨怼未消，但两人不忘旧情，终于历尽曲折，排除干扰，结成良缘。

我们在这里选择的第一卷第九章，描写了这对恋人旧情复燃中的一起动人的插曲。

第一卷

第九章

温特沃思舰长来到凯林奇像回到了家里，真是愿住多久就住多久，受到了姐姐和将军充满手足之情的友好接待。他刚到的时候还打算马上就去希罗普郡，拜访一下住在那里的哥哥，谁想厄泼克劳斯对他的吸引力太大了，这事只好往后推一推。这里的人们待他那么友好，那么恭维，一切都使他感到心醉神迷。年长者是那样热情好客，年轻人是那样情投意合，他只好决定待在原地不走，稍晚一点再去领受爱德华夫人的妩媚多姿和多才多艺。

过了不久，他几乎天天跑到厄泼克劳斯。默斯格罗夫府上愿意邀请，他更愿意上门，特别是早上他在家里无人做伴的时候；因为克罗夫特夫妇通常要一道出门，去欣赏他们的新庄园、牧草和羊群，以一个第三者不堪忍受的方式游荡一番，或是乘着他们最新添置的轻便双轮马车兜兜风。

迄今为止，默斯格罗夫一家及其亲属对温特沃思舰长只有一个看法。这就是说，他随时随地都受到人们的交口称誉。但是这种亲密关系刚建立起不久，就又出现了个查尔斯·海特，他见到这个情况深感不安，觉得温特沃思舰长严重妨碍了他。

查尔斯·海特是默斯格罗夫小姐的大表兄，也是个和悦可爱的青年。温特沃思舰长没来之前，他似乎同亨丽埃塔有过深厚的情意。他身负圣职，在附近当副牧师，因为不需要住宿，便住到他父亲家里，离厄泼克劳斯不过两英里。在这关键时刻，他外出了一段不长的时间，致使女友受不到他的殷勤关照，等他回来以后，痛苦地发现她完全改变了态度，真感到伤心至极；同时，一见到温特沃思舰长，也感到十分痛苦。

默斯格罗夫太太和海特太太是姊妹俩。她们本来都很有钱，但是出嫁以后，她们的社会地位真有了天壤之别。海特先生有点家产，可是同默斯格罗夫先生的家产比起来实在微不足道。默斯格罗夫家属于乡下的头等人家，而海特家却好，做父母的地位低下，过着退隐粗俗的生活，几个兄妹本身又受教育不足，若不是幸亏同厄泼克劳斯沾了点亲，岂不成了等外人[1]？当然，那位长子应该除外，因为他喜欢做个学者、绅士，他的修养和举止比其他几个人强得多。

这两家人的关系素来很好，一方不傲慢，另一方不嫉妒，只是两位默斯格罗夫小姐有点优越感，因此她们很愿意帮助表兄妹提高提高。查尔斯向亨丽埃塔献殷勤一事早被她父母注意到了，不过他们没有表示异议。“这门亲事对她不十分匹配，不过只要亨丽埃塔喜

1　这是封建阶级的等级观念，所谓“等外人”系指还在自耕农之下。

欢他就行。”而亨丽埃塔看上去**的确**喜欢他。

温特沃思舰长没来之前，亨丽埃塔本人完全是这么想的。谁想打那之后，查尔斯表兄便被忘了个一干二净。

两位默斯格罗夫小姐中，温特沃思舰长究竟更喜欢哪一位？据安妮观察，这个问题尚难预料。也许亨丽埃塔长得更漂亮些，路易莎生性更活泼些。**眼下**，她不晓得哪种性情可能对他更有吸引力，是温柔，还是活泼。

默斯格罗夫夫妇或者因为见得太少，或者因为绝对相信他们的两个女儿以及接近她们的所有小伙子都能谨慎从事，似乎一切听其自然。大宅里见不到一丝半点担心的迹象，听不到一丝半点的闲言冷语。可是乡舍里情况就不同了。那对小夫妻就喜欢大惊小怪地猜来猜去。温特沃思舰长同两位默斯格罗夫小姐在一起还没待上四五次，查尔斯·海特不过刚刚再次出现，安妮便听到妹妹妹夫谈论起她们**哪一位**更受喜爱。查尔斯说是路易莎，玛丽说是亨丽埃塔，不过双方一致认为：不管让他娶哪一位，都会令人无比高兴。

查尔斯说："我生平从未见过比他更和悦的人。我有一次听温特沃思舰长亲口说过，确信他在战争中发的财不小于两万镑。一下子就发了这么一大笔财。除此之外，将来再打起仗来，他还会有机会发财。我深信，温特沃思舰长比海军里的哪个军官都更能出类拔萃。唔！这不论对我的哪个妹妹都将是一门极好的亲事。"

"我担保是这样的，"玛丽答道。"天哪！但愿他能得到最高的荣誉！但愿他能当上个准男爵！'温特沃思夫人，'听上去多悦耳。对亨丽埃塔来说，这的确将是一门极好的亲事！到时候她将取代我的位置[1]，亨丽埃塔对此不会不喜欢的。弗雷德里克爵士和温特沃思夫人！可是，这只不过是一个新加封的爵位，我对新加封的爵位从来就看不起。”

玛丽之所以偏要认为温特沃思舰长看中了亨丽埃塔，完全是冲着查尔斯·海特来的。那家伙想得倒美，她就是要看着他死了这条心。她绝对瞧不起海特这家人，觉得她们两家要是再结起亲来，将是极大的不幸——对她和她的孩子都很不幸。

“你知道，”她说，“我认为他压根儿配不上亨丽埃塔。考虑到默斯格罗夫家已有的姻缘，亨丽埃塔没有权利把自己葬送掉。我认为一个年轻女子没有权利做出这样的抉择，以至于给她家庭的**主要**成员带来不快和不便，给某些成员带来些他们不喜欢的低贱的社会关系。请问，查尔斯·海特是何许人？不过是个乡下副牧师。他根本配不上厄泼克劳斯的默斯格罗夫小姐。”

不过，她丈夫断然不能赞成她的这个看法，因为他除了对他的表弟比较器重之外，查尔斯·海特还是个长子，他自己正是以长子的目光来看待事物的。

因此他回答说：“玛丽，你这是胡说八道。这门亲事对亨丽埃塔是不**很**体面，不过查尔斯很有希望通过斯派塞一家人的推举，在一两年内从主教那里捞到点好处[2]。我还请你不要忘记，他是个长子，等我姨父一死，他就会继承一大笔财产。温思罗普庄园足有二百五十

1　如果亨丽埃塔嫁给温特沃斯舰长，而舰长又当上准男爵，那亨丽埃塔将作为准男爵夫人，其地位在身为准男爵女儿的玛丽之上。

2　意指将查尔斯从副牧师提为牧师。

英亩，再加上汤顿附近的那个农场，那可是乡下的上好宝地。我可以对你这么说，除了查尔斯以外，谁都配不上亨丽埃塔，的确不行。只有他可以。他是个十分忠厚的好小伙子，温思罗普一旦传到他的手里，他就会让它变个样，生活也会大大改观。有了这宗地产，他决不会再是个卑贱的小人。那可真是一宗完全保有的地产[1]。不行，不行，亨丽埃塔要是不嫁给查尔斯·海特，也许更糟糕。她要是嫁给他，路易莎再嫁给温特沃思舰长，那我就心满意足了。”

“查尔斯爱怎么说就怎么说，”等查尔斯一走出屋，玛丽便对安妮说道，“可是要让亨丽埃塔嫁给查尔斯·海特，那可糟糕了：不仅对**她**是件非常糟糕的事情，对**我**来说更糟糕。所以我就盼着温特沃思舰长能赶快让她把查尔斯·海特忘掉，我不怀疑他已经做到了这一点。昨天，亨丽埃塔简直连理都不理查尔斯·海特。可惜你不在场，没有见到她的表现。至于说温特沃思舰长对亨丽埃塔和路易莎都喜欢，那简直是瞎说八道，因为他**当然**对亨丽埃塔更为喜欢。可是查尔斯太自信了！你昨天要是同我们在一起就好了，那样你就可以给我们做个仲裁。我想你一定会同意我的看法，除非你存心跟我过不去。”

安妮假若到默斯格罗夫府上赴一次晚宴，这一切情况都能见到。谁想她找了个借口，说她头痛，小查尔斯又旧病复发，硬是待在家里没有去。她本来考虑的只是想避开温特沃思舰长，可是现在看来，她晚上安安静静地待在家里还多了一项好处，没有人会请她作仲

1　所谓“完全保有”，即完全为主人所拥有，不必交租纳税。

裁了。

至于谈到温特沃思舰长的想法，安妮认为重要的不在于他喜欢亨丽埃塔还是喜欢路易莎，而在于他应该趁早打定主意，不要损害两位小姐中任何一位的幸福，也不要败坏自己的声誉。几乎可以肯定，她们哪个都能给他做个温柔多情的好妻子。可说到查尔斯·海特，她既对一个好心姑娘的轻佻行为感到痛心，又对这可能引起的痛苦感到同情。不过，如果亨丽埃塔发现自己的感情不对头的话，那她应该尽快让人知道这种变化。

查尔斯·海特受尽了表妹的冷落，搞得心神不定，屈辱不堪。亨丽埃塔对他的情意由来已久，不可能完全疏远下来，以至于经过最近两次见面，就使过去的希望统统化为乌有；查尔斯·海特也不至于无可奈何地要避开厄泼克劳斯。不过，如今出现这番变化，温特沃思舰长这样一个人被视为可能的根源所在，这不能不令人惊愕。海特只不过离开了两个星期日，他们分手的时候，亨丽埃塔还十分关心他的前途，而且使他十分称心的是，她希望他很快就能放弃现在的副牧师职位，而获得厄泼克劳斯的同一职位。看来，她当时一心巴望：教区长谢利博士四十多年来一直在满腔热情地履行自己的职责，可是如今越来越年迈体弱，很多事情力不从心了，应该下决心设个副牧师；他最好尽量把这副牧师的职位搞得体面些，而且应该许诺给查尔斯·海特。这样一来，他只要来厄泼克劳斯就行了，用不着跑六英里到别处去。无论从哪个方面来看，他都将得到一个更好的副牧师职位；他将充当她们亲爱的谢利博士的助手；亲爱、善良的谢利博士可以从那些最劳累、最伤身体的事务中解脱出来。这些优点即使在路易莎看来也是十分了不起的，而在亨丽埃塔看来简直是性命交关。等海特回来后,天哪！她们对这桩事的热忱已经化为泡影。当他介绍他刚同谢利博士进行的一次谈话内容时，路易莎压根儿听不进去：她立在窗口，眼望着外面寻找温特沃思舰长；就连亨丽埃塔充其量也不过是半听不听的，仿佛把过去商洽中的疑念忧虑早就忘了个一干二净。

“唔，我的确很高兴，不过我一向认为你能得到这个职位，我一向认为你肯定能得到。据我看来，似乎——总而言之，你知道，谢利博士**一定**要有个副牧师，而你又得到了他的许诺。温特沃思舰长要来吗，路易莎？”

一天早上，默斯格罗夫府上刚请过客不久（安妮没有出席），温特沃思舰长走进了乡舍的客厅，不料客厅里只有安妮和正在生病的小查尔斯两个人，小查尔斯躺在沙发上。

温特沃思舰长发现自己几乎是单独和安妮·埃利奥特碰到了一起，仪态举止不禁失去了往常的镇静，惊惶中只能说道：“我原以为两位默斯格罗夫小姐在这儿，默斯格罗夫太太告诉我可以在这儿找到她们。”说罢他走到窗口,好让自己镇定下来,同时想想他该怎么办。

“她俩和我妹妹一起待在楼上，我想一会儿就会下来的，”安妮自然也很慌张，回答道。若不是孩子喊她过来做件什么事，她马上就会走出屋去，解除她自己和温特沃思舰长的困窘。

舰长仍然立在窗口，镇静而客气地说了声：“我希望小家伙好些了。”便又沉默不语了。

安妮只好跪在沙发旁，尽心服侍她的病人。他们就这样持续了几分钟，接着，使她大为欣慰的是，她听见有人穿过小门厅。她扭过头，指望见到房主人，谁料想来者却是个完全无补于事的人——查尔斯·海特。就像温特沃思舰长不愿见到安妮一样，海特也不愿见到温特沃思舰长。

安妮只勉强说了声："你好！请坐吧，其他人马上就下来。"

不过，温特沃思舰长倒从窗口走了过来，显然想搭搭腔。不料查尔斯·海特连忙坐到桌子旁边，拾起一张报纸，当即让他闭口无言。温特沃思舰长只好再回到窗口。

过了一会，又来了一个人，原来是玛丽的二小子。他今年两岁，长得矮墩墩、胖乎乎的，愣头愣脑，刚才有人在外面帮他打开门，他便噔噔噔地闯了进来，直冲冲地走到沙发跟前，瞧瞧那里有什么好玩的，见到可以分送的好东西就伸手要。

没有什么好吃的，他只能闹着玩。因为姨妈不肯让他捉弄生病的哥哥，他便开始缠住姨妈不放。安妮正跪在地上，忙着服侍小查尔斯，怎么也摆脱不了他。她劝说他，命令他，恳求他，说来说去都无济于事。有一次，她设法把他推开，可这小家伙觉得越发开心，当即又爬回到姨妈背上。

"沃尔特，"安妮说道，"马上下来。你烦死人啦，真惹我生气。"

可沃尔特却赖着不动。

转瞬间，她觉得那小家伙正在慢慢地松开胳臂；原来有人从她背上把他拉开。虽说他紧紧地趴在她头上，他那强劲的小手还是被从她脖子上拉开了，人也给果断地抱走了。这时她才知道，做好事的竟是温特沃思舰长。

这一发现使她激动得一句话也说不出来。她甚至都不能谢他一声，只能俯在小查尔斯面前，心乱如麻。他好心好意地上前帮她解围，他的这番举动，自始至终一声不响，详情细节都很奇特，随后他又故意把孩子逗得嗷嗷直叫，使安妮立即认识到，他并不想听她道谢，或者干脆想证明他最不愿意同她说话；这些情况使她心里乱作一团，既感到激动不安，又觉着痛苦不堪，始终镇定不下来。后来见玛丽和两位默斯格罗夫小姐进来了，她才得以把孩子交给她们照料，自己走出了屋子。她不能留下来。这本是个观察他们四个人表露钟情和拈酸吃醋的好机会，因为他们现在都凑到一起来了；可是她却不能留下来观察。显而易见，查尔斯·海特并不喜欢温特沃思舰长。就在温特沃思舰长出面干预之后，他说了句话给安妮留下了很深的印象，他说："你早该听我的话，沃尔特。我告诉过你不要跟姨妈捣乱。"安妮可以理解，温特沃思舰长做了他应该做而没有做的事情，一定使他感到很懊恼。不过，无论是查尔斯·海特的心情，还是别的什么人的心情，她都不感兴趣，除非她先让自己的心情平静下来。她为自己感到害臊，为自己碰到这么件小事便如此慌张、如此束手无策，而感到极为惭愧。不过，情况就是如此，她需要经过长时间的独自思索，才能恢复镇定。

诺桑觉寺

导读

《诺桑觉寺》的作者是英国作家奥斯丁。1817 年,《诺桑觉寺》与《劝导》结集出版。在小说的第五章，作者离开故事的发展线索，向传统的小说观提出了挑战，使用饱含激情的语言赞扬了新小说，被后人视为小说家的“独立宣言”，小说从而渐渐赢得了应有的地位。

第一卷

第五章

当天晚上，凯瑟琳坐在剧院里，见索普小姐频频向她点头、微笑，当然要花很多工夫进行回敬。但她没有顾此失彼，没有忘记左顾右盼，往她目力所及的每个包厢里寻觅蒂尔尼先生。可惜她始终也没找到。蒂尔尼先生看戏的兴趣，并不比去矿泉厅的兴趣大。莫兰小姐希望第二天能走运一些。当她祈求天公作美的愿望得到应验，次日早晨果见天晴气朗时，她简直不怀疑自己要交好运了，因为在巴思，星期天天气一好，家家户户都要出来玩耍。这时候，仿佛全镇的人都在到处散步，见了熟人便说：今天天气多好。

一做完礼拜，索普一家和艾伦夫妇便急忙跑到了一起。大家先到矿泉厅玩了一会，发现里面的人让人无法忍受，见不到一副优雅的面孔（在这个季节，每逢星期天，大家都有这个感觉），便又匆匆赶到新月街，去呼吸一下上流社会的新鲜空气。在这里，凯瑟琳和伊莎贝拉臂挽着臂，无拘无束地畅谈着，再次尝到了友谊的欢乐。

她们谈了很多，而且也很带劲，但是凯瑟琳重见她的舞伴的希望又落空了。蒂尔尼先生哪儿也碰不见。早晨的散步也好，晚上的舞会也罢，总是找不到他。无论在上舞厅还是下舞厅，无论在化装舞会上还是便装舞会上，哪儿都见不到他；在早晨散步、骑马或赶车的人们中间，也找不见他。矿泉厅的来宾簿上没有他的名字，再怎么打听也无济于事。他一定离开巴思了，然而他并没说过只待这么几天呀！男主角总是行踪神秘，在凯瑟琳的想象中，这种神秘感给蒂尔尼的容貌和举止增添了一层新的魅力，使她更迫切地要进一步了解他。她从索普家那儿探听不到什么情况，因为她们遇见艾伦太太之前，来到巴思仅仅两天。不过，这是她和她的漂亮朋友经常议论的话题，她的朋友极力鼓励她，要她不要忘掉蒂尔尼先生。因此，蒂尔尼先生给她留下的印象一直没有淡漠。伊莎贝拉确信，蒂尔尼先生一定是个很迷人的青年。她还确信，他一定很喜欢亲爱的凯瑟琳，因此很快就会回来的。她还因为他是个牧师，而越发喜爱他，因为“说老实话，我自己就很喜欢这个职业”。伊莎贝拉说这话时，不由自主地像是叹了口气。也许凯瑟琳不该不问问她为何轻声叹息，但她对爱情的花招和友谊的职责毕竟不够老练，不知道什么时候需要插科打诨，什么时候应该迫使对方吐露隐衷。

艾伦太太现在十分快活——对巴思十分满意。她终于找到了熟人，还非常幸运地发现，她们原来是她的一位极其可敬的老朋友的一家人。而且，使她感到无比庆幸的是，这些朋友的穿戴决没有她自己的来得华贵。她每天的口头禅不再是：“我们要是在巴思有几位朋友就好了，”而是变成：“我真高兴，能遇见索普太太！”她就像她年轻的被保护人和伊莎贝拉一样，迫不及待地要增进两家人的交往。一天下来，除非大部分时间是守在索普太太身边，否则她决不会感到满意。她们在一起，照她们的说法是聊聊天，谁知她们几乎从不交换意见，也很少谈论类似的话题，因为索普太太主要谈自己的孩子，艾伦太太主要谈自己的长裙。

凯瑟琳与伊莎贝拉之间的友谊，一开始就很热烈，因而进展得也很迅速。两人一步步地越来越亲密，没过多久，无论她们的朋友还是她们自己，再也见不到还有什么进一步发展的余地了。她们相互以教名相称，同行时总是挽着臂，跳舞时相互帮着别好长裙，就是在舞列里也不肯分离，非要挨在一起不可。如果逢上早晨下雨，不能享受别的乐趣，那她们也要不顾雨水与泥泞，坚决聚到一起，关在屋里一道看小说。是的，看小说，因为我不想采取小说家通常采取的那种卑劣而愚拙的行径，明明自己也在写小说，却以轻蔑的态度去诋毁小说——他们同自己不共戴天的敌人串通一气，对这些作品进行恶语中伤，从不允许自己作品中的女主角看小说。如果有位女主角偶尔拾起一本书，这本书一定乏味至极，女主角一定怀着憎恶的心情在翻阅着。天哪！如果一部小说的女主角不从另一部小说的女主角那里得到庇护，那她又能指望从何处得到保护和尊重呢？我可不赞成这样做。让那些评论家穷极无聊地去咒骂那些洋溢着丰富想象力的作品吧，让他们使用那些目今充斥在报刊上的种种陈词滥调去谈论每本新小说吧。我们可不要互相背弃，我们是个受到残害的整体。虽然跟其他形式的文学作品相比，我们的作品给人们提供了更广泛、更实在的乐趣，但是还没有任何一种作品遭到如此多的诋毁。由于傲慢、无知或赶时髦的缘故，我们的敌人几乎和我们的读者一样多。有人抛出《英国史》的不知是第几百个节本，有人把弥尔顿、蒲柏和普赖尔[1]的几十行诗，《旁观者》[2]的一篇杂文，以及斯特恩[3]作品里的某一章，拼凑成一个集子加以出版，诸如此般的才干受到了上千文人墨客的赞颂；然而人们几乎总是愿意诋毁小说家的才能，贬损小说家的劳动，蔑视那些只以天才、智慧和情趣见长的作品。“我不是小说读者，很少浏览小说。别以为我常看小说。这对一本小说来说还真够不错的了。”这是人们常用的口头禅。“你在读什么，小姐？”“哦！只不过是本小说！”小姐答道，一边装着不感兴趣的样子，或是露出一时羞愧难言的神情，赶忙将书撂下。“这只不过是本《西西丽亚》[4]，《卡米拉》[5]，或《贝林达》[6]”。总而言之，只是这样一些作品，在这些作品中，智慧的伟力得到了最充分的施展，因而，对人性的最透彻的理解，对其千姿百态的恰如其分的描述，四处洋溢的机智幽默，所有这一切都用最精湛的语言展现出来。假如那位小姐是在看一本《旁观者》杂志，而不是在看这类作品，她一定会十分骄傲地把杂志拿出来，而且说出它的名字！不过，别看那厚厚的一本，这位小姐无论在读哪一篇，其内容和文体都不可能

1 马修·普赖尔（1664—1721）：英格兰诗人和随笔作家。

2 1711年3月1日至1712年12月6日出现的一种杂志，主要撰稿人有著名随笔作家乔瑟夫·艾迪生和理查德·斯蒂尔等人。

3 劳伦斯·斯特恩（1713—1768）：英国小说家。

4 英国女作家弗朗西斯·勃尼（1752—1840）所写的一部感伤小说，1782年出版后风靡一时。

5 勃尼的另一部小说。

6 英国女作家玛丽亚·埃奇沃思（1767—1840）所作的一部描写上流社会生活的小说。

不使一位情趣高雅的青年人为之作呕。这些作品的要害，往往在于描写一些不可能发生的事件，矫揉造作的人物，以及与活人无关的话题；而且语言常常如此粗劣，使人对于能够容忍这种语言的时代产生了不良的印象。

呼啸山庄

导读

《呼啸山庄》的作者是英国作家勃朗特。《呼啸山庄》是英国文学史上的一部奇书，被誉为英语语言中最震撼人心的文学杰作，被列为世界十大文学名著之一。小说通过对一悲一喜两起爱情故事的生动描写，表达了作者对纯真爱情的憧憬和向往。

对于中国译者来说，这部小说翻译起来有三大难点：第一，作者使用了大量的古词古语、方言土语，译者稍有疏忽，便会落入“陷阱”，只有通过严谨的科学解读，方能做出精准的传译；第二，书中充满了饱含爱憎激情的语言，译者只有设身处地，感同身受，才能使自己的译文擦出激情的火花；第三，书中有多处富于诗意的描写，译者不可平淡处之，而要尽力译出诗意。

小说分上、下两卷，共计三十章，本选集从中选择四章供读者品读：

第一卷第一章，通过洛克伍德这个陌生人的眼睛，见识了呼啸山庄在希思克利夫的统治下，变成了多么冷酷的世界。

第一卷第十四章和第二卷第一章是紧密相连的两章，作者以令人震颤的笔触，刻画了男主角希思克利夫和女主角凯瑟琳的“生死别”，将这场“超人世的爱”推上高潮。

第二卷第十八章，描写后一代的小凯瑟琳和哈雷顿这两颗渴望人生幸福的心灵，在那冰霜冻土中萌发了爱情的种子，拉开了一场“世俗之爱”的序幕。

第一卷

第一章

一八〇一年。我刚去拜见过我的房东——就是那个将会让我吃尽苦头的孤僻邻居。这可真是个美丽的乡间啊！我相信，在整个英格兰，我再也找不到一个如此远离尘嚣的去处了。一个厌世者的理想天堂——而由希思克利夫先生和我来分享这荒凉景色，倒是非常合适的一对。多棒的家伙！我骑着马走上前时，看见他那双黑眼珠猜忌地缩在眉毛下面；等我通报姓名时，他把手指更深地藏进背心口袋里，显出一副决不掉以轻心的神气。这当儿，他全然没有想到，我心里对他萌生了几分好感。

“希思克利夫先生吗？”我问。

回答是点一下头。

“我是洛克伍德先生，你的新房客，先生——我一到达此地，就荣幸地尽快来拜见你，表达一下我的心意，希望我再三要求租下画眉田庄，没有给你带来什么不便。我昨天听说，你心里有些……”

“画眉田庄是我自己的产业，先生，”他眉头一蹙，打断了我的话。“我只要能阻止，就决不允许任何人给我带来不便——进来吧！”

这一声“进来吧！”是咬着牙说出来的，表达的是“见鬼去！”的情绪。就连他依着的那扇栅门也一动不动，没有对他的话做出反响。我想正是这个情况，促使我接受了他的邀请：我对一个似乎比我还冷漠得出奇的人，发生了兴趣。

他眼看着我的马的胸脯快撞上了栅栏，便伸出手解开门链，随即气鼓鼓地领着我走上石板路，等走进院子时，就大声嚷道：

“约瑟夫，把洛克伍德先生的马牵走，再拿点酒来。”

“看来这是这家子全部的家仆班子啦，”听了那道双重命令，我心中暗想。“怪不得石板缝里长满了草，树篱只有靠牲口来修剪。”

约瑟夫是个上了年纪的人，简直是个老头：也许很老了，虽说人还挺壮实。

“上帝照应啊！”他从我手里接过马时，怨声怨气地低声嘟囔着；与此同时，还狠狠地瞪了我一眼，我只得好心地猜想，他一定需要上帝来帮助他消化肚子里的食物，因而他的那声虔诚的祈求，跟我的突然来访毫无关系。

呼啸山庄是希思克利夫先生的住宅名称。“呼啸”是当地一个具有特殊意义的字眼，形容这地方在狂风暴雨的天气里，大气如何喧嚣。的确，这里一年到头都流通着清新纯净的空气。人们只要看看房头几棵矮小的枞树那过度倾斜的样子，看看一排瘦削的荆棘都朝一个方向伸展枝条，仿佛在乞求太阳的施舍，便可猜想到北风吹过山巅的威力。幸而建筑师有先见之明，把房子盖得结结实实：狭窄的窗子深深嵌在墙壁内，墙角都用凸出的大石块保护着。

跨进门槛之前，我停下脚观赏布满宅子正面、特别是大门周围的那些奇形怪状的雕刻。大门上方，我在众多残破的怪兽和不知羞的小男孩中间，发现了“一五〇〇”这个年份和“哈里顿·厄恩肖”这个姓名。我本想议论几句，请求乖戾的主人讲讲这座住宅的简史，但是从他站在门口的架势看，分明是要我赶快进去，或者干脆离开，而我还没看过厅堂内室，不想惹他不耐烦。

一跨步，也没有经过什么穿堂过道，就进了家人共用的起居室。他们别出心裁地把这里称作“堂屋”。堂屋通常包括厨房和客厅，但是在呼啸山庄，我相信厨房被挤到了另一个部位：至少我听得出里边有唧唧喳喳的说话声，炊具叮叮当当的磕碰声；大壁炉那里，看不见烤炙、烧煮或烘焙的迹象，墙上也见不到有什么铜锅和锡滤器在闪闪发光。屋子的一头，在一个橡木大碗橱上，摆着一排排的白镴盘子，中间还点缀着一些银壶和银杯，一层层的直垒到屋顶，射出璀璨的光芒和热气。房子从未吊过顶，屋顶的整个构造光秃秃的一目了然，只有一处，被摆满燕麦饼、牛腿、羊肉和火腿的木架遮掩住了。壁炉上方，挂着几支蹩脚的杂式老枪，还有两支马枪，而为装饰起见，壁炉台上一溜儿摆着三只漆得光彩斑斓的茶叶罐。地面铺着光滑的白石板；椅子都是高背式的，结构简陋，漆成绿色；有一两把笨重的黑椅子躲在暗处。在碗橱底下的圆拱里，躺着一条巨大的酱色的母猎狗，身边围着一窝唧唧哇哇的狗崽子，还有几条狗待在别的暗角里。

这屋子和陈设若是属于一个普通的北方农民，倒也没有什么稀奇的。一副倔强的面孔，一双粗壮的腿，如果穿上齐膝短裤，打上绑腿，那会显得越发精神。你若是饭后选准时间，在这群山之间随便转悠五六英里，就会看见这样一个人，坐在扶手椅里，面前的圆桌上放着一大杯冒着泡沫的麦芽酒。但是，希思克利夫与他的住宅和生活方式，形成了奇异的对照。从外貌上看，他是个皮肤黝黑的吉卜赛人，可是从衣着举止上看，他又是个绅士——也就是说，像许多乡绅那样的绅士：也许有点邋里邋遢，但是他的不修边幅看上去并不有失雅观，因为他体态挺拔英俊——还有些乖僻——有人可能怀疑他带有几分粗人的傲慢——一种心灵上的共鸣告诉我，并非这么回事；我凭直觉得知，他的冷淡是由于厌恶炫耀感情——厌恶人们彼此表示亲热，而造成的。他不管爱谁恨谁，都隐藏在心底，而把再受到别人的爱或恨，视为很不体面的事——不行，我滔滔不绝地讲得太快了：我过于慷慨了，把自己的特性加到了他身上。希思克利夫先生跟我一样，遇到愿意交好的人，就把手藏起来，但是动机却跟我截然不同。但愿我的气质有些特别吧：我亲爱的母亲过去常说，我一辈子也休想有一个舒适的家，直到今年夏天，我才证实自己根本不配有那样一个家。

当时，我在天朗气清的海滨消夏一个月，偶然结识了一个极其迷人的姑娘：她还没有留意我的时候，在我眼里真是个绝代佳人。我“从未诉说过我的爱情”[1]；不过，如果眉眼也能传情的话，即便是最蠢的傻瓜也看得出，我给搞得神魂颠倒：后来她明白了我的情意，向

---

1 洛克伍德在引用莎士比亚喜剧《第十二夜》第二幕第四场中的对白。

我回送了一个秋波——人们想象得到的最甜蜜的秋波——我怎么样呢？说起来真丢脸——我像个蜗牛似的，冷冰冰地缩回去了；她每瞅我一眼，我就变得越冷漠，缩得越远；直到最后，那可怜的天真姑娘怀疑起自己的神志来，自以为搞错了，落得窘迫不堪，劝说母亲带她溜走了。

就是由于这古怪的脾性,我得了个冷酷无情的名声。多么冤枉啊，只有我心里明白。

我在壁炉边的一把椅子上坐下来，房东朝对面的那一把走去。为了填补那沉默的间隙，我伸手想去摸摸那条母狗。这条狗离开了它那一窝小宝贝，饿狼似的溜到我的腿肚子后面，撅起嘴唇，白牙齿上淌着口水，就想咬我一口。

我抚摸了一下，惹得它从喉头发出了一声长吠。

“你最好别逗这条狗，”希思克利夫先生也跟着吼了一声，一边用力跺了一下脚，让狗没有发出更凶的嗥叫。“它不习惯受人娇宠——不是当作宠物养的。”

接着，他大步走到一个边门，又大声嚷道：

“约瑟夫！”

约瑟夫在地下室深处，也听不清他在嘟囔什么，反正没有表示要上来；于是，他的主子只好钻到下面去找他，丢下我面对着那条凶恶的母狗和一对狰狞的蓬毛护羊狗，它们仨一道，虎视眈眈地监视着我的一举一动。

我真不愿意和犬牙打交道，便一动不动地坐着——然而，我心想它们不会懂得无声的冒犯，便愣头愣脑地向三只狗挤眉弄眼，做起鬼脸来。不知道我的哪个嘴脸激怒了母狗，它勃然大怒，忽地跳上我的膝盖。我猛地把它推开，急忙拉过桌子作抵挡。这一下可捅了马蜂窝。六七只大大小小、老老少少的四脚恶魔，一窝蜂地从暗洞里窜出，朝众矢之的冲来。我觉得我的脚后跟和衣摆成了特别的攻击目标；便一面使劲用拨火棒挡开几个较大的攻击者，一面又不得不大声告急，求这家人来重建和平。

希思克利夫先生和仆人往地下室的阶梯上爬着，不慌不忙的真令人恼火。尽管狗在炉边狂吠乱咬闹翻了天，我觉得他们两个的动作丝毫不比往常快。

幸亏厨房里有个人动作比较快：一个健壮的女人，撩起衣裙，光着胳臂，两颊火红，挥舞着煎锅，冲到我们中间。她就凭这件武器，加上她的舌头，倒是卓有成效，风暴奇迹般地平息了，等主人赶到时，只有她还在现场，气喘得像狂风卷过的大海那样一起一落。

"见鬼，这是怎么回事？"主人问道，两眼盯着我。受到刚才的非礼之后，还得看这样的眼色，真让人难以忍受。

"是呀，真是见鬼！"我嘟哝说。"先生，即使恶魔附体的猪群[1]，也没有你这群畜生凶恶。你不如把一个生客丢给一群猛虎好啦！"

"人不招惹它们，它们是不会冒犯人的，"主人说着，把酒瓶放在我面前，把搬开的桌子放回原处。"狗是应该保持警觉的。喝杯酒吧？"

"不，谢谢。"

1　见《圣经·新约·路加福音》第8章第31-33节。

“没给咬着吧？”

“我要是给咬着了，也会在咬人的家伙身上打上我的印记。”

希思克利夫绷紧的脸舒展开了，咧嘴笑了。

“得啦，得啦，”他说，“让你受惊了，洛克伍德先生。来，喝点酒吧。敝舍难得有客人光临，因此我愿意承认，我和我的狗都不大懂得如何接待客人。祝你健康，先生！”

我鞠了个躬，也举杯回敬了他。我开始意识到，为了一群狗的失礼而坐在那里生闷气，未免有点犯傻。再说，我不愿意让这家伙再来取笑我，因为他已把兴致转到取笑上了。

也许是经过慎重考虑的缘故，他觉得得罪一个好房客也划不来，便把态度稍许放缓和些，说话不再简慢得连代名词和助动词都略去了，而且还提起了一个他认为我会感兴趣的话题——谈论我目前这个隐居所的优点和缺点。

我发现，他对我们涉及的话题很有见识，临到回家的时候，我居然来了兴致，主动提出明天再来拜访。

显然，他并不希望我再来叨扰。尽管如此，我还是要来。真令人惊讶，我觉得自己跟他比起来，是多么喜欢交际啊。

第十四章

我一读完这封信，就去见主人，告诉他说，他妹妹已经到了山庄，给我寄来一封信，对林顿夫人的病情表示忧伤，殷切地想要见见主人，希望他能尽快让我捎个信，表示宽恕她。

“宽恕！”林顿说道。“我没有什么好宽恕她的，埃伦。你要是愿意，你今天下午可以去呼啸山庄，就说我并不生气，只是为失去她而难过，特别是因为我决不相信她会幸福。不过，我不可能去看她，我们永远分手了。如果她真想为我好，就让她劝劝她嫁给的那个流氓，叫他离开这一带。”

“你不想给她写几句话吗，先生？”我以恳求的口吻问道。

“不，”他回答道。“用不着。我和希思克利夫一家，就像他和我一家一样，要少来往。要断绝来往！”

埃德加先生的冷漠无情使我极为沮丧。我走出田庄以后，一路上都在绞尽脑汁，想着重复他的话时，如何加进一点情感，如何把他拒绝写几句话安慰伊莎贝拉，讲得委婉些。

我敢说，她从早晨起就在守望着我了。我走上花园砌道时，看见她从格子窗里往外张望，便向她点了点头。可她又缩回去了，仿佛怕让人瞧见似的。

我没敲门就进去了。本来亮堂宜人的堂屋，现在却如此阴暗凄凉，真是从来没有见过！我得承认，假如我处在少妇人的位置，我至少也要扫扫壁炉，拿抹布擦擦桌子。不过，她已经沾染上了弥漫在她四周的懒散气息。她的秀丽面庞又苍白又倦怠，头发也没有梳卷过——有的平直地垂下来，有的胡乱地盘在头上。大概从昨天晚上起，她就没有梳妆过。

欣德利不在那里。希思克利夫坐在桌前，翻阅着他小本子里的几张票据。但是，一见我进来，他便站起来了，十分友好地问候我，还请我坐下。

这屋里，只有他显得比较体面些，我觉得他从来没有这样气派过。境况扭转了他们两个的地位，在陌生人看来，他真像个天生有教养的绅士，而他妻子则像个十足的小邋遢婆！

伊莎贝拉急忙走上前来迎接我，伸出一只手来讨她期望的信。

我摇摇头。她不领会这个暗示，见我到餐具柜那里放帽子，便跟了过来，低声催促我，快把带来的东西交给她。

希思克利夫猜出了她那举动的用意，便说道：

“内莉，你一定给伊莎贝拉带来了什么东西，如果真是这样的话，就把东西交给她吧。你用不着保密，我们之间没有秘密。”

“哦，我没带什么呀，”我想最好马上说实话，便回答道。“我家主人叫我告诉他妹妹，目前不要期望他会写信给她，或来看她。他问你好，夫人，祝你幸福，还原谅你惹他难过。不过，他认为从现在起，他家与你们家应该断绝来往，因为保持来往没有什么好处。”

希思克利夫夫人的嘴唇微微颤抖着，她回到了窗口的座位上。她丈夫站在壁炉前，跟我挨得很近，问起了凯瑟琳的情况。

我尽量拣能说的，把凯瑟琳的病情告诉了他，可他偏要盘根究底，从我嘴里套出了与病因有关的大部分实情。

我责怪凯瑟琳自作自受，而她也该受责备。最后，我希望希思克利夫能像林顿那样，以后不论好坏，都不要再去打扰他一家。

“林顿夫人现在正在康复，”我说。“她永远不会像以前那样了，但是她的命给保住了，你要是当真关心她，就不要再见她了。不但如此，你还要彻底离开这一带。为了不使你舍不得，我要告诉你，凯瑟琳·林顿如今跟你的老朋友凯瑟琳·厄恩肖大不相同了，正如那位年轻太太跟我大不相同一样！她的外表大变样了，性格变化更大。那个不得不做她伴侣的人，今后只能凭借对她昔日的追忆，凭借世俗的人道和责任感，来维持他的一片深情了！”

“那倒很有可能，”希思克利夫强作镇定地说道。“你们主人很可能除了世俗的人道和责任感之外，就没有什么可以依仗的了。不过，你认为我会把凯瑟琳交给他的**责任**和**人道**吗？你能把我对凯瑟琳的情感与他的相比吗？你离开这座房子之前，我一定要让你答应我，安排我和她见一面——你答应也好，拒绝也好，我**一定**要见她！你怎么说？”

“我说，希思克利夫先生，”我回答道，“你千万不可——你永远休想通过我和她相见。你和主人再遇上一次，非要凯瑟琳的命不可！”

“有你帮忙，这可以避免，”他接着说道。“如果真要出这种事——如果他要给她的生存再增添一点麻烦——哼，我想，我就有理由采取极端措施啦！我希望你能实话告诉我，要是失去了他，凯瑟琳会不会非常难过。我就是怕她太难过，才克制住自己——你从这里就看出我们两人感情上的差别了——假如他处在我的位置，我又处在他的位置，尽管我对他恨之入骨，我可决不会对他动手。你可能不相信，随你的便！只要凯瑟琳还想和他在一起，我就决不会把他从她身边赶走。凯瑟琳一旦不把他放在心上，我就要剖他的心，喝他的血！但是，不到那时候——你要是不相信，那是你不了解我——不到那时候，我宁可慢慢死去，也不会碰他一根头发！”

“可是，”我插嘴道，“你毫无顾忌地想要彻底毁灭她完全复原的一切希望，在她快要忘掉你的时候，却要硬闯进她的记忆里，使她重新陷入烦恼和痛苦的旋涡里。”

“你以为她快要忘掉我了吗？”他说。“哦，内莉！你明知她没有忘记！你和我一样明白，她每想念林顿一次，就要想念我一千次！在我人生最苦恼的时期，我曾经有过那种念头：去年夏天我回到这一带的时候，这个念头还萦绕在我心头。但是，只有她亲口对我说了，我才会接受这可怕的念头。到那时候，林顿就算不了什么啦，欣德利也算不了什么，我做过的梦也都算不了什么。有两个词可以概括我的未来：**死亡**和**地狱**——失去了她，生存将是地狱。

“然而，我曾一时糊涂，以为她把埃德加·林顿的爱看得比我的还重——就凭着他那弱小的身躯，他就是倾注全力爱上八十年，也不抵我爱上一天。凯瑟琳有一颗和我一样深沉的心。假如林顿能够独揽她的全部感情，那岂不是说海水可以装进那马槽里——呸！他在她心里，并不比她的狗或她的马更可爱——他身上没有什么东西，可以像我那样讨人爱，她怎么能去爱他身上没有的东西呢？”

“凯瑟琳和埃德加相亲相爱，不亚于任何一对夫妇！”伊莎贝拉突然振奋起来，嚷道。“谁也没有权利那样说三道四，我不会闷声不响地听着别人糟蹋我哥哥！”

“你哥哥还非常疼爱你，是吧？”希思克利夫讥诮地说道。“他任你在世上漂泊，那个欣然样子真令人吃惊。”

“他不知道我受的什么罪，”她回答道。“这事我没告诉他。”

“那你还是告诉他点什么了——你写信了，是吧？”

“我是写了，说我结婚了——那封信你也看到过。”

“以后没写过吗？”

“没有。”

“我家小姐真可怜，换了环境以后，显得憔悴多了，”我说道。“显然，有人不爱她——我猜得出是谁，但是也许我不该说。”

“我想是她自己不爱自己，”希思克利夫说道。“她堕落成一个邋遢婆娘了！她老早就不想讨我喜欢了——你简直难以相信，就在我们结婚后的第二天，她就哭着要回娘家。不过，她若不是穷讲究的话，倒挺适合住这座房子。我要留神些，别让她在外面乱跑，丢我的脸。”

“唔，先生，”我回道，“我希望你要考虑到，希思克利夫夫人让人照料惯了，侍候惯了，她是像个独生女一样给带大的，人人都要服侍她——你应该让她有个女仆，好给她收拾东西，你应该好好待她——不管你对埃德加先生有什么看法，你都不能怀疑伊莎贝拉的一片钟情，不然她不会放弃老家的优雅舒适生活，老家的亲友，而甘愿和你住在这样一个荒凉的地方。”

“她是怀着错觉放弃那一切的，”他回答道，“把我想象成一个传奇式的英雄，期望从我的殷勤多情中博得无尽的娇宠。我简直不能把她看作一个有理性的人，她死心塌地地把我的人品想象成好得出奇，完全按照自己的错觉来行事。不过，我想她终于开始了解我了——我看不见她当初那种令我恼火的傻笑和怪相了，也察觉不到她当初那种冥顽不灵了，当我对她的痴情和她本人发表看法时，她不再以为我是在讲假话了——她好不容易才开了窍，发现我并不爱她。我一度认为，任何教训都无法使她明白这一点！然而，她还是勉强学乖了，因为今天早上她作为一条惊人的消息宣布道，我实际上已经使她恨我了！我向你担保，这确实是费了九牛二虎的力气！如果她真是学乖了，我有理由表示回谢——我可以相信你的话吗，伊莎贝拉？你真恨我吗？如果我让你一个人待半天，你会不会唉声叹气地再来向我狐媚取宠呢？我敢说，当着你的面，她倒希望我能显得百般温柔，戳穿真相是要伤害她的虚荣心的。可我却不在乎有人知道这完全是单相思，对此我从没向她讲过一句谎话。她不能责怪我向她表示过半点虚情假意。走出田庄时，她看见我做的第一件事，就是把她的小狗吊起来；等她为它求情时，我说的第一句话，就是我恨不能把她一家大小，除了一个人以外，全都吊死，她可能把那个例外视为她自己——但是，任何残忍都不会使她厌恶——我想，她对残忍有着一种天生的喜爱，只要她的贵体能免受伤害！你说，那条可怜巴巴、低三下四、卑鄙无耻的母狗，居然梦想我会爱她，这岂不是荒唐透顶——地地道道的愚蠢透顶吗？告诉你家主人，内莉，就说我生平从没遇见过像他妹妹这样下贱的东西——她甚至玷污了林顿家的名声。我要试试她究竟能忍耐到哪一步，而且还能卑躬屈膝地爬回来。有时候，纯粹由于翻不出新花样，我才发一发慈悲！不过，林顿是讲究手足之情和地方执法官威严的，为了让他放宽心，你还要告诉他，我是严格遵守法律限制的——到目前为止，我一直避免给她要求离婚的一丁点权利。而且，她也不会感谢任何人把我们拆开——她要是想走，就走好啦——她待在我面前引起的厌恶，超过了我折磨她时所得到的满足！”

“希思克利夫先生，”我说，“这是一个疯子说的话，你妻子大概以为你疯了。只是因为这个缘故，她才对你容忍到今天。不过，既然你说她可以走，她无疑是会利用这一许可的——夫人，你还没有给迷昏了头，甘愿跟他待下去吧？”

“当心，埃伦！”伊莎贝拉回答道，她眼里闪烁着怒火——从这眼神看来，她男人尽力使她恨他，他无疑取得了圆满的成功。“他的话你一句也不要相信。他是一个撒谎的魔鬼，一个怪物，不是人！他早就跟我说过我可以离开，我也试过，可我不敢再试了！不过答应我，埃伦，不要把他那些无耻谰言向我哥哥或凯瑟琳吐露半个字——不管他怎么装腔作势，他就是想逗惹埃德加跟他拼命——他说他之所以娶我，就是为了好摆布埃德加。可他决不会得逞——我要先死去！我只希望，我祈求他忘记他那该死的谨慎，把我杀死！我能想象的唯一快乐，就是死去，或者看着他死去！”

“好啦，这下你说够了吧！”希思克利夫说道。“内莉，你要是给传上法庭，可要记住她的话！你好好瞧瞧那张脸——她快达到配上我的地步了。不，伊莎贝拉，你现在还不适合作你自己的保护人。我作为你的合法保护人，必须把你置于我的监护之下，不管这项义务有多么令人厌恶——你上楼去，我有话要跟埃伦·迪安私下说。不是那条路，我跟你说上楼去！嗨，这才是上楼的路呢，孩子！”

他抓住伊莎贝拉，把她推出屋去，回来时嘴里咕哝道：

“我才不讲怜悯呢！我才不讲怜悯呢！虫子越扭动，我就越恨不得挤出它们的内脏！这种心理作用，就像出牙一样，越觉得疼痛，我就磨得越起劲。”

“你懂得什么叫怜悯吗？”我说，赶忙取回帽子。“你这一生有没有感到过一丝一毫的怜悯？”

“放下帽子！”他察觉我要走，便打断了我。“你还不能走——你给我过来，内莉——我非要见见凯瑟琳不可，我要说服你，或者强迫你，帮我实现这一决心，而且事不宜迟——我发誓我没有安什么坏心；我不想惹乱子，也不想招惹或侮辱林顿先生；我只想听听凯瑟琳亲口说说她怎么样，她为什么生病；而且问问我能不能替她做点事。昨天夜里，我在田庄花园里等了六个钟头，今晚我还要去；我每个夜晚，每个白天，都要去那里转悠，直至找到机会进去。要是埃德加·林顿遇见我，我就毫不迟疑地把他一拳打倒，狠狠地揍他一顿，在我盘桓期间，保证他动弹不得——要是他的仆人来阻拦我，我就拔出这两把手枪把他们吓跑——不过，要是不让我碰见他们或他们的主人，岂不是更好吗？而你可以轻而易举地办成这件事！我来了就先告诉你一声，等到就她一个人时，你就放我悄悄地进去，然后就望着风，直至我离开，你尽可以心安理得——你在防止惹出祸来。”

我坚决不肯在主人家里扮演这背信弃义的角色；另外，我还极力表明，他为了满足自己的愿望，而不惜破坏林顿夫人的安静，这是残酷和自私的。

“一点点最平常的小事都能把她吓得心惊胆战，”我说。“她神经极度紧张，我敢肯定，她经受不住这意想不到的事——不要坚持啦，先生！要不然，我只得把你的图谋告诉主人，他好采取措施，保护他的家宅和家人，不让不速之客闯进来！”

“既然如此，妇道人家，我要采取措施先把你关起来！”希思克利夫嚷道。“你要等到明天早上才能离开呼啸山庄。说凯瑟琳看见我会受不了，那是胡扯；至于让她意想不到，我并不想这样做，你要让她有个准备——问问她我可不可以来。你说她从没提起我的名字，也从没有人向她提起我。如果我在她家是个禁止谈论的话题，她能向谁提起我呢？她认为你们全都是她丈夫的耳目——哦，我毫不怀疑，她在你们中间是活受罪！我从她的沉默不语，同样能猜透她的心思。你说她经常坐立不安，神情焦躁——难道这是心境平静的证明吗？你说她心神不定——处在那样可怕的孤独中，她又怎么能心定呢？还有那个无精打采、令人作呕的家伙，他是出于**责任**和**人道**来照料她的！出于**怜悯**和**慈悲**啊！他与其想象他能使她在他的浅薄照料中恢复活力，还不如在花盆里栽一棵橡树，期待它茁壮成长！让我们马上说定：你是愿意待在这儿，让我在林顿和他的下人之间打开一条路，去见凯瑟琳呢？还是愿意一如既往地做我的朋友，按我的要求去做？决定吧！如果你硬要顽固不化地抗拒下去，那我何必再多耽搁一分钟呢？”

哦，洛克伍德先生，我争辩，抱怨，断然拒绝了他五十次，但是到头来，他还是逼迫我同意了——我答应将他的一封信带给女主人。要是女主人同意，等林顿下次出门的时候，我一定给他报个信，他就可以赶来，乘机溜进来——我不待在那里，其他仆人也要统统躲开。

这样做是对的，还是错的？我担心是错的，虽说是权宜之计。我想，我依了他就免除了一场乱子。我还想，这或许会给凯瑟琳的心病，带来一个有利的转机。随即我又想起，埃德加先生严厉斥责我搬弄是非——为了彻底消除内心的不安，我一再申明说，这件事如果当真称得上背信弃义的恶名，那也是最后一次了。

尽管如此，我回家的路上比赶来的时候更难过。我满腹忧虑，说什么也不忍心把信交到林顿夫人手中。

不过，肯尼思来了——我要下楼去，告诉他你好多了。我的故事，按我们的说法，是够**没劲**的了，而且还可以再消磨一个早上。

没劲，乏味！那好心的女人下楼去招呼大夫时，我沉思起来。这不是我想听来解闷的那类故事。不过没关系！我要从迪安太太的苦药草里提炼出良药来。首先，我要警惕潜伏在凯瑟琳·希思克利夫的明眸里的那股迷人的魅力。假如我迷恋上那个年轻女人，我一定会陷入不可思议的困境，那个做女儿的简直是她母亲的翻版！

第二卷

第一章

又过了一个礼拜——我向着康复和春天又接近了七天！好在女管家能从比较重要的差事中腾出空，来我这里坐了几次，现在我已经听完了我那位邻居的全部身世。我要用她的话继续讲下去，只是稍微压缩一点。总的说来，她是一位讲故事的能手，我想我无法改进她的风格了。

她说：到了晚上，就是我去山庄的那天晚上，我知道希思克利夫先生就在这附近，就像我看见了他似的。我躲着不出去，因为我还把他的信揣在口袋里，不想让他再来威吓、纠缠我了。

我打定主意，等主人出门后再把信交出去，因为我拿不准凯瑟琳接到信会有什么反应。因此，三天过去了，信还没有交到她手里。第四天是礼拜天，等到全家人都去教堂后，我才把信带到了她房里。

还有一个男仆留下来陪我看家。做礼拜的时候，我们通常都要锁上门，可那天天气又和煦又宜人，我就把门大开着。因为我知道谁要来，为了履行我的承诺，我就对我的同伴说，女主人非常想吃橘子，他得到村里去买几个，第二天再付钱。他去了，我上了楼。

林顿夫人身穿一件宽松的白衣服，肩上披着一条薄薄的肩巾，像往常一样，坐在那向外凸出的窗口，窗子开着。她那又长又密的头发，在她刚生病时剪短了一些，现在只是随便梳了梳，听其自然地披在鬓角和颈子上。正如我对希思克利夫讲过的那样，她的模样变了，不过她安静的时候，变化中还显出一种超凡脱俗的美。

她那对本来亮晶晶的眸子，现在蒙上了一层朦胧凄楚的温柔，让人觉得不再是望着身边的事物，而似乎总是在凝视着远方，那遥远的远方——你会说是凝视着世外。还有她那苍白的面孔——随着肌肤逐渐丰腴，她那憔悴的模样消失了——她那由心境引起的特异神态，虽然令人痛心地想起了个中缘由，却使她格外惹人爱怜，而且照我或者随便哪个见过她的人看来，这都表明所谓她正在康复的种种明证，只不过是些假象而已，她命中注定要香消玉殒了。

有一本书打开了摆在她面前的窗台上，几乎察觉不到的微风间或掀动着书页。我想是林顿放在那里的，因为林顿夫人从来不想看书，也不想找点别的事消遣一下，林顿只好花上一个个钟头逗引她，把她的注意力引向以前曾给她带来乐趣的东西。

她明白丈夫的用意，她心境好的时候，倒能安然听他摆布，只是有时候压抑不住地发出一声厌倦的叹息，表示他那是徒劳无益，后来就用最凄切的苦笑和亲吻来制止他。其他时候，她就悻然扭开身，用手捂住脸，甚至愤然把他推开。然后，林顿就小心翼翼地不去管她了，因为他知道管也没有用。

吉默顿小教堂的钟还在响着。那涨了水的小溪欢畅地流过山谷，传来悦耳的淙淙声。这是一种过渡性的美妙音乐，等夏天一到，当树上长满叶子，这树叶的飒飒声就淹没了田庄附近的溪流声。在呼啸山庄，每逢冰雪融化或久雨以后的平静日子里，总能听到那淙淙的流水声。凯瑟琳一边听着，一边想着呼啸山庄，这就是说，她是在听在想的话。但是她带着我先前提到的那种朦胧、渺茫的神情，这就表明她的耳朵眼睛已经辨别不出任何外界的东西了。

“有你一封信，林顿夫人，”我说，把信轻轻塞进她摆在膝上的一只手里。“你得马上就看，因为还要答复。我来拆封好吗？”

“好吧，”她回答说，没有改变眼睛的方向。

我打开信——信写得很短。

“好啦，”我接着说，“看吧。”

她缩回手，信掉下去了。我把它捡起来，重又放在她膝上，站在那里等她低头往下看。怎知她久久不动，最后我又说道：

“要我念吗，夫人？是希思克利夫先生写来的。”

她为之一惊，露出苦苦追忆的神情，极力想要理出个头绪。她拿起信，仿佛在阅读。等她看到署名处，不由得叹了口气。然而我还是发现，她并没领会信里的意思，因为我急着要听她的回音，她却只是指着署名，以悲哀而疑惑的急切神情盯着我。

“唔，他想见见你，”我猜想她需要有人给她解释，便说道。“他这会就在花园里，急着想知道我给他带去什么回音。”

我说着，瞧见底下沐浴在阳光里的草地上，躺着一条大狗，它竖起耳朵，像是要吠叫，随即又垂下耳朵，摇摇尾巴，算是报告有人来了，而且它并不把来人当作生人。

林顿夫人向前探身，屏息静听。转眼间，只听见脚步声穿过门厅。房门敞开着，这对希思克利夫是极大的诱惑，他禁不住要进来。他大概以为我有意失信，便决定擅自大胆地闯进来。

凯瑟琳两眼急巴巴地盯着房门口。希思克利夫没有马上找对屋子，凯瑟琳示意要我把他接进来，可是还没等我走到门口，他已经找到门了，一两步就迈到她身边，将她一把搂进怀里。

大约有五分钟光景，他既没说话，也没松开她。这当儿，他一个劲地吻她，我敢说，他有生以来还没吻过这么多次。不过，还是我家女主人先吻了他，我看得很清楚，由于万分悲痛的缘故，希思克利夫简直不敢直视她的脸。他一看见她，便和我一样认定，她是不可能复原了——她命中注定，难逃一死了。

"哦，凯茜！哦，我的命根呀！我怎么受得了啊？"这是他说出的第一句话，语气中并不想掩饰内心的绝望。

这时，他两眼直瞪瞪地盯着她，盯得那样专注，我以为他要流泪了。不想他眼里充满了极度的痛苦，并没化作泪水。

"现在怎么样？"凯瑟琳说，身子往后一仰，脸色突然一沉，回视着他。她的脾气只是她喜怒无常的风向标。"希思克利夫，你和埃德加让我伤透了心！你们俩都来向我哭诉这件事，好像值得可怜的倒是你们！我不会可怜你的，决不会。你毁了我——我看你反倒活得挺带劲的。你有多么强壮啊！我死后你还打算活多少年呀？"

希思克利夫本来是跪下一条腿搂着她的。他想站起来，可是凯瑟琳抓住他的头发，又把他按下去。

“我真想抓住你不放，”她辛酸地接着说，“直至我们两个都死掉！我不该管你受什么罪。我才不管你受什么罪呢。你为什么不该受罪呢？我在受罪呀！你会忘掉我吗？我入土以后你会快乐吗？你二十年以后会不会说：‘这是凯瑟琳·厄恩肖的坟墓。我很久以前爱过她，我为失去她而感到痛心，不过这都过去了。后来我又爱过不少人。对于我来说，我的孩子比她更亲些。我临死的时候，不会因为要去她那里而为之高兴，却会因为要丢下孩子而感到难过！’你会不会这样说呢，希思克利夫？”

“不要把我折磨得像你一样发疯，”他嚷道，一边挣开脑袋，咬起牙来。

在冷眼旁观的人看来，这两个人构成了一幅奇异可怕的景象。凯瑟琳很可能把天国视为她的流放之地，除非她把她的精神随同肉体一起抛掉。她眼下双颊苍白，嘴唇没有血色，两眼闪闪发光，整个面容显出一幅凶恶的报复心理。她攥紧拳头，指间还留有她刚才拉下来的一撮头发。她的同伴呢，他一只手撑起身子时，另一只则捉住了她的手臂，而且就她的身体状况而言，他现在的那点温存是远远不够的，因此，等他一松手，我便看见她那煞白的皮肤上，留下了四个清晰的紫痕。

“你快死的时候还这样跟我说话，”希思克利夫恶狠狠地说道，“你是着了魔了吧？你有没有想到，你丢下我以后，你这些话还要铭刻在我的记忆中，而且天长日久地越刻越深？你说我毁了你，你也知道这是瞎说。你还知道，凯瑟琳，要我忘记你，就像我会忘记我活在世上一样！等你安息的时候，我却要忍受地狱般的煎熬，这难道还满足不了你那令人可憎的自私自利吗？”

“我是不会安息的，”凯瑟琳呻吟着说道。由于过分冲动的缘故，她的心在怦怦乱跳，激烈得都能看得出、听得着，这使她感到了自己身体的虚弱。

她没有再吱声，直至这阵发作过后，才以比较缓和的口气，接着说道：

“我并不希望你比我忍受更大的痛苦，希思克利夫！我只希望我们俩永不分离。假如我有哪句话使你以后感到痛苦，你就想想我在地下感到同样痛苦，看在我的分上，原谅我吧！过来再跪下！你一生从没伤害过我。说真的，你要是怄气的话，以后回想起来，那会比我那些尖刻的话还让你难受！你不肯再过来吗？来吧！”

希思克利夫走到她椅子背后，俯下身子，但是没有凑得很近，以免让她看见他那张激动得发青的面孔。凯瑟琳扭过头看他，他却不让她瞧见。他忽地转过身，走到壁炉跟前，背对着我们，默然站着。

林顿夫人猜疑地盯着他。对方的一举一动，都在她心中唤起一种新的情感。经过一番沉默和长久的凝视之后，她又以愤慨失望的语调，对我说道：

“哦，你瞧，内莉！他都不肯发一下慈悲，让我别进坟墓！人家就是**这样**爱我的呀！咳，没关系！这不是**我**的希思克利夫。我还爱我的希思克利夫，并且要带上他，他就在我的灵魂里。而且，”她若有所思地接着说，“不管怎么说，最使我厌烦的，还是这座破碎不堪的牢狱。我厌倦了，给关在这里关腻了。我渴望逃到那极乐世界里，永远待在那里；不是泪眼模糊地看到它，不是用痛苦的心窝去渴求它；

而是真正到达那里，置身其中。内莉，你以为你比我强，比我幸运，又结实又有劲。你为我难过——这很快就会改变的。我要为**你们**难过。我要超过你们所有的人，让你们哪一个也比不上。我感到**奇怪**，他怎么会不肯接近我！”她自言自语地接着说道。“我还以为他想接近我。希思克利夫，亲爱的！你现在不该绷着脸。到我这儿来，希思克利夫。”

她急忙立起身，撑着椅子扶手。希思克利夫一听这真挚的恳求，便把脸转向她，看样子完全不顾一切了。他睁大眼睛，噙着泪水，终于向她投去了凶残的目光，胸口急剧地起伏着。他们先是分开站在那儿，霎时间又如何聚到了一起，我简直没有看清，只见凯瑟琳往前一扑，希思克利夫一把抓住她，两人便紧紧抱在一起，我想女主人绝不会被活着松开了。事实上，在我看来，她似乎当场就不省人事了。希思克利夫一屁股坐在最近的一把椅子上，我赶忙走上前看看女主人是不是昏迷了，他便冲着我咬牙切齿，像条疯狗似的吐着白沫，带着贪婪忌妒的神情把她搂得更紧了。我觉得，我仿佛不是和一个同类在一起。看来，我即便跟他说话，他也听不懂。因此，我茫然不知所措，只好站开一些，默不作声。

不一会，凯瑟琳动了动，这才叫我松了一口气。她扬起手钩住希思克利夫的脖子，让他托住她，把脸贴到他脸上。作为回报，希思克利夫发疯似的亲吻她，一边狂怒地说道：

“你现在使我明白了你有多么残酷——又残酷又虚伪。你**为什么**瞧不起我呢？你**为什么**背叛自己的情感呢，凯瑟琳？我没有一句安慰的话。这是你活该。你毁了你自己。是的，你可以吻我，你可以哭，你可以逼着我吻你，逼着我哭，可我的吻和泪是要摧残你——诅咒你的。你爱过我——那你有什么**权力**抛弃我呢？你有什么权力——回答我——就因为你可怜巴巴地有点迷恋林顿？就因为贫贱、耻辱和死亡，以及上帝、魔鬼所能给予的惩罚，都不能把我们拆开，你却自觉自愿地这样做了。我没有使你心碎——是你伤碎了自己的心——而且你伤碎心的时候，也把我的心给伤碎了。我身强力壮，那对我就更糟糕。难道我想活吗？那将是什么生活呀，当你——哦，上帝！等你的灵魂进了坟墓，你还想活着吗？”

“别折磨我了，别折磨我了，”凯瑟琳抽抽泣泣地说。“我要是做错了事，我就要为此而死去。这就够了！你也抛开了我，不过我不想责备你！我宽恕你。你也宽恕我吧！”

“宽恕是很难的，就是看看你那双眼睛，摸摸你那双消瘦的手，也是很难的，”他回答道。“再亲亲我吧。别让我看见你的眼睛！我宽恕你对我的所作所为。我爱害了**我**的人——但是害了**你**的人！我怎么能宽恕呢？”

两人都默默不语了，两张面孔贴在一起，彼此用泪水冲洗着。至少，我想双方都在哭泣，因为碰到这种肝肠寸断的时刻，希思克利夫似乎也会哭的。

这时候，我心里越来越着急，因为下午过得很快，我打发出去的仆人，已经办完事回来了；而且凭借山谷上空夕阳西下的余晖，可以望见从吉默顿教堂的门廊里涌出了一大群人。

“做完礼拜了，”我报告说。“再过半个钟头，主人就回来了。”

希思克利夫呻吟着骂了一声，把凯瑟琳抱得更紧，凯瑟琳一动也不动。

过了不久，我看见一伙仆人顺着大路，朝厨房那一侧走去。林顿先生就在后面不远。他自己打开门，慢悠悠地走过来，大概是在欣赏这风和日暖，犹如夏日一般的后晌时光。

“他这就到了，”我大声喊道。“看在上天的分上，快下去吧！你走前面的楼梯，不会碰见任何人。快点吧，先待在树林里，等他进来你再走。”

“我得走了，凯茜，”希思克利夫说，想从他同伴的怀抱中挣脱出来。“不过，只要我活着，你睡觉前我还要来看你的。我不会离开你的窗口五码之外。”

“你不能走！”凯瑟琳答道，一边竭尽全力抱紧他。“我告诉你，我不放你走。”

“只离开一个钟头，”希思克利夫恳求道。

“一分钟也不行，”凯瑟琳回答道。

“我**非得**走了——林顿马上就上来了，”这位惊慌的闯入者坚持说道。

他想站起来，就势摆脱她的手指——不想她气喘吁吁地抓得很紧，脸上露出一副死不松手的疯狂神气。

“不行！”她尖声叫道。“哦，别，别走。这是最后一次！埃德加不会伤害我们。希思克利夫，我要死啦！我要死啦！”

“该死的蠢蛋。他来了，”希思克利夫嚷道，又坐回到椅子上。“别作声，亲爱的！别作声，别作声，凯瑟琳！我不走了。他要是开枪打死我，我会嘴上带着祝福咽气的。”

两人又紧紧抱在一起了。我听见主人登上楼梯——我脑门上直冒冷汗。我吓坏了。

“你想听她的疯话吗？”我气呼呼地说道。“她也不知道她在说什么。难道因为她神志不清，不能自主，你就想毁了她吗？起来！你马上就可以没事了。这是你所干的最可恶的勾当。我们全都完蛋了——主人，女主人和仆人。”

我绞着手，大叫起来。林顿先生听见声响，加快了脚步。我在焦灼之中，一见凯瑟琳的胳臂垂下去了，脑袋也耷拉下来，不由得打心眼里高兴。

“她昏过去了，或是死了，”我心想，“这倒更好。与其半死不活地成为周围人的累赘，给大家制造痛苦，还不如索性死了好。”

埃德加向不速之客扑去，惊愕恼怒之中，脸色变得煞白。他想做什么，我也不知道。不过，对方把那个看来没有一点生气的躯体往他怀里一放，立刻制止了一场大吵大闹。

“听着，”他说，“除非你是个恶魔，不然就先救救她——然后再跟我理论！”

他走到客厅里坐下来。林顿先生召唤我去，我们费了好大劲，想尽种种办法，才使夫人恢复知觉。但她完全迷迷糊糊，只会叹息、呻吟，谁也不认识。埃德加光顾得为她着急，忘记了她那位可恨的朋友。我可没有忘记。我一找到时机，便去劝他快走，断言说凯瑟琳好些了，我明天早晨会告诉他，她这一夜过得怎么样。

“我不拒绝走出门，”他回答说。“但是我要守在花园里。内莉，注意明天你要遵守诺言。我就待在那些落叶松下面。记住！要不然，不管林顿在不在家，我还要闯进来。”

他朝卧房半开的门里迅疾地瞥了一眼，断定我说的显然是实话，这才离开了这所被他带来晦气的房子。

第十八章

一八〇二年。这年九月，我应邀到北方一个朋友的原野上去打猎。我去他住地的途中，意外地来到一个离吉默顿不到十五英里的地方。在路旁一家客栈里，马夫提着一桶水来饮我的马，恰在这时，有一辆车装着刚收割的碧绿的燕麦，从我们旁边走过，马夫就说：

“你是打吉默顿来的吧，嘿！他们总要比别人晚收割三个礼拜。”

“吉默顿？”我重复了一声。我在那地方住过，但是已经记不清楚了，像梦一样。“啊！我知道了！离这儿有多远？”

“兴许十四英里吧，翻过那些山，路不好走，”他答道。

我突然心血来潮，想去看看画眉田庄。这时还不到中午，我想不妨就在我房里过夜，反正和在客栈里过夜一样。再说，我可以从容地腾出一天工夫，有些事跟房东料理一下，这样也好省得再往这里跑一趟。

休息了一会之后，我就叫仆人去打听到村子里怎么走。我们颠簸了大约三个钟头才赶到，牲口都快给累坏了。

我把仆人留在那里，独自走下山谷。那灰色的教堂显得更灰暗了，那凄凉的教堂墓地显得更凄凉了。我望见一只沼地羊在啃吃坟上的矮草。天气晴朗和煦——对于旅行来说，有些过于暖和，但是并没热得我无法观赏这上上下下的宜人景色。假若我是在临近八月时见到这般美景，我管保受不住这诱惑，要在这僻静环境中消磨一个月。那些群山环绕的幽谷，荒原上那些陡峭险峻的岗峦，冬天没有什么比它们更荒凉的，夏天没有什么比它们更奇妙的。

我在日落之前赶到了田庄，敲敲门，等人来应。我从厨房烟囱袅袅升起的一缕细细的蓝烟断定，家里人都到后院去了，因而没有听见我敲门。

我骑马进了院子。门廊下面，一个九岁或十岁的小姑娘，坐在那里编织东西，一个老妇人靠在门阶上，若有所思地抽着烟斗。

"迪安太太在家吗？"我问老妇人。

"迪安太太？不在！"她答道。"她不住在这儿，她上山庄去啦。"

"那你是女管家吧？"我又问。

"是呀，俺管这个家，"她答道。

"好，我是房主人洛克伍德先生——不知道有没有房间给我住？我想在这里过一夜。"

"房主人！"她惊叫道。"嗐，谁晓得你要来呀？你该捎个信来！家里没有干净屋子，也没有像样的房间——压根儿没有啊！"

她丢下烟斗，急忙奔到房里，小姑娘跟在后面，我也走进去了。我很快就发觉，她说的是实情。而且我还发现，我这次不期而至，搞得她惊慌失措。

我叫她不要慌，我出去走一走，她好趁机把起居室清理出一个角落，让我吃饭，再收拾出一间卧房，让我睡觉。我也不用她扫地掸灰，只要把炉火烧旺，铺上干净被褥就行了。

她似乎很愿意尽力，虽说她把炉帚当作拨火棒戳进炉栅里去了，还用错了其他几件工具。不过我走开了，相信她一定能收拾好一个休息的地方，等着我回来。

呼啸山庄是我打算出去溜达的目的地。我刚走出院子，转念一想，又回来了。

“山庄上的人都好吧？”我问女管家。

“据俺所知，都好！”她答道，端着一盆热炭渣匆匆走了。

我原想问问迪安太太为什么丢下田庄走了，但是在这个节骨眼上是不能耽搁她的，于是我便转身走了，一路上悠闲地信步走去，身后映着落日的霞光，前面迎着冉冉升起的月亮的淡辉：一个渐渐暗下去，另一个渐渐亮起来，我就在这时走出了庄园，登上了通往希思克利夫先生住宅的那条石子岔路。

我还没有望见那座住宅，天已经早暗下来了，只有西边天际还剩下一抹朦胧的琥珀色的余晖，但是我仍可借助皎洁的月光，看清小路上的每一颗石子，每一片草叶。

我既不要从栅门上爬过去，也不要敲门——门一推就开了。

我心想，这可是一项改进呀！我的鼻孔帮助我发现了另一项改进：从那些普普通通的果树丛中，飘来了一股紫罗兰和桂竹香的芳香。

门窗都洞开着。然而，正如煤区常见的那样，一炉红红的旺火把壁炉照得通明，一眼望去使人产生一种舒适感，觉得也能忍受那过多的热量了。不过呼啸山庄的堂屋大得很，有的是空地方，可以躲开那热的威力。因此，这屋里的人就待在一个离窗口不远的地方。

我还没进门，就能看清他们，能听见他们在说话，于是便望着，听着，这是受到好奇心和嫉妒心驱使的缘故，我在那里流连的时候，这种交织的感觉还在滋长着。

“相——**反！**”一个银铃般的声音说道。“这是第三遍了，你这笨蛋！我不想再教你了。用心点，不然我就揪你的头发！”

“那好，相反，”另一个人以深沉而柔和的语调答道。“那就亲亲我吧，我学得这么用心。”

“不行，先给我准确地念一遍，不许有一个错。”

那说话的男子开始念了。他是个年轻人，穿着很体面，坐在一张桌子边，面前放着一本书。他那英俊的面孔喜气洋洋的，一双眼睛总也不安分，一次次地从书页上溜到搭在他肩头的一只白白的小手上，小手的主人一发现这种不专心的迹象，就用这只手朝他脸上啪地打一下，让他收心。

小手的主人站在他背后。她俯身辅导他学习时，她那轻柔发亮的卷发，有时和他的棕色头发交错在一起。而她那张脸——幸亏男方瞧不见她那张脸，不然他决不会这么安稳——我却看得见。我咬着嘴唇，悔恨自己丢掉了一个机会，本来可能是有所作为的事情，现在却只能对着那令人倾倒的美貌干瞪眼。

课上完了，做学生的并没有根绝错误，但是却要求奖励一下，获得了至少五个吻，而他又慷慨地回报了。接着，他们来到了门口，从他们的谈话中，我断定他们要出去，到荒野上散散步。我想，在这个当口，要是哈雷顿·厄恩肖看见我这个没福气的人出现在他跟前，他即便嘴里不说，心里也要诅咒我下到地狱的最底层。我觉得自己心里有鬼，太不光彩，便悄悄绕了个圈子，想到厨房里去躲一躲。

这边也是通行无阻。我的老朋友迪安太太坐在门口，一边做针线，一边唱歌，歌声常被从里面传来的嘲笑和抱怨所打断，那些话说得很粗野，跟那歌声实在太不协调。

“俺宁肯耳朵根里从早到晚听人骂骂咧咧，也决不想听你哼哼唧唧！”待在厨房里的那人说道，算是回答内莉说的我没听清的一句话。“真是太丢脸啦，俺每回一打开《圣经》，你就开口哼哼，赞颂撒旦，歌颂尘世间一切罪孽深重的邪恶！哦！你真是个乏货，她是另一个乏货，可怜那孩子落在你们俩手里，算是没救了。可怜的孩子呀！”他添了一句，哼了一声。“他中了邪了，俺敢肯定！哦，上帝，审判她们吧，俺们人世的统治者既没有王法，也没有公道！”

“才不呢！不然，我想我们就得坐在柴火堆上给烧死，”唱歌的人抢白道。“别吵了，老头子，像个基督徒那样念你的《圣经》吧，就别管我了。我在唱《安妮仙子的婚礼》——一支很好听的歌曲——是伴着舞唱的。”

迪安太太刚要开口再唱，我就走上前去，她当即认出了我，忽地跳起来，喊道：

“哦，上帝保佑你，洛克伍德先生！你怎么会想到这样回来啦？画眉田庄全都关闭了。你应该先跟我们打个招呼呀！”

“我已经做了安排，在我逗留期间，就住在那边，”我答道。“我明天又要走。你怎么搬到这儿来了，迪安太太？告诉我。”

“你去伦敦不久，齐拉就走了，希思克利夫先生要我来，待到你回来。不过，请进来呀！你是今晚从吉默顿走来的吗？”

“从田庄走来的，”我答道。“趁他们给我收拾卧房的当儿，我想跟你家主人把事情了结了，我觉得我一时很难再有机会了。”

“什么事情，先生？”内莉问道，一边把我领进堂屋。“他这阵出去了，一时半刻回不来。”

“关于房租的事，”我答道。

“哦！那你得跟希思克利夫夫人去结算，”她说道，“或者不如跟我结算。她还没有学会怎么料理她的事务，由我替她代理，没有别人啦。”

我显得很惊讶。

“啊！我明白了，你还没听说希思克利夫死啦！”她接着说道。

“希思克利夫死啦？”我惊叫道。“多久了？”

“三个月了——不过，请坐下，把帽子给我，让我一五一十地告诉你。等一等，你还没有吃饭，是吧？”

“我不要吃。我已经吩咐家里预备晚饭了。你也坐下来。我做梦也没想到他会死！让我听听是怎么回事。你说他们一时半刻回不来——那两个年轻人吗？”

“可不——他们总是深更半夜还在外面闲逛，我每天晚上都要责备他们——不过他们才不理我呢。至少喝一杯我们的陈酒吧——这对你会有好处的——你看样子累了。”

我还没来得及推辞，她就连忙去取酒了。我听见约瑟夫在问：“都这么一大把年纪了，还要勾引男人，这不是丢死人的丑事吗？还要到主人的地窖里去拿酒！人家坐在那儿瞧着，都觉得害臊。”

迪安太太并没停下来回敬他，而是很快又进来了，端来满满一银壶酒，我以恰如其分的真挚口吻称赞了那酒。接着，她就给我讲了希思克利夫后来的情况。照她的说法，他的结局很“蹊跷”。

她说：你离开我们不到两个礼拜，主人就叫我到呼啸山庄。我念着凯瑟琳，满心欢喜地服从了。

我第一次和她见面，真使我又伤心又震惊！自从我们分手以后，她变得太厉害了。希思克利夫没有解释，他为什么改变主意要我来这里。他只告诉我说他需要我，他讨厌见到凯瑟琳。我得把小客厅当作我的起居室，让她跟我在一起。他一天不得不见她一两次也就够了。

凯瑟琳似乎很喜欢这一安排。我陆陆续续偷运来一大批书，以及其他一些东西，这都是她在田庄时用来消遣的。我满以为我们可以舒舒服服地过下去了。

可惜这种妄想没有持续多久。凯瑟琳起初倒挺满意的，但是不久就变得烦躁不安起来。一是眼看春天快到了，却不许她走出花园一步，硬要把她关闭在那狭小的天地里，这真使她感到烦躁；二是我要料理家务，不得不常常离开她，她就抱怨说太寂寞。她宁可到厨房里跟约瑟夫吵嘴，也不愿意一个人冷清清地坐着。

我并不介意他们争吵。但是，一遇到主人想独自占用堂屋的时候，哈雷顿也往往不得不躲在厨房里。起初，等他一来，凯瑟琳就要离开厨房，或者默默地帮我做点事，既不理会他，也不跟他说话；而他呢，也总是绷着个脸，尽量一声不吭。没过多久，凯瑟琳的态度渐渐变了，变得不能让他清静了。她一个劲地议论他，说他愚蠢、懒惰，不知道他怎么能忍受他那种生活，怎么能整晚地坐在那里，盯着炉火打瞌睡。

“他就像条狗，不是吗，埃伦？”她有一次说道。“要么像一匹拉车的马？他就会干活，吃饭，睡觉，永远如此！他的脑袋该是多么空洞无聊啊！你做过梦吗，哈雷顿？要是做过，都是些什么梦？不过，你不能跟我说话呀！”

说罢，她就望望他。但是，哈雷顿既没开口，也没再瞧她。

“他也许正在做梦呢，”凯瑟琳接着又说。“他抽动起他的肩膀来，就像朱诺抽动它的肩膀一样。你问问他，埃伦。”

“你要是不放规矩点，哈雷顿先生就要请主人叫你上楼了！”我说。哈雷顿不只是抽动肩膀，他还握紧了拳头，大有动武的架势。

“我知道我在厨房的时候，哈雷顿为什么从不说话，”又一次，她大声嚷道。“他怕我笑话他。埃伦，你看呢？有一回他自学念起书来，因为我取笑他，他就把书烧了，不念了——他不是个傻瓜吗？”

“你不是在淘气吗？”我说道。“回答我呀？”

“也许是吧，”她接着说道，“可我没想到他会这么蠢。哈雷顿，我要是给你一本书，你现在肯要吗？我要试一试！”

她把她正在读的一本书放在他手上，他一下子扔掉了，嘴里还嘟嘟囔囔：她要是还不罢休，他就拧断她的脖子。

“好吧，我把书放在这儿，”她说，“放在桌子抽屉里，我要去睡觉了。”

接着她向我嘀咕了一声，要我看着他碰不碰书，便走开了。可是哈雷顿就是不肯走近那本书，第二天早晨我如实告诉了凯瑟琳，使她大为失望。我看得出，哈雷顿总是那样气愤，那样懒散，她觉得很难过——她受到良心的责备，不该吓得他不求上进了——这件事她干得真有成效。

不过，她心眼机灵，正在设法弥合这一创伤。当我熨衣服，或者干些其他不便在小客厅里做的固定活计时，她就拿来一本有意思的书，大声念给我听。遇到哈雷顿在场的时候，她往往念到有趣的地方就打住，把书摊开在那里走掉了。她一次次地这样做。哪怕哈雷顿固执得像头骡子，偏偏不肯上钩，逢到雨天还跟约瑟夫抽起烟来，两人像机器人似的分坐在壁炉两边：年纪大的幸好耳聋，听不清凯瑟琳那些他所谓的胡言乱语，年纪轻的则极力装作不想听。晚上天气好时，年轻人就出去打猎，凯瑟琳又打哈欠又叹气，缠着我跟她说话，等我一开口，她就跑到院子和花园里去，并且使出最后一招，放声大哭，说她活腻了，她这一生真没有价值。

希思克利夫先生变得越来越落落寡合，几乎把哈雷顿拒于他的房门之外了。由于三月初发生了一起意外，哈雷顿不得不在厨房里待了好几天。他那是一个人上山去，不想枪走火了，弹片伤了胳膊，还没等赶到家，就流了好多血。结果，只得待在炉火边静养，直至复原为止。

有他在厨房里，凯瑟琳倒觉得挺合意。不管怎么说，这使她更讨厌去她楼上的房里了，她硬逼着我在楼下找点活干，她好和我做伴。

复活节礼拜一那天，约瑟夫赶着几头牛到吉默顿赶集去了。下午，我在厨房里忙着熨被单。厄恩肖坐在壁炉角上，像往常一样郁郁不乐。我的小女主人闲得无聊，便在玻璃窗上画起画来，有时变换花样，闷声闷气地哼几句歌，轻轻地叫唤两声，烦躁地朝她表哥的方向瞅几眼，只见他一个劲地抽烟，两眼望着炉栅。

我对她说，她挡住了我的亮光，我都没法干活了，她就挪到壁炉那边去了。我没大注意她的举动，但是，霎时间，我听见她开口了：

“我发觉，哈雷顿，如果你对我脾气不那么坏，不那么粗野的话，我现在很想——很乐意——很喜欢你做我的表哥。”

哈雷顿没有搭理她。

“哈雷顿，哈雷顿，哈雷顿！你听见没有？”她接着又说。

“去你的吧！”哈雷顿毫不妥协，粗暴地吼道。

“让我拿开这只烟斗，”她说，一边小心翼翼地伸出手，把烟斗从他嘴里抽出来。

哈雷顿想把烟斗夺回来，谁想已被折断了，丢进了火里。他大骂凯瑟琳，又抓起了一支烟斗。

“等一等，”凯瑟琳嚷道，“你得先听我说话。你把我眼前搞得烟雾腾腾的，我没法说话。”

“你给我见鬼去吧！”哈雷顿恶狠狠地喊道，“别打扰我！”

“就打扰，”凯瑟琳坚持说道，“我就打扰。我不知道怎么办才能让你跟我说话，你又下狠心不肯理解我的意思。我说你笨，可我并没有什么用意，并没有瞧不起你的意思。喂，你得理睬我呀，哈雷顿。你是我的表哥，你要承认我这个表妹。”

“我对你，对你那副臭架子，还有你那套戏弄人的鬼把戏，没有什么好说的！”他回答道。“我宁可连躯体带灵魂都下地狱，也不愿意再瞟你一眼！你给我滚开，马上就滚！”

凯瑟琳紧皱眉头，退回到窗前的座位上，一边咬着嘴唇，哼起一支怪曲调，极力不让人看出，她越来越想哭。

“哈雷顿先生，既然你表妹已经后悔不该对你无礼，”我插嘴说，“你应该跟她和好呀！这会对你大有好处的——有她跟你做伴，你会变成另一个人。”

“做伴？”哈雷顿嚷道。“就凭着她这么讨厌我，认为我都不配给她擦鞋！不，就是让我当国王，我也不想再为讨好她而受嘲笑了。”

“不是我讨厌你，而是你讨厌我！”凯茜哭着说道，再也不掩饰心里的苦恼了。“你像希思克利夫先生一样讨厌我，而且更厉害些。”

“你是个该死的撒谎精，”厄恩肖开口说。“那我为什么要上百次地因为向着你，而惹他生气呢？而且，我是在你嘲笑我，看不起我的时候这样做的——你继续来烦我吧，我要跑到那边去，说你烦得我在厨房里待不下去了！”

“我不知道你向着我呀，”凯瑟琳回答道，一边擦干眼睛。“我当时很伤心，对谁都有气。可我现在谢谢你，恳求你原谅我，除此之外，我还能怎么样呢？”

凯瑟琳回到壁炉边，坦诚地伸出手。

哈雷顿沉着个脸，怒气冲冲，犹如雷云一般，两个拳头攥得紧紧的，两眼只管盯着地面。

凯瑟琳凭着本能，一定在料想，他是因为执拗倔强，而不是讨厌她，才做出这顽固的举动。她犹豫了一阵之后，便俯身在他脸上轻轻吻了一下。

这小淘气还当我没看见她，连忙退回去，故作正经地坐到窗前的老位子上。

我嗔怪地摇摇头，这时凯瑟琳脸红了，悄声说道：

"嗐！我该怎么办呢，埃伦？他不肯握手，也不肯瞧我——我总得用个法子向他表示我喜欢他，我想和他交朋友啊。"

这一吻是否打动了哈雷顿，我说不准。有那么一阵，他小心翼翼地不想让人看见他的脸，等他抬起脸时，又心慌意乱地不知朝哪里看是好。

凯瑟琳亲自动手，用白纸把一本漂亮的书整整齐齐地包起来，再扎上一条缎带，写上"赠厄恩肖·哈雷顿先生"，然后就叫我做她的特使，把这份礼物交给指定的收礼人。

"告诉他，他要是接受了，我就来教他好好念书，"她说。"他要是拒不接受，我就上楼去，永远不再逗他了。"

我把书送过去，传达了口信，我的委托人在一旁焦急地瞅着。哈雷顿不肯张开手指，我就把书放在他膝头。他也没有把书打掉。我就回去干我的事。凯瑟琳把头和胳臂伏在桌子上，直至听见轻轻拆开包书纸的窸窣声。这时，她便偷偷地走了过去，悄悄地在她表哥身旁坐了下来。哈雷顿浑身在颤抖，脸上涨得通红——他的粗鲁、乖戾和凶狠，全都消失得无影无踪——起初，他都鼓不起勇气开一声口，来回答她那询问的目光和喃喃的恳求。

"说你原谅我，哈雷顿，说呀！你只要说出这两个字，我就会很高兴的。"

哈雷顿嘀咕了一声，可惜听不清楚。

"你愿意做我的朋友吗？"凯瑟琳又问了一句。

"不，你这辈子天天都会为我感到害臊，"哈雷顿答道。"你越了解我，就越感到害臊，我可受不了。”

“那你不想做我的朋友啦？”凯瑟琳问道，笑得像蜜一样甜，又向他凑近了些。

往下还谈了些什么，我就听不清了。但是，再回头一看，只见两张喜气洋洋的面孔凑在一起，在看那本已被接受的书本，我毫不怀疑，双方已订下和约，仇敌从此变成了盟友。

他们读的那本书里，尽是些珍贵的插图。这些插图，加上他们又坐在一起，这魅力可真不少，两人给拴在那里一动不动，直至约瑟夫回到家。可怜这老家伙，一看见凯瑟琳跟哈雷顿·厄恩肖坐在同一条长椅上，还把手搭在他肩膀上，不禁吓得目瞪口呆。他这位宠儿居然会容忍她来接近，真叫他感到困惑不解。他受的刺激太深了，那天晚上对这事一言未发。只是当他一本正经地在桌子上打开他那部大《圣经》，又从小本子里掏出白天做买卖所得的脏兮兮的钞票，放在经书上，深深地叹了几口气，这才把情绪泄露出来。最后，他把哈雷顿从椅子上叫过去。

“把这些拿进去送给主人，孩子，”他说。“你就待在那儿吧，俺要到俺房里去。这屋子对俺们不合适了，俺们得躲开再找一间！”

“来，凯瑟琳，”我说，“我们也得‘躲开’。我已经熨完了，你准备走吗？”

“还不到八点钟呢！”凯瑟琳答道，很不情愿地站起来。“哈雷顿，我把这本书放在壁炉架上，明天我再拿几本来。”

“甭管你留下啥书，俺都要拿到堂屋去，”约瑟夫说道。“你要是再能找到，那就算你神了！好啦，随你便吧！”

凯茜威胁说，他要是敢动她的书，她就拿他的书出气。说罢，笑盈盈地从哈雷顿身边走过去，唱着歌上楼去了。我敢说，自从她来到这个家，她的心情从来没有这样轻松过，也许只有最初来看林顿那几次除外。

两人如此开始的亲密关系，发展得异常迅速，不过也难免遇到一些暂时的波折。哈雷顿不是单凭愿望，就能让他文明起来；我家小姐也不是哲人，不是忍耐的典范。不过他们两颗心都向着一个共同的目标：一个情意绵绵，想要敬重对方，另一个也情意绵绵，想要博得对方敬重。他们最终还是设法达到了这一目标。

你瞧，洛克伍德先生，要赢得希思克利夫夫人那颗心，倒是挺容易的。可是现在，我倒很高兴你没有试一试。我的最大心愿，还是希望这两个人结合。等他们举行婚礼那天，我谁也不羡慕了，英国不会有比我更快乐的女人了！

德伯维尔家的苔丝

导读

《德伯维尔家的苔丝》的作者是英国作家哈代。托马斯·哈代先后发表过十四部长篇小说，1891年出版的《德伯维尔家的苔丝》，一直被视为他的主要代表作。该书是一部悲剧作品。苔丝身为一个贫家女子，不仅受到残酷的阶级剥削和阶级压迫，而且遭到纨绔子弟的恣意蹂躏、旧道德观念的无情摧残，最后怒不可遏地刺死了地主恶少，她自己也被判处死刑。

本选集择取了该书的第二章和第三十四章。在第二章，苔丝以清纯少女的形象出现在村里一年一度的游行跳舞会上，这时打这村里路过的三兄弟中的安琪也兴致勃勃地跟一位女孩跳了舞，只是临别时，他后悔自己为何没选择苔丝——这个安琪后来就成了小说的男主角。

在第三十四章，苔丝开始向安琪坦白自己的不幸遭遇时，作者对景物做了这样的描写：炉灰像是一片"酷热的荒野"，置身在那红色的火光中，让人觉得像末日审判时那样"阴森可怕"，苔丝脖子上的钻石像癞蛤蟆的眼睛那样"不怀好意"。这是作者最擅长的气氛渲染：预示着苔丝坦白之后，迎来的将是一场灾难。

第一部

第二章

前面说过的那个美丽的布莱克摩谷，也叫布莱克穆尔谷，是个群山环抱、清幽僻静的地区，虽说距离伦敦只不过四个钟头的路程，可大多数地方还不曾被游客或风景画家涉足过。马洛特村就坐落在这山谷东北部的起伏地带。

要领略这山谷的景致，最好从四周的山顶上向下俯瞰——也许夏季的干旱时节还要除外。遇到坏天气，一个人没有向导，独自游逛到峡谷深处，就容易对那狭窄曲折、泥泞难走的路径，感到不满。

这块地方土壤肥沃，又有群山遮掩，田野从不枯黄，泉水从不干涸，南面邻接着一道险峻的白垩山岭，山岭中矗立着汉布尔登山、布尔巴罗、内特尔科姆图特、多格伯里、海斯托伊、巴布当等冈峦。从海边来的游客，往北吃力地走过二十英里石灰质丘陵地和庄稼地之后，突然来到一道峻岭的边缘，只见一片原野像地图一样平铺在脚下，和先前走过的地方截然不同，不由得又惊又喜。在他身后，重山莽莽，阳光灿烂地照射在广阔的田野上，使整个景物毫无遮掩地呈现在眼前，一条条小路白晃晃的，一排排树篱低矮地盘结着，大气清澈无色。在这峡谷间，世界仿佛是按小巧玲珑的尺度建造起来的。这里的田野只是一些微缩的围场，从这高处望去，那一道道树篱犹如用深绿色的线织成的网，铺在浅绿色的草地上。山下的空气懒洋洋的，给染成了一片蔚蓝，就连艺术家称作中景的地方也沾染了这种色彩，而远处的天际则呈现出顶深的佛青色。可耕地数量不多，面积有限。除了个别几处之外，整个景象就是一片辽阔繁茂的草地和树林，大山抱着小山，深谷套着浅谷。这就是布莱克穆尔谷。

这块地方不仅地形富有情趣，而且历史上也饶有风味。据传说，亨利三世在位的时候，曾追捕到一只美丽的白鹿，把它放掉后，却让一个名叫托马斯·德拉林德的人杀死了，因此受到国王的重罚。由于这个奇异的传说，这山谷从前就叫作白鹿林。那时代，直至不久以前，这地方到处都是茂密的树林。即使现在，山坡上还残存着古老的橡树丛和杂乱无章的乔木带，许多牧场上还矗立着一棵棵庇荫的空心大树，这都可以看出当年那般风貌的痕迹。

如今那莽莽的树林已经消失了，但是其间的一些古风却遗留了下来。不过，有许多古风是以变换了的形式延续下来的。比如，从我们所说的那天下午，就可以看出五朔节舞会的旧风，只不过换了形式，变成了联欢会，或者按当地的说法，叫作游行会。

对于马洛特的青年村民来说，这是一桩有趣的活动，尽管参与者并没领悟到其真正的趣味。它的独特之处，并不在于保存了一年一度的列队游行跳舞这一风俗，而在于参加者全是妇女。在男人的社团里，这样的庆祝活动虽说在日趋消亡，但却并不那样罕见。不过，不知是由于女性的羞涩天性，还是由于男性亲属的讥诮态度，那些保留下来的妇女会（如果还有其他妇女会的话），完全失去了原有的荣耀和壮观。只有马洛特的游行会流传下来，纪念本地的谷物女神节。这妇女会已经游行了几百年了，如果不能算是互济会，却可算是一种表示还愿的妇女会。现在，妇女会仍然举行游行活动。

参加游行会的人全都穿着白色长裙——这种色彩明快的服装，是旧历时代的遗风。当时，欢天喜地和五月时节成了同义词——那时候，人们还没有深思远虑的习惯，没有把人类的情感降低到单调乏味的程度。那天，妇女们最先出现的时候，是排成双行队列，在教区里游行。当太阳照耀在她们身上，让绿色树篱和爬满藤蔓的房屋正壁一衬托，理想和现实便发生了一点小小的抵触，因为虽说所有妇女都穿着白色长裙，但却没有哪两件白得一样。有的接近纯白色，有的有点白里泛蓝，而有些年长的妇女穿的长裙，可能在箱子里叠放了好多年，有些近乎惨白，而且有些近乎乔治王时代的款式。

除了身穿白色连衣裙这一特征之外，每个女人都在右手拿着一根剥了皮的柳树条，左手拿着一束白花。这剥柳树条和选择花束，可是每个人都很经心的事。

游行队伍里，有几位中年甚至上了年纪的妇女，一个个饱经沧桑，历尽磨难，落得一头银丝，满脸皱纹，夹在这喜气洋洋的队伍中，显得有些不伦不类，至少是令人心酸。照理说来，这些饱经风霜、历尽忧患的人，个个到了快要说“岁月毫无欢乐可言”[1]的时候，因此，比起她们的年轻伙伴来，她们也许具有更多的材料，供我们搜集和叙说。不过，这里且不叙说那些年长的人，还是讲讲那些在紧身衣下生命搏动得更急剧、更有朝气的人们吧。

的确，在游行队伍中，年轻姑娘占了大多数，她们那一头头的浓发，在阳光的辉映下，呈现出各种色调的金色、黑色和棕色。她们有的长着漂亮的眼睛，有的生着俏丽的鼻子，有的有着妩媚的嘴巴、婀娜的身段；但是，这样样都美的，虽然不能说一个没有，却也是寥寥无几。显然，硬要在大庭广众面前抛头露面，她们一个个不知道嘴唇应该做出怎样的形态，脑袋应该摆出怎样的姿势，脸上怎样才能消除忸怩的神情，这些都表明，她们是地地道道的乡下姑娘，不习惯受众人注视。

她们大家，不仅个个身上都给太阳晒得暖烘烘的，而且人人心里都有一个小太阳，温暖着各自的心灵。那是一种迷梦，一种痴情，一种癖好，至少是一种渺茫的希望，这种希望虽然可能正在化为泡影，但却依然活在各人的心中，因为一切希望都是如此。因此，她们大家全都喜气洋洋，好些人还兴高采烈。

她们走过醇沥酒店，正要离开大路，从一道栅门进入草场，只听一个妇人说道：

“天哪！你瞧，苔丝·德贝菲尔，那不是你爹坐着马车回家来

1 语出《圣经·旧约·传道书》第12章第1节。

了嘛！”

听到这声叫喊，队列中有一个年轻姑娘扭过头来。她是个标致俊俏的姑娘——也许不比有些姑娘更漂亮——不过她那两片灵动红艳的嘴唇，那一双天真烂漫的大眼睛，又给她的姿色平添了几分慑人的魅力。她头发上扎着一根红绸带，在这白色的队伍中，能够显耀这种引人注目的装饰的，还只有她一个人。且说她扭过头来，看见德贝菲尔坐着醇沥酒店的马车，一路驶来，赶车的是一个头发卷曲、体魄健壮的姑娘，两只衣袖卷到胳膊肘上面。这是醇沥酒店那位开心的伙计，因为是打杂的，有时也做喂马赶车的差事。德贝菲尔仰着身子，惬意地闭着眼睛，一只手在头上挥来挥去，嘴里用慢悠悠的宣叙调唱道：

“俺——家——在——金——斯——比——尔——有——一——大——片——祖——坟——俺——那——些——封——为——爵——士——的——祖——宗——都——葬——在——那——儿——的——铅——棺——里！”

妇女会的人全都吃吃地笑了起来，只有那个名叫苔丝的姑娘例外——她见父亲在当众出丑，脸上似乎慢慢生起一阵火辣辣的感觉。“他只不过是累了，”她连忙说道，“就搭个车回家，因为我们家的马今天要休息。”

“你好天真呀，苔丝，”她的同伴说，“他这是赶完了集灌饱了黄汤吧。哈哈！”

“听着，你们要是笑话他，我就一步也不跟你们走了！”苔丝大声嚷道，面颊上的红晕传遍整个脸，传到脖子根。转眼间，她的眼圈湿了，目光垂到地下。大家一见真把她惹恼了，便不再吭声了，队伍又秩序井然了。苔丝出于自尊，不愿再回头去看父亲在搞什么名堂，如果他真有什么名堂的话。于是，她随着大伙走到围篱里的草地上，准备在里面跳舞。到了草场上，她已经恢复了平静，用柳条轻轻拍打身边的人，照常有说有笑。

苔丝·德贝菲尔处在这个年纪，只是一个纯情少女，还没受过人情世故的熏染。她虽然上过村里的小学，但是嘴里还多少带点土话。在这个地区的方言中，比较典型的音调，就是ur这个音节带来的近似发音，念得像人类语言中的任何音节一样圆润。苔丝那两片微微噘起的深红的嘴唇，天生就会发这一音节，不过每说一个字，还没等口形完全固定下来，下唇就要把上唇中部往上一顶，双唇随即就闭住了。

她的外貌还隐约保留着童年的特征。她今天游行起来，尽管看上去身姿矫健，楚楚动人，俨然像个成年女子，但有时候，你能从她的面颊上看到她十二岁时的模样，从她的眼睛里看到她九岁时的光彩，就连她五岁时的神态，也不时地从她唇边嘴角上掠过。

然而，这一点很少有人察觉，也更少有人去关注。只有极少数人，大半还是素不相识的人，偶尔打她身边走过时，会久久地注视她，一时间被她的青春风韵所倾倒，心想不知道以后能不能再遇见她。不过，几乎在每个人看来，她只不过是一个标致如画的乡下姑娘而已。

德贝菲尔坐在女车夫赶着的凯旋马车里，已经走没影了，也听不见声音了。游行队伍走进指定的场地，开始跳舞了。因为队伍里没有男子，姑娘们起先只好互相对舞，但是到了快收工的时候，村里的男人同其他闲杂人、过路人一起，聚集在舞场周围，似乎想要找个舞伴跳一跳。

在这些旁观者当中，有三个身份较高的年轻人，肩上挎着小背包，手里拿着粗手杖。他们长得都很相像，年龄也一个一个地紧挨着，这几乎可以表明，他们可能是亲兄弟，事实上他们还真是亲兄弟。老大扎着白色领带，穿着圆领马甲，戴着薄边帽子，一身标准副牧师的打扮；老二是一个正规的大学生；而那位最小的老三，仅凭外貌还看不大出来他的身份。在他的眼神和服饰中，有一种无拘无束的神气，表明他还没有找到理想职业的门径。我们只能猜测说，他是一个漫无目标的学生，什么事情都想尝试一下。

这三兄弟对萍水相逢的人说，他们是为圣灵降临节[1]度假，来布莱克穆尔谷作徒步旅行的，从东北面的沙斯顿镇起，往西南方向走。

他们靠在大路旁边的栅门上，问起妇女穿着白裙跳舞是怎么回事。显而易见，老大和老二是一刻也不想多待的，但是老三看见一群姑娘没有男伴，自己跳起舞来，似乎觉得很好玩，也就不急于赶路了。他解下背包，连手杖一起放在树篱上，打开了栅门。

“你要干什么，安琪？”老大问道。

“我想去跟她们跳一阵。咱们干吗不都去呢——只跳一会儿——不会耽搁很久的。”

“不行，不行，真是胡闹！”大哥说道。“公然和一群乡下小妞

1　系复活节后的第7个礼拜日。

跳舞——让人家看见怎么得了！走吧，要不然，天黑以前我们就赶不到斯图堡啦。赶不到斯图堡，就没有地方投宿。再说，我既然不辞辛劳地把《斥不可知论》带来了，咱们就得在临睡前再看一章。”

“那好吧——我五分钟后就赶上你和卡思伯特。你们不用等我。我保证能追上你们，费利克斯。”

两个哥哥无奈离开了弟弟，继续赶路，同时拿走了他的背包，好让他轻装追赶。于是，老三走进了草场。

“真是太可惜了，”当跳舞刚一暂停下来，他就向离他最近的两三个姑娘献殷勤说。“你们的舞伴都哪去了，亲爱的？”

“他们还没有下工呢，”一个最愣头愣脑的姑娘答道。“他们过一会就来了。趁他们还没来，你先当个舞伴好吗，先生？”

“当然好。不过，这么多姑娘，就我一个舞伴有什么用！”

“总比一个没有好哇。跟同性的人面对面跳舞，压根儿不能搂搂抱抱，真没意思！好啦，你就挑选吧。”

“得了——别这么没羞没臊啦！”一个比较腼腆的姑娘说道。

那个青年受到邀请之后，拿眼把姑娘们扫视了一番，试图挑选一下，不过这群姑娘他以前从没见过面，也实在不大好挑选。他选定的，差不多就是头一个来到他跟前的人，而那个跟他说话的姑娘，尽管在期待，却没有被选中。苔丝·德贝菲尔也没有碰巧入选。古老的家世，祖宗的尸骨，卓著不朽的业绩，德伯维尔家的相貌，这些还没有给苔丝在人生的战斗中帮上什么忙，甚至在一群普普通通的村姑中间也没占个上风，连一个舞伴都吸引不过来。没有维多利亚时代的金钱作后盾，诺曼的血统又算得了什么。

那个独占鳌头的姑娘，不管叫什么名字，反正没有流传下来。不过，那天晚上，她头一个享受到和男性舞伴跳舞的艳福，因此大家都很羡慕她。然而，榜样的力量是无穷的，村里的小伙子们，本来谁也没有匆忙走进栅门，现在一看有个不速之客闯进来了，一个个都赶忙走进舞场。不一会工夫，许多舞伴渐渐发生了变化，掺进了土里土气的小伙子，最后，就连最不起眼的女人，也不用充当男性舞伴了。

教堂的钟敲响了，那个学生突然说，他得走了——他刚才忘乎所以了——他得去追他的同伴。他退出舞场的时候，目光落到了苔丝·德贝菲尔身上。说实话，小伙子刚才没选她作舞伴，她那双大眼睛里还隐隐约约流露出一丝责怪的神情。小伙子也觉得遗憾，因为她刚才畏缩不前，他没能注意到她。他就怀着这种心情，离开了草场。

由于耽搁得太久，他拔腿沿着小路向西飞奔而去，转眼跑过了山坳，登上了又一道山坡。他还没有追上两个哥哥，却停下来喘口气，同时回头望望。他看得见，姑娘们的白色身影在青草地上旋来转去，就像他在她们中间时一样。她们似乎已经把他忘得一干二净。

她们全都把他忘了，也许只有一位没忘。那个白色身影离开众人，独自站在树篱旁边。从她的位置来看，他知道这就是他没和她跳舞的那个漂亮姑娘。虽然事情很小，他却本能地感觉到，她因为受到他的冷落，而心里感到难过。他后悔自己没有请她跳舞；他后悔自己没有问问她的名字。她是那样温文尔雅，那样脉脉含情，穿着一身薄薄的白裙，显得那样轻盈娇美，他觉得自己刚才干了一件蠢事。

然而，事情已经无可挽回了，他便转过身来，闷头急速赶路，不再去想这件事了。

第四部

第三十四章

他们俩坐着车，沿着谷里的平路，往前走了几英里，便到了井桥村，然后从村里往左拐去，过了一座伊丽莎白时代的大桥，正是因为有这座桥，这个村名中才带了一个“桥”字。紧靠大桥的后面，就是他们租了房间的那座宅子。宅子的外观，凡是到过弗鲁姆谷的人，全都非常熟悉。它原先是一幢壮丽的大庄宅的一部分，属于德伯维尔家的房产和府第，但是，自从部分拆毁以后，就变成一座农舍了。

“欢迎你来到你祖上的一座宅第！”克莱尔一面说，一面把苔丝扶下车来。但他又后悔不该说这句打趣的话，这话太像是挖苦了。

他们进屋后才发现，尽管他们只租了两间屋子，可房东却利用他们计划在这里住几天的机会，给几个亲戚朋友拜年去了，只雇了附近乡舍的一个女人，来照料他们并不多的几桩需求。整座房子都归他们享用，这使他们感到很高兴。他们意识到，这是他们第一次享受独居一宅的乐趣。

但是克莱尔发觉，他这位新娘子见了这所又老又旧的住宅，心里不禁有些抑郁。马车走了以后，那个打杂的女仆就领着他们，到楼上去洗手。走到楼梯口，苔丝站住了脚，吓了一跳。

“怎么啦？”克莱尔问道。

“这两个女人好吓人！”苔丝笑吟吟地答道。“把我吓了一大跳。”

克莱尔抬头一看，只见有两幅与真人一般大小的画像，嵌在墙内的镶板上。来过这座宅第的人都知道，画上画着两个中年妇女，论年份大约是二百年以前，两人的相貌只要看上一次，就永远不会淡忘。一个是长脸膛，尖下巴，眯缝眼，还要强作笑颜，露出一副阴险无情的神气；另一个鹰钩鼻子，大牙齿，瞪着大眼，显出一副盛气凌人、凶神恶煞的样子。谁见了这两副嘴脸，就是在梦中也会惊扰不安的。

“这是谁的画像？”克莱尔问那女仆。

“我听老一辈的人说，她们是这座宅子的老宅主德伯维尔家的两位夫人，”女仆说道。“两幅画像都镶在墙里头，没法撤走。”

这件事令人不快，不仅是两幅画像把苔丝吓了一跳，而且就从两副过分显著的容貌中，无疑还可以看出苔丝那眉清目秀的影子。不过，克莱尔对此却没说什么，只是后悔不该自找麻烦，选了这么一幢房子度蜜月，随即便走到隔壁屋里去了。这房子本是匆匆忙忙收拾出来的，他们两个只好在一个脸盆里洗手。克莱尔在水里摸到了苔丝的手。

“哪些手指是我的，哪些是你的？”他抬起头来问道。“都混淆不清了。”

“都是你的，”苔丝甜蜜地说道，竭力装出很快活的样子。在这种时候，她那样心事重重，克莱尔还没有感到不快。凡是敏感的女人，都会思考问题的；不过苔丝知道，她也太多虑了，所以要竭力克制。

在除夕那个短暂的下午，太阳低垂着，阳光从一个小洞射进屋里，形成一条金棒，投到苔丝的裙子上，好像颜料在上面染了一块。他们走进那间古老的客厅吃茶点，两人在这里第一次单独同桌用餐。他们一身孩子气，或者不如说，克莱尔一身孩子气，他要和苔丝共用一只黄油面包盘子，觉得这很有趣，而且还要用自己的嘴去抹掉她嘴唇上的面包屑子。他有点纳闷，他这样闹着玩，苔丝怎么却不起劲。

克莱尔闷声不响地瞅了她好半天。“她是个招人喜爱的宝贝苔丝，”他暗自想道，仿佛终于看懂了一段难读的文字。“我有没有正经领会到，不管我的信仰和命运是好是坏，这个小小的女子已经完完全全无可改变地和我联系在一起了？我恐怕没有。我想我难以领会，除非我自己是个女人。我享福，她跟着享福，我受罪，她也跟着受罪。我落得怎么样，她也得跟着怎么样。我达不到的，她也达不到。难道我会怠慢她，伤害她，甚至不把她放在心上吗？但愿上帝不容许我犯这样的罪孽！”

他们坐在茶桌前，等候行李，因为克里克老板答应过，要在天黑以前把行李送到。但是，夜幕开始降临，行李还没有送来，而他们除了身上穿的，就什么也没有带。太阳落山以后，冬天白昼的沉静状态也改变了。屋外发出一种沙沙的响声，好像丝绸受到剧烈摩擦似的。那些在秋天里落下的枯叶，本来静静地躲在地上，现在让风一吹，全都骚动起来，不由自主地旋来旋去，噼里啪啦地打到百叶窗上。转眼间，下起雨来。

“那只公鸡早就知道要变天了，”克莱尔说道。

那个服侍他们的女人早已回家过夜去了，不过她往桌上放了几支蜡烛，现在他们就把蜡烛点着了。每支蜡烛的烛光都朝壁炉那边晃动。

“这种老房子到处透风，”克莱尔望着烛光和往下流淌的烛泪，继续说道。“不知道那行李给送到什么地方了？咱们连一把刷子、一把梳子也没有。”

“我也说不上来，”苔丝心不在焉地答道。

“苔丝，今天晚上你一点也不高兴——一点也不像你平常那样。一定是楼上嵌在墙上的那两个凶老太婆把你吓坏了。真对不起，我不该把你带到这儿。我不知道你到底是不是真的爱我？”

他明明知道苔丝爱他，因此说这话并没有什么正经的意思。但是，苔丝听了却满腹委屈，就像一只受了伤的动物，不由得畏缩了一下。虽然她想极力忍住不要流泪，可还是止不住掉下了一两滴。

“我不是有意的，”克莱尔抱歉地说道。“我知道，你因为没拿到用的东西，心里感到着急。我真不明白，老乔纳森怎么还没把东西送来。你瞧，都七点钟了……啊，他来啦！”

有人敲门了，因为屋里没有别人去应门，克莱尔便自己出去了。他回到屋里的时候，手里拿着一个小包裹。

“结果还不是乔纳森，”克莱尔说道。

“真叫人恼火，”苔丝说道。

这个包裹是专人送来的。那人从埃明斯特牧师住宅赶到塔尔勃塞的时候，新婚夫妇刚刚离开，所以那人又跟到这里，因为主人家吩咐过，一定要把包裹当面交给本人。克莱尔把包裹拿到亮光里一看，只见它还不到一英尺长，包在帆布里，用线缝好，缝口上封着红火漆，打着他父亲的印章，包裹面上写着他父亲的亲笔字：“安琪·克莱尔夫人收。”

“这是送给你的一件小小的结婚礼物，苔丝，”克莱尔一面说，一面把包裹递给了苔丝。“他们想得真周到啊！”

苔丝接过包裹时，神情有点慌张。“我想还是你来替我打开吧，最亲爱的，”她把包裹翻了个个儿，说道。“我不想拆那火漆，看起来太郑重了。请你替我打开吧！”

克莱尔打开包裹。里面是一只山羊皮制的小匣子，匣子上面放着一封短笺和一把钥匙。短笺是写给克莱尔的，内容如下：

亲爱的儿子：

也许你已经忘记，在你很小的时候，你的教母皮特尼太太——一个爱慕虚荣、心地善良的女人——临终时把她的一部分珠宝交给了我，将来等你结婚的时候，赠给你的妻子（无论你娶的是谁），以表示她对你和你妻子的一片情意。我不负所托，就把这珠宝一直存在银行里。虽说在目前情况下，我觉得这么做未免有点不合适，但是你要明白，既然这些珠宝理应归你妻子终身使用，我就有义务转交给她，所以我就立即叫人送去。我想，按照你教母的遗嘱，严格说来，这些东西就成了传家之宝了。随信附上关于此事的那条遗嘱的原文。

“我现在想起来了，”克莱尔说。“不过，我先前可全忘了。”

他们打开匣子，发现里面装着一条带坠子的项链，一副手镯，一对耳环，还有一些别的小首饰。苔丝起初好像不敢碰这副珠宝，但是，克莱尔把它们摆开以后，她的眼睛霍地一亮，就像那钻石一样晶莹。

“这都是我的吗？”她将信将疑地问道。

“当然是你的，”克莱尔说道。

他望着炉火，心里回想起，他还是个十五岁少年的时候，作为他教母的那位乡绅太太——他平生接触过的唯一的阔人——相信他一定会有出息，说他以后一定会前程似锦。既然猜测他会有这样的前程，那么，把这些珠光宝气的首饰留给他的妻子，再传给她子孙的妻子，似乎没有什么不恰当的地方。现在，这些珠宝在闪烁着，仿佛有点讥讽似的。“可又为什么呢？”克莱尔自己问自己。这自始至终只是一个虚荣心的问题。如果说他教母可以有虚荣心，那他妻子当然也可以有。他妻子是德伯维尔家的后代，难道还有谁比她更佩戴这些首饰吗？

突然，他热烈地说道：“苔丝，快把它们戴上，快把它们戴上！”说罢，他从炉火旁转过身来，帮她往身上戴。

但是，苔丝仿佛有魔力相助似的，早已把首饰戴上了——项链、耳环、手镯，全都戴上了。

“不过，这件长裙可不大合适，苔丝，”克莱尔说道。“你应该穿一件低领口的长裙，才配得上这一套钻石首饰。”

“是吗？”苔丝问道。

“是的，”克莱尔说道。

他告诉她说，把上身的上边往里塞一塞，就大致可以搞成晚礼服的样式。苔丝照他说的那样做了，项链上的坠子就按设计的戴法，单独地垂在她那白皙的胸前，克莱尔往后退了退，仔细打量她。

“天哪，”他说，“你真漂亮啊！”

人人都知道，鸟靠羽毛人靠装。一个乡下姑娘，若是装扮得朴朴素素的，就能让外人觉得颇有几分魅力，那么，她要是穿上时髦的服装，再戴上各式各样的首饰，就会变成一个绝色美人，而大放异彩。而那参加深夜聚会的美女，如果穿上农妇的外罩，碰上一个阴沉天，站在一片单调的萝卜地里，就往往不成样子了。直到现在，克莱尔还从未估量到苔丝的肢体容貌有多么绰约多姿。

“你要是出现在舞厅里该有多好！”他说。“可是，不，不，最亲爱的。我想我最喜欢你戴着遮阳软帽，穿着粗布衣衫——是的，比戴这些东西还可爱，尽管你戴上这些东西，更能显示出它们的华贵来。”

苔丝觉着自己有这么美，不禁兴奋得满脸绯红，不过，倒并不感到快活。“我还是卸下来吧，”她说，“免得让乔纳森看见。我戴着不合适，是吧？我看得把它们卖了吧？”

“再多戴一会儿。把它们卖了？不行。那岂不是违背了人家的遗嘱。”

苔丝又想了一想，便欣然从命了。她有话要对他说，戴着这些东西也许能帮点忙。她就戴着珠宝坐了下来，两人又东猜西猜，捉摸乔纳森带着行李走到了何处。他们先前给他倒了些麦芽酒，好等他来了给他喝，因为搁得太久，气都跑光了。

晚饭早已在靠墙的桌子上摆好了，过了不久，他们便开始吃起来了。还没等他们吃完，壁炉里的烟突然一抖，一股往上冒的烟一下灌到屋子里来了，仿佛有个巨人拿手往烟囱口堵了一下似的。其实，这是外面的门被打开而引起的。走廊里传来笨重的脚步声，安琪起身走了出去。

“俺怎么敲门，也没人听得见，”乔纳森·凯尔抱歉地说，这回到底是他来了，“外面在下雨，俺就自己打开门了。俺把东西送来啦，先生。”

“看到这些东西，我很高兴。可你来得太晚啦。”

“是来晚啦，先生。”乔纳森·凯尔说话的时候，语气有点压抑，白天可不是这样的。再看他的前额，除了岁月刻上的皱纹，又添了几条焦虑的皱纹。他接着说道：“今儿后晌，你和你太太（眼下得这样称呼她啦）走了以后，场里出了一件顶可怕的事儿，可把俺们大伙儿都吓坏啦。也许你没忘记后晌鸡叫的事儿吧？”

“天哪——出什么——”

“有人说鸡叫是这样的兆头，有人说是那样的兆头。可偏偏出了这样的事儿：可怜的小雷蒂要跳水自杀。”

“不会吧！真有这事？她还跟大伙儿一起送我们的——”

“是呀。唉，先生，你和你太太——照规矩得这样称呼她——俺是说，你们俩坐车走了以后，雷蒂和玛丽安就戴上帽子，跑出去了。今儿是年三十，没有多少事儿，大伙又都喝得稀里糊涂的，谁也没怎么留意她们俩。她们先到了刘埃弗拉德，在那儿喝了些酒，随后又去了三臂十字架，两人好像在那儿分了手，雷蒂穿过草甸子，像是要回家去，玛丽安朝前面一个村子走去，那儿也有一家酒馆。打那以后，谁也没再见到雷蒂的人影，也没听人说起她的下落，后来有个船夫回家，看到大塘旁边放着一样什么东西，原来是雷蒂的帽子和围巾，叠在一块儿。他在水里找到了雷蒂。他又叫来一个人，把她抬回了家，只当她死了。不过，她倒慢慢活过来了。”

安琪忽然想起，苔丝也在听这令人伤心的故事，于是就去关走廊和前室之间通往内厅的门，因为苔丝就待在内厅里。不想他妻子早已把围巾披在身上，跑到了外屋，正在听着乔纳森在那里叙说，两眼怔怔地盯着行李和行李上亮晶晶的雨滴。

“不光是这事儿，还有玛丽安呢。有人看见她躺在柳树林边上，醉得好像个死人一样。这姑娘长了这么大，除了喝一先令的麦芽酒，从没有人看见她沾过别的酒——虽说从她脸上看得出来，她一向确实饭量很大。这些女孩子好像全都发疯了！”

“伊兹呢？”苔丝问道。

“伊兹还照常待在家里。不过她说啦，她猜得出这是怎么搞的。她心里好像很不好受，可怜的孩子，这也难怪她。先生，你瞧，出这些事儿的时候，俺们正在往车上装你的行李，还有你太太的睡衣和梳洗用的东西，这一来，俺就来晚了。”

“是啦。好吧，乔纳森，你把行李送到楼上，喝一杯麦芽酒，就尽快赶回去，以防那边还有事要你做。”

苔丝已经回到内厅了，坐在壁炉旁边，忧心忡忡地望着炉火。她听见乔纳森·凯尔拖着笨重的脚步，来回上楼下楼搬东西，后来搬完了，又听见他感谢她丈夫给他麦芽酒和赏钱。随后，乔纳森的脚步声就从门口消失了，马车吱吱嘎嘎地离开了。

安琪把又大又重的橡木门闩好，然后走进屋里，来到壁炉前苔丝坐着的地方，将双手从她背后伸过去，捧住了她的双颊。他满心以为，苔丝会快活地跳起来，跑去打开她早就急着要用的梳妆用具。但是她却一动也没动，安琪便跟她一起坐在一片火光之中，饭桌上的烛光太小太弱，争不过那熊熊的炉火。

“很遗憾，那几个姑娘的伤心事都让你听见了，”他说。“不过，你也不必难过，你也知道，雷蒂本来就有点病态心理。”

“她丝毫不应该那样，”苔丝说。“倒是有人应该那样，可是那个人又遮遮掩掩，假装没有什么。”

这件事改变了她心中的天平。她们都是天真纯朴的姑娘，但是，单相思的不幸却落到了她们头上。本来，她们应该受到命运的优待。她本该是受到亏待的，但却受到了垂爱。她没付出任何代价，就得到了一切，真是大逆不道。她要彻底加以偿还。她要在此时此地把事情讲出来。就在她两眼盯着炉火，克莱尔握着她的手的时候，她终于下定了最后的决心。

这时，炉里的残火已经没有火焰了，但却发出一片稳定的光泽，染红了壁炉里的后边和两侧，亮锃锃的柴架，和一把合不拢的旧铜火钳。壁炉台下面和最靠近壁炉的桌腿，也给炉光映得通红。苔丝的脸和脖子也同样显得暖融融的，她身上戴的每一件珠宝，也都变成了金牛星或天狼星——变成了闪烁着白光、红光、绿光的星座，随着她脉搏的每一次跳动，不断变换自己的色彩。

“今天早晨，我们都说过要讲讲各自的过错，你还记得吗？”克莱尔见她还是一动不动，便突然问道。“也许我们是随便说说的，而你很可能是说着玩的。但是，对我来说——这绝不是一句戏言。我有件事要向你坦白，亲爱的。”

这句话从他嘴里说出来，没想到会这么巧，苔丝觉得，真是天公有意成全她。“你有件事要坦白？”她急忙说道，甚至有些欣喜和轻松。

“你没有想到吧？唉——你把我看得太高了。现在你听我说。把你的头靠在这儿，因为我要你宽恕我，不要怪我以前没有告诉你，也许我早该把事情说出来。”

多奇怪呀！他仿佛是她的替身似的。她没有做声，克莱尔接着说道：

“我以前没有告诉你，因为我不敢冒着失去你的风险，亲爱的，你是我一生中得到的最高奖赏——我把你称作我的研究生奖学金。我哥哥是在大学里获得他的奖学金的，而我是在塔尔勃塞获得我的奖学金的。我不能冒险丢掉它。一个月以前，就在你答应嫁给我的时候，我就想告诉你，可是我又不敢，我怕你听我一说，就要给吓跑了，我就把这件事搁起来了。后来我想昨天该告诉你，至少给你一个摆脱我的机会。可我也没做到。今天早上，你在楼梯口提出我们要互相坦白过错，我也没能做到——我真是个罪人！可是现在，眼看着你一本正经地坐在这儿，我一定得坦白了。我不知道你会不会宽恕我？”

“哦，会的！我敢保——”

“好吧，但愿如此。不过，你先别说，你还不知道呢。我从头说起吧。虽说我觉得我那可怜的父亲总怕我因为信仰问题，而永远堕落下去，但我当然和你一样，苔丝，相信人要讲究道德。我以前总想做一个教化人的导师，后来我发现自己不能做牧师时，还感到万分失望。我敬仰纯洁无瑕，尽管我不敢自称纯洁，我痛恨不道德，我希望我现在还是这样。不管人们怎样看待绝对灵感，都必须诚心诚意地赞同保罗说的话：‘你要在言语、谈吐、仁慈、精神、虔诚和纯洁上，都作出榜样。’[1]对于我们这些可怜的人类，这是唯一的保障。有一位罗马诗人曾说过‘清白的生活’，令人奇怪的是，他与圣保罗有着相同的观点：

一个人活得正直，找不到弱点，
便无须使用摩尔人的枪矛和弓箭。[2]

唉，有一去处是用善念铺成的[3]，我对这句话深有体会，我本来想让大家都好，可自己先堕落了，你看我有多么悔恨。”

接着，他向苔丝叙说了他刚才提到的那段人生经历。当时，由

1 引自《圣经·新约·提摩太前书》第4章第12节。

2 罗马诗人指贺拉斯。该两行诗引自他的《歌集》第1卷第22首。

3 英国有句成语：“地狱是用善念铺成的。”克莱尔在新婚之际，忌讳“地狱”二字，改用“有一去处”。

于前途渺茫，困难重重，他在伦敦荡来荡去，像是一个随波漂泊的软木塞子。后来遇到一个素不相识的女人，跟她过了四十八小时的放荡生活。

“幸好我立刻觉悟过来，认识到了自己的蠢行，”他接着说道。“我再也不理她了，回到了家里。自那以后，我再也没犯这种过错。不过，我觉得我应该对你开诚布公，推心置腹，为此就要把这件事讲出来。你宽恕我吗？”

苔丝紧紧握住他的手，算是回答。

“那么咱们说过就算了，永远不再提它了——在这个时候谈这种事，太让人难受了——咱们说点闲话吧。”

“哦，安琪——我真有点高兴哪——因为现在你也能宽恕我了！我还没有向你坦白呢。我也有一件事要坦白——记得吧，我说过这话。”

“啊，当然记得！那你就说吧，你这个小坏蛋。”

“别看你在笑，我这件事也许和你的一样严重，说不定还更严重。”

“不会比我的更严重吧，最亲爱的。”

“不会的——哦，是的，不会的！”苔丝觉得有希望了，便乐滋滋地跳了起来。“是的，当然不会更严重啦，”她大声嚷道。“是一模一样的事情！我这就告诉你。”

她又坐了下来。

他们的手仍然握在一起。炉栅下的灰，被炉火垂直地一照，像是一片酷热的荒野。炭火的红色光焰投到克莱尔的脸上和手上，也投到苔丝的脸上和手上，射进她额上蓬松的头发里，照在头发下面那细嫩的皮肤上。置身于这种红色的光焰中，让人想起来，觉得像末日审判时那样阴森可怕。她的身子映成一个巨大的黑影，投射到墙上和天花板上。她弯下身子，脖子上的每颗钻石都跟着闪烁了一下，就像癞蛤蟆不怀好意地瞪了一下眼睛。她把额头靠在安琪的太阳穴上，开始讲起了她与亚历克·德伯维尔相识的前因后果，说话时声音很低，眼皮低垂着，但却一点也不畏怯。

老人与海

导读

海明威的《老人与海》是一部只有四万六千多字的中篇小说，虽然无法跻身于长篇小说的行列，但是无论在精神影响上，还是在艺术魅力上，它都是海明威最有分量的代表作，极有可能成为海明威最为不朽的传世之作。

海明威是个独一无二的文体家，翻译他的作品，一定要忠实于他的艺术风格；而海明威的艺术风格，可以概括成两大特征：一是“冰山”原则，二是“电报式”文体。所谓“电报式”文体，就是采用结构简单的句子和小字眼，摈弃长句和大字眼，特别要杜绝空洞、浮泛的夸饰性文字，尽量用动作词汇来写，删去不必要的形容词，能用一字则不用两字。概括而言，我试图从四个方面入手，全面模仿海明威的风格：一是尽量模拟作者用词凝炼、干脆、生动的特色，二是尽量采取原文的表意方式，三是尽量追步原文的句法结构，四是尽量展示原文的陌生化手法。当然，模仿并非没有创造性，如作者描写老人与大鱼对峙中的两句话：He is working. Work as little as you can. 恐怕不少人会译成

“它正在卖力地干呢。你可要尽量少花力气。”这种照搬字典释义的“机械直译”能配得上海明威的原文吗？当然不能！再看另一种难度较大的译法：“它在较劲儿。你可要尽量悠着点。”一方在“较劲儿”，另一方应尽量“悠着点”，这是跟原文在意思和文体上的真正“契合”，因而是对海明威风格的真实再现。

为了充分展示译者如何再现海明威的风格，译者决定在此全文刊出《老人与海》，供读者品读。希望诸位不要嫌多，众多世界经典名著在中国能有二三十个译本已不错，而海明威的这部小说据考察在中国竟有 178 个全译本。这太令人惊讶了，说明“老爸”在中国太有“人缘”了！因此，我们全文刊出他的代表作，相信定会皆大欢喜。

他是个独自在湾流[1]一条小船上打鱼的老人，现已出海八十四天，一条鱼也没捉到。头四十天，有个男孩跟他在一起。可是，过了四十天还没钓到一条鱼，孩子的父母便对他说，老人如今准是极端 *salao*[2]，就是说倒霉透顶，那孩子便照他们的吩咐，上了另一条船，头一个星期就捕到三条好鱼。

孩子看见老人每天划着空船回来，心里很难受，总要走下岸去，帮他拿卷起的钓绳，或者鱼钩和鱼叉，还有绕在桅杆上的帆。帆上用面粉袋打着补丁，卷起后看上去像是标志着永远失败的旗子。

老人又瘦又憔悴，后颈上凝聚着深深的皱纹。两边脸上长着褐斑，那是太阳在热带海面上的反光晒成的良性皮肤瘤。褐斑顺着两腮蔓延下去，由于常用绳索拉大鱼的缘故，两手都留下了很深的伤疤。但是这些伤疤中没有一块是新的，全都像没有鱼的沙漠中被侵蚀的地方一样年深月久。

他身上的每一部分都是老迈的，除了那双眼睛，它们跟海一个颜色，喜盈盈的，从不认输。

“圣地亚哥，”他们俩从停船的地方爬上岸时，孩子对他说。“我又能跟你出海了。我家挣到了一些钱。”

老人教会了这孩子捕鱼，孩子很爱他。

“别，”老人说。“你跟了一条交好运的船。就跟下去吧。”

“可是你该记得，你有一回接连八十七天钓不到一条鱼，接着我

1 指墨西哥湾流，系海洋暖流，自墨西哥湾向北沿美国东海岸至纽芬兰与北大西洋水流汇合。

2 西班牙语中有 *salado* 一词，意为“倒霉的”。古巴当地老百姓使用该词时，吃掉了浊辅音 d。

们有三个星期天天都逮到大鱼的。”

“我记得，”老人说。“我知道你不是因为信不过而离开我的。”

“是爸爸叫我走的。我是个孩子，不能不听他的话。”

“我知道，”老人说。“这很正常。”

“他没多大信心。”

“是的，”老人说。“可是我们有。是不是？”

“是的，”孩子说。“我请你到露台酒吧喝杯啤酒吧，然后把东西拿回家。”

“干吗不？”老人说。“都是打鱼的嘛。”

他们坐在露台酒吧，不少渔夫拿老人开玩笑，老人并不生气。另外一些上了年纪的渔夫望着他，心里很难过。但是他们并不流露出来，只是客气地谈论海流，谈论钓绳投入水中的深度、持续不变的好天气以及他们的见闻。当天交了好运的渔夫都已回来，把他们的马林鱼剖开，横放在两块木板上，每块木板的一头由两个人抬着，踉踉跄跄地送到收鱼站，在那里等着冷藏车把它们送往哈瓦那的市场上。捕到鲨鱼的人们把鲨鱼送到海湾对面的鲨鱼加工厂去，吊在带钩的滑车上，除去肝脏，割掉鱼鳍，剥去外皮，把鱼肉切成一条条，以备腌制。

刮东风的时候，从海港那边的鲨鱼加工厂飘来一股腥味；但今天只有一点淡淡的气息，因为风转向了北方，后来又渐渐平息，露台上和煦宜人。

“圣地亚哥，”孩子说。

“唉，”老人说。他握着酒杯，想着多年前的事情。

“我去弄点沙丁鱼来给你明天用好吗？”

“别。你去打棒球吧。我还能划船，罗杰里奥会替我撒网的。”

“我很想去。我即使不能跟你一起打鱼，也想替你做点事儿。”

“你给我买了一瓶啤酒，”老人说。“你已经是个大人了。”

“你头一回带我上船时，我有多大？”

“五岁，那天我把一条活蹦乱跳的鱼拖上船，它差一点把船撞得粉碎，你也差一点送了命。你还记得吗？”

“我记得鱼尾巴吧嗒吧嗒地直扑打，船上的坐板给打断了，还有你拿棍子打鱼的声音。我记得你把我直往船头上推，那儿放着湿漉漉的钓绳卷，我觉得整条船都在颤抖，听到你噼里啪啦用棍子打鱼的声音，像在砍倒一棵树，我浑身上下散发着一股甜丝丝的血腥味儿。”

“你当真记得那回事呢，还是我告诉你的？”

“打从我们头一回一起出海的时候起，什么事儿我都记得清清楚楚。”

老人用他那常年日炙、充满自信和慈爱的眼睛望着他。

“你要是我的孩子，我就会带你出去闯一闯，”他说。“可你是你爸爸妈妈的孩子，你又跟了一条交好运的船。”

“我去弄沙丁鱼来好吗？我还知道上哪儿去弄四份鱼饵来。”

“我还有我今天剩下来的。我把它们放在盒子里腌上了。”

“我给你弄四条新鲜的来吧。”

“一条，”老人说。他的希望和信心从没消失过，这时就像微风乍起时那样给鼓得更足了。

“两条吧，”孩子说。

“就两条，”老人同意了。“你不是偷来的吧？”

“我倒想去偷，”孩子说。“不过我是买来的。”

“谢谢你，”老人说。他心地单纯，不会去捉摸自己什么时候变得如此谦虚。但他知道他已经变谦虚了，还知道这并不丢脸，也无损于真正的自尊。

“看这海流，明天会是个好日子，”他说。

“你打算上哪儿？”孩子问。

“去得远远的，等风向转了再回来。我想不等天亮就出发。”

“我要设法让他也到远海去打鱼，”孩子说。“这样，你要是钓到一条真够大的鱼，我们就可以来帮你的忙。”

“他不喜欢去太远的地方打鱼。”

“是呀，”孩子说。“不过我能看见他看不见的东西，比如说有只鸟儿在觅食，我就会叫他去追鲯鳅。”

“他的眼睛那么不中用吗？”

“差不多全瞎了。”

“这就怪了，”老人说。“他从没去钓过海龟。那可最伤眼睛啦。”

“可你在莫斯基托海岸[1]钓了多年的海龟，你的眼睛还好好的。”

“我是个不同寻常的老头。”

“不过你现在还有力气对付一条真正的大鱼吗？”

“我想还有。再说还有好多诀窍呢。”

---

1 莫斯基托海岸（Mosquito Coast），洪都拉斯和尼加拉瓜的加勒比海岸地区。

“我们把东西拿回家吧，”孩子说。“这样我才能拿了网去捉沙丁鱼。”

他们从船上拿起器具。老人扛着桅杆，孩子拿着木盒，里面盛着卷起来扎得很紧的褐色钓绳，还有鱼钩和带柄的鱼叉。盛鱼饵的盒子连同一根棍子放在船尾下面，那棍子是等把大鱼拖到船边时用来制服它们的。谁也不会来偷老人的东西，不过还是把船帆和粗钓绳拿回家为好，因为露水有害于这些东西，再说老人虽然深信当地人不会来偷他的东西，但他觉得把鱼钩和鱼叉丢在船上总是不必要的诱惑。

他们顺着大路一起走到老人的窝棚，从敞开的门走进去。老人把裹着帆的桅杆靠在墙上，孩子把木盒和其他器具放在桅杆旁边。桅杆差不多跟单间的窝棚一样长。窝棚是用王棕树上名叫 *guano*[1] 的坚硬苞壳搭成的，里面有一张床、一张桌子、一把椅子，泥地上还有一块用木炭烧饭的地方。在这用结实的 *guano* 纤维板压平了交叠着铺成的褐色墙上，有一幅彩色的耶稣圣心图，还有一幅科布雷圣母图。这都是他妻子的遗物。过去墙上曾挂着他妻子的一幅着色照，但是一瞧见就觉得自己太孤单，便把它取下来了，放在屋角的架子上，在他的一件干净衬衫底下。

“有什么吃的？”孩子问。

“有一钵鱼煮黄米饭。要吃点吗？”

“不。我回家吃去。要我给你生火吗？”

---

1 西班牙文，系古巴的一种棕榈树。

“不用。过一会我自己来生。要不就吃冷饭算了。”

“我把渔网拿去好吗？”

“当然好。”

其实并没有渔网，孩子还记得是什么时候卖掉的。可是他们每天都要把这戏重演一遍。也没有鱼煮黄米饭，这一点孩子也知道。

“八十五是个吉利的数字，”老人说。“你想不想看见我捉到一条收拾好了还有一千多磅的鱼？”

“我拿渔网逮沙丁鱼去。你坐在门口晒晒太阳好吗？”

“好的。我有昨天的报纸，可以看看棒球消息。”

孩子不知道昨天的报纸是否也是编造的。不过老人还是把它从床底下取出来了。

“佩里科在 *bodega*[1] 给我的，”他解释说。

“我弄到了沙丁鱼就回来。我把你我的鱼一起拿冰镇着，明天早上我们合着用。等我回来了，你给我讲讲棒球消息。”

“扬基队不会输。”

“可我怕的是克利夫兰印第安人队。”

“相信扬基队吧，孩子。想一想了不起的迪马乔[2]吧。”

“我怕的是底特律老虎队，也怕克利夫兰印第安人队。”

“当心点，不然你连辛辛那提红人队和芝加哥白袜队都要怕啦。”

“你看看报，等我回来了给我讲讲。”

---

1 西班牙文，意为“酒店”，尤指边饮酒边谈论棒球比赛的酒店。

2 乔·迪马乔（Joe DiMaggio, 1914—1999），出生于旧金山的一个渔民家庭，1936—1951 年效力于纽约杨基队，是当时美国最受追捧的棒球巨星。1954 年与好莱坞著名影星梦露有过一段短暂的婚姻。

“你看我们该去买一张末尾是 85 的彩票吗？明天是第八十五天。”

“可以这么着，”孩子说。“不过你以前那张末尾是 87 的了不起的彩票怎么样？”

“这种事儿不会碰上第二遭的。你觉得你能弄一张末尾是 85 的彩票吗？”

“我可以去订一张。”

“订一张。那要两块半。我们向谁去借这笔钱呢？”

“这好办。我总能借到两块半的。”

“我想或许我也能借到。不过我尽可能不去借。先是跟人借，然后就乞讨。”

“穿暖和些，老人家，”孩子说。“记住我们这是九月。”

“正是大鱼游来的时候，”老人说。“在五月，倒是什么人都能打鱼。”

“我这就去捉沙丁鱼，”孩子说。

孩子回来的时候，老人在椅子上睡着了，太阳已经落山了。孩子从床上拿起一条旧军毯，搭在椅背上，盖住了老人的双肩。这两个肩膀真够奇特的，尽管人很老了，肩膀依然很强健，脖子也依然很壮实，老人睡着了头向前耷拉着的时候，皱纹也看不大出来。他的衬衫不知道补过多少次，弄得就像他那张帆一样，那些补丁被太阳晒得褪成了种种深浅不同的颜色。老人的脑袋非常苍老，眼睛一闭，脸上没有一点生气。那张报纸摆在他的膝头上，给一只胳膊压住了，才没有被晚风吹走。他赤着脚。

孩子这时离开了老人，等他回来时，老人还睡着。

“醒醒吧，老人家，”孩子说，把一只手搭在老人的膝盖上。

老人睁开眼睛，一时间仿佛从遥远的地方刚回来。随即笑了笑。

“你弄到什么了？”他问。

“晚饭，”孩子说。“我们吃晚饭吧。”

“我肚子不大饿。”

“来吃吧。你不能光打鱼不吃饭。”

“我就是这样的，”老人说，一面站起身，拿起报纸叠好，然后又动手折叠毯子。

“把毯子围在身上吧，”孩子说。“只要我还活着，就不能让你不吃饭就去打鱼。”

“那就祝你长命百岁，保重自己，”老人说。“我们吃什么？”

“黑豆米饭，油炸香蕉，还有些炖菜。”

孩子是把这些饭菜放在双层铁盒里从露台酒吧拿来的。他口袋里放着两副刀叉和汤匙，每一副都用餐巾纸包着。

“这是谁给你的？”

“马丁。老板。”

“我得谢谢他。”

“我已经谢过他了，”孩子说。“你不用再谢他了。”

“我要给他一条大鱼肚子上的肉，”老人说。“他不止一次这样帮助我们了吧？”

“我想是这样的。”

“那我要送他比鱼肚子肉更好的东西。他对我们真关心。”

“他还送了两瓶啤酒。”

“我顶喜欢罐装的啤酒。”

“我知道。不过这是瓶装的，阿图埃伊啤酒[1]，我还要把瓶子送回去。”

“你想得真周到，”老人说。“我们这就吃吗？”

“我就是在让你吃哪，”孩子亲切地说。“不等你准备好，我是不想打开饭盒的。”

“我准备好啦，”老人说。“我只不过要点时间洗一洗。”

你上哪儿去洗呢？孩子想。村里要沿着大路过去两条街才有水。我该为他把水提到这儿，孩子想，还该准备块肥皂和一条像样的毛巾。我怎么这样粗心呢？我该给他再弄一件衬衫、一件过冬的外套、一双什么样的鞋子和另一条毯子。

“你拿来的炖菜真棒，”老人说。

“给我讲讲棒球的消息吧，”孩子请求说。

“在美国联盟中，就像我说的，扬基队是最棒的，”老人兴高采烈地说。

“他们今天可输了，”孩子告诉他说。

“那没关系。了不起的迪马乔又恢复状态了。”

“他们队里还有其他队员呢。”

“那当然。不过有他没他不一样。在另一个联盟[2]中，布鲁克林队

1 古巴历史悠久的啤酒品牌。

2 美国有两大职业棒球联盟，一是美国联盟（American League），一是全国联盟（National League）。美国职业棒球联赛分常规赛和季后赛两个阶段。先由两大联盟各决出一个胜队，再由两队进行总决战，产生两大联盟的最终冠军。

对费城队，我看布鲁克林队准赢。不过我还想着迪克·西斯勒[1]和他在老球场打出的那些好球。”

“谁也打不出那么棒的球。我从没见过像他打得那么远的球。”

“你还记得他常来露台酒吧吗？我很想带他去打鱼，可我不好意思向他开口。于是我就叫你去说，可你胆子也太小。”

“我记得。那是个极大的错误。他很可能会跟我们一起去的。那样一来，我们就会有一段终生难忘的回忆了。”

“我很想带那了不起的迪马乔去打鱼，”老人说。“听人说，他父亲就是个打鱼的。也许他当初跟我们一样穷，会领情的。”

“了不起的西斯勒的父亲从没过过穷日子，他父亲像我这么大的年纪时，就在大联赛里打球了。”

“我像你这么大的年纪，就在一条开往非洲的横帆船上当水手了，我还看见狮子傍晚来到海滩上。”

“我知道。你跟我讲过。”

“我们是谈非洲还是谈棒球？”

“我看还是谈棒球吧，”孩子说。“给我讲讲了不起的约翰·J·麦格劳[2]。”他把J说成Jota。

“以前他有时也常到露台酒吧来。不过他一喝酒就变得很粗暴，说话难听，不好相处。他脑子里尽想着赛马和棒球。至少，他不管

1 迪克·西斯勒（Dick Sisler, 1920—1998），美国职棒球员，1946—1951年间效力于费城费城人队，以善于击球得分著称。“老球场”指费城人队的比赛主场。

2 约翰·J·麦格劳（John Joseph McGraw, 1873—1934），1891年加盟美国职业棒球联盟，在巴尔的摩金莺队和纽约巨人队效力，1899—1932年间先后担任这两个队的经理。

什么时候口袋里总揣着赛马的名单，常在电话里说到马的名字。”

“他是个了不起的经理，”孩子说。“我爸爸认为他是个顶了不起的经理。”

“那是因为他来这儿的次数最多，”老人说。“要是杜罗切[1]继续每年来这儿，你爸爸就会认为他是顶了不起的经理。”

“说真的，谁是顶了不起的经理，是卢克[2]，还是迈克·冈萨雷斯[3]？”

“我想他们不相上下。”

“不过，最棒的渔夫是你。”

“不。我知道还有比我强的。”

“*Que va*[4]，”孩子说。“好渔夫多的是，有些还很了不起。不过只有你是最棒的。”

“谢谢你。你的话让我听了高兴。我希望不要来一条大得不得了的鱼，证明我们的说法有问题。”

“只要你还像你说的那样强壮，就不会有那样的鱼。”

“也许我不像我想象的那样强壮，”老人说。“不过我懂得不少诀

---

1 利奥·厄内斯特·杜罗切（Leo Ernest Durocher, 1905—1991），20 世纪 30 年代著名棒球明星，1925—1945 年间先后担任圣地亚哥教士队、辛辛那提红人队、布鲁克林道奇队、纽约巨人队经理。

2 阿道尔福·卢克（Adolf Luque, 1890—1957），生于哈瓦那，1914—1935 年间先后在波士顿勇士队、辛辛那提红人队、布鲁克林道奇队、纽约巨人队打球，后任经理。

3 迈克·冈萨雷斯（Mike Ganzalez, 1890—1977），生于哈瓦那，曾在波士顿勇士队、辛辛那提红人队、圣路易红雀队和纽约巨人队打球，并在 20 世纪 40 年代后期两度担任圣路易红雀队经理。

4 西班牙文，意为“哪里，别这么说”。

穷，我也有决心。”

“你该睡觉了，这样你明早才会有精神。我把这些东西送回露台酒吧。”

“那就晚安。明早我去叫醒你。”

“你是我的闹钟，”孩子说。

“年纪是我的闹钟，”老人说。“为什么老人醒得这么早？为了白天过得长些吗？”

“我说不上来，”孩子说。“我只知道年少的孩子睡得沉，起得晚。”

“我会记得的，”老人说。“到时候我会叫醒你的。”

“我不愿让他来叫醒我。好像我不如他似的。”

“我知道。”

“好好睡吧，老人家。”

孩子出去了。他们刚才吃饭时，桌上也没点个灯，老人脱掉裤子，摸黑上了床。他卷起裤子当枕头，把报纸塞在里边。他用毯子裹住身子，躺在床垫弹簧上铺着的旧报纸上睡下了。

他不久就睡着了，梦见了他小时候见到的非洲，漫长的金色海滩和白色海滩，白得刺眼，还有高耸的海岬和褐色的大山。如今他每天夜里都待在那海岸边，在梦中听到海浪在咆哮，看见当地人驾船破浪而行。他睡梦中闻到甲板上柏油和麻絮的气味，闻到早晨陆风送来的非洲气息。

通常，他一闻到陆风就会醒来，穿上衣服去叫醒孩子。可是今夜陆风的气息来得很早，他在梦中知道为时过早，便继续做梦，梦见海岛的白色峰顶从海上升起，然后梦见加那利群岛[1]各式各样的港湾和锚地。

他不再梦见风暴，不再梦见女人，不再梦见重大事件，不再梦见大鱼、打架和角力，不再梦见他妻子。如今他只梦见一个个地方和海滩上的狮子。狮子在暮色中像小猫一样嬉戏，他像爱那孩子一样爱它们。他从没梦见过那孩子。他就这么醒来，往开着的门外望去，瞧了瞧月亮，打开裤子穿上。他到窝棚外面撒了尿，然后顺着大路走去叫醒孩子。早晨的寒气让他直打哆嗦。但是他知道，打哆嗦会感到暖和些，再说马上就要划船了。

孩子住的那所房子没有锁，他推开了门，光着脚悄悄走了进去。孩子睡在外间屋里的帆布床上，老人借助渐渐隐去的月亮透进来的光亮，可以清楚地看见他。他轻轻地抓住孩子的一只脚，握在手里直至孩子醒来，转过脸来望着他。老人点点头，孩子从床边椅子上拿起裤子，坐在床上穿了上去。

老人走出门，孩子跟在后面。他还很困，老人搂住他的肩膀说："对不起。"

"*Que va*，"孩子说。"男子汉就该这么干。"

他们顺着路朝老人的窝棚走去，黑暗中，赤脚的渔人扛着他们船上的桅杆在走动。

来到老人的窝棚，孩子拿起放在篮子里的钓绳卷，还有鱼叉和鱼钩，老人扛起了裹着帆的桅杆。

---

1 加那利群岛（Canary Islands），大西洋中的群岛，位于非洲西北部沿海，系西班牙属地。

“想喝咖啡吗？”孩子问。

“咱们先把器具放到船上，再去喝点咖啡。”

他们在一家供应渔人的早餐店里，喝着盛在炼乳罐里的咖啡。

“你睡得怎么样，老人家？”孩子问。他现在渐渐醒过来了，虽说要完全赶走睡意还不大容易。

“睡得挺好，马诺林，”老人说。“我觉得今天挺有把握。”

“我也一样，”孩子说。“现在我去拿你和我的沙丁鱼，还有你的新鲜鱼饵。我们家的器具他自己去拿。他从不让别人拿什么东西。”

“我们可不一样，”老人说。“你才五岁我就让你拿东西了。”

“我知道，”孩子说。“我马上回来。再喝杯咖啡吧。我们在这儿可以挂账。”

他走开了，光着脚踩在珊瑚岩上，向存放鱼饵的冷库走去。

老人慢慢地喝着咖啡。这是他今天一整天的饮食，他知道应该把它喝下去。近来他一直厌倦吃饭，因此从来不带午饭。他在船头放一瓶水，他一天靠这就够了。

这时孩子拿着沙丁鱼和包在报纸里的两份鱼饵回来了，两人便踩着夹有卵石的沙地，顺着小路向小船走去。他们抬起小船，把它推下水去。

“祝你好运，老人家。”

“祝你好运，”老人说。他把桨索系在桨栓上，然后俯身向前，借着桨叶在水中的推力，在黑暗中把船划出港去。别处海滩上也有船只往海上驶去，这时月亮已经落到山后面，老人虽然眼睛看不见，却能听见木桨入水和划动的声音。

时而有的船上有人在说话。但是除了桨声外，大多数船上都静悄悄的。出了港口，船只便四散开来，向可望捕到鱼的海面驶去。老人知道自己要划向远方，把陆地的气息抛在身后，驶进大洋早晨清新的气息里。他划过一片水域时，看见果囊马尾藻发出的磷光，渔夫们管这片水域叫作大井，因为这儿海深突降到七百英寻，海流冲击在海底峭壁上激起了旋涡，因此各种鱼类都在此汇集。在那最深的海底洞穴里，聚集着小虾和饵鱼，有时还有成群的枪乌贼，它们在夜间浮近水面，在周围游荡的鱼都以它们为食。

在黑暗中，老人能感觉到早晨在来临，他边划边听到飞鱼出水时的颤动声，还有它们在黑暗中凌空而去时直挺挺的胸鳍发出的嘶嘶声。他非常喜欢飞鱼，因为它们是他在大海上的主要朋友。他为鸟儿感到难过，特别是那些娇小的黑燕鸥，它们总是在飞翔，在寻觅，却几乎总是一无所获，于是他想："鸟儿除了海盗鸟和壮实的大鸟以外，日子过得比我们还要苦。既然大海如此残暴，为什么像海燕那样的鸟都给弄得如此柔弱、如此纤细呢？大海是仁慈的，也很美丽。但是她又能变得非常残暴，而且来得非常突然，那些飞鸟扑下来觅食，发出细声细气的哀鸣，它们生来就柔弱得不适宜在海上生活。"

他总是把海视为 *la mar*[1]，这是人们喜爱大海时用西班牙语对她的称呼。有时候喜爱大海的人也说她的坏话，不过说起来总是把她当作女性。有些年轻的渔夫用浮标当钓绳的浮子，并把鲨鱼肝卖了好多钱置备了汽艇，都把大海称作男性的 *El mar*。他们把大海说成是

---

1 西班牙文，*mar* 意为"海洋"，*La* 是阴性定冠词，下文的 *El mar* 意为"阳性海洋"。

竞争对手，或者是一个去处，甚至是一个敌人。不过老人总是把大海当作女性，当作赐予或不赐予大恩的主，她要是做出什么粗暴或可恶的事，那是因为她情不自禁。月亮撩动大海，就像撩动女人一样，他想。

他沉稳地划着，并不觉得费力，因为他远没有超过他平常的速度，而且除了海流偶尔打个旋之外，海面是平平静静的。他让海流替他做三分之一的活，天快亮的时候，他发现他已经划到了比他预期此刻所能达到的更远的地方了。

我在那深渊里折腾了一个星期，可是一无所获，他想。今天我要找到鲣鱼群和长鳍金枪鱼群，也许会有一条大鱼跟它们在一起呢。

天还没有大亮，他就放出了鱼饵，让船随着海流漂移。一个鱼饵下沉到四十英寻。第二个下沉到七十五英寻，第三个和第四个分别下沉到一百英寻和一百二十五英寻的蓝色海水中。每个鱼饵都是头向下垂着，钓钩的钩身扎在饵鱼体内，系得紧紧的，缝得牢牢的，因此钓钩的所有突出部分，包括钩弯和钩尖，都裹在新鲜的沙丁鱼里。每条沙丁鱼都用钓钩穿过双眼，于是那双眼便在突出的钢钩上构成了半个花环形状。整个钓钩，大鱼所能接触到的部位无不喷香可口。

孩子给了他两条新鲜的小金枪鱼，或者叫长鳍金枪鱼，都像铅锤似的挂在两根最深的钓绳上；在另外两根钓绳上，他挂上一条大青鲹和一条黄狗鱼，这两个钓饵以前都用过，不过都还完好无损，而且还有上好的沙丁鱼给它们增加了香味和诱惑力。每根钓绳都像支大铅笔那么粗，缠在一根被侵蚀得发绿的钓竿上，只要鱼朝鱼饵上一拉或一碰，钓竿就会往下沉，每根钓绳都有两个四十英寻长的钓绳卷，还可以接到别的备用钓绳卷上，因此，如有必要，可以让一条鱼拖出三百多英寻长的钓绳。

这时老人注视着架在船边的三根钓竿，一边缓缓地划着桨，使钓绳保持直上直下，还要保持应有的深度。天大亮了，太阳随时会升起来。

太阳淡淡地从海上升起，老人看得见别的船只低低地伏在水面上，离海岸很近，散布在海流四处。随后太阳更亮了，耀眼的光芒照射在水面上，接着太阳完全升起来，平坦的海面把阳光反射到他眼里，两眼刺得厉害，他便把目光移开，只管划下去。他俯视着水中，望着直伸到黑沉沉深水里的钓绳。他把钓绳保持得比什么人的都直，这样，在黑暗的海流的每个层面，都有一个鱼饵恰好放在他所希望的位置，等着游到那儿的鱼来吃。别的渔夫让钓绳随着海流漂移，有时钓绳只在水下六十英寻，那些渔夫却以为已经入水一百英寻。

不过，他想，我把钓绳放在准确的位置。只不过我不再走运了。可是谁说得准呢？也许今天行。每天都是个新日子。走运当然好。不过我宁愿搞得准确。这样，运气来的时候，你就有准备了。

这时太阳升起了两个小时，朝东看已经不那么刺眼了。眼下只望得见三条船，显得非常矮小，远在近岸的海面上。

我这一辈子，早上的太阳总是很刺眼，他想。不过，我的眼睛还是好好的。傍晚，我可以直盯着太阳，眼睛也不会发黑。阳光在傍晚还更强些，不过在早上才会刺痛眼睛。

就在这时，他看见一只军舰鸟鼓着长长的黑翅膀在他前方的天空盘旋。它倏地斜着后掠的双翅俯冲下去，然后又盘旋起来。

“它准是盯上了什么，”老人大声说道。“不仅仅是在搜寻。”

他缓慢而沉稳地朝那鸟盘旋的地方划去。他划得并不急，使钓绳保持上下垂直。不过他有点靠近海流，因而还能保持正确的捕鱼方式，若不是想利用那只鸟的话，他的动作可能要慢些。

那鸟往空中飞得高些了，又盘旋起来，双翅一动不动。它随即蓦地俯冲下来，老人看见飞鱼从水中跃起，拼命地掠过水面。

“鲯鳅，”老人大声说道。“大鲯鳅。”

他收起船桨，从船头下面取出一根细钓绳。钓绳上有一条金属接钩绳和一个中号钓钩，他往钩上装上一条沙丁鱼，把钓绳从船舷上放下去，然后把它系在船尾带环的螺栓上。接着他又给另一根钓绳装上了鱼饵，把它成卷地放在船头的阴影里。他又划起船来，望着那只长翅膀的黑鸟这时正低低地在水面上觅食。

他望着望着，那鸟又斜着翅膀往下冲去，然后疯狂而徒劳地拍动翅膀去追逐飞鱼。老人能看见海面微微鼓了起来，那是大鲯鳅追逐逃命的飞鱼时搅起来的。鲯鳅顺着飞鱼的飞行路线，在下面破浪而行，等飞鱼一落下，就迅疾地扎进水里。这是一大群鲯鳅，他想。它们撒得很开，飞鱼很难有机会逃脱。那只鸟也没有机会。飞鱼对它来说太大了，而且又飞得太快。

他望着飞鱼一再冲出水面，望着那只鸟一次次徒劳的行动。那群鲯鳅已经跑开了，他想。它们跑得太快太远了。不过，也许我能逮住一条离群的，也许我的大鱼就在它们周围。我的大鱼一定在什么地方。

这时陆地上空涌起了山一般的云，海岸只成了一长条绿色的线，背后是些灰蓝色的小山。海水现在变成了深蓝色，深得几乎发紫。他低头朝海里望去，看见黑暗的水里散布着斑斑点点的红色浮游生物，也看见了太阳这时映出的奇异光彩。他注视着他的钓绳，看见它们笔直没入水中看不见的地方，他很高兴看到这么多浮游生物，这意味着有鱼。这时太阳升得更高了，它在水中变幻出奇异的光彩，说明天气会很好，陆地上空云彩的形状也说明了这一点。但是那只鸟现在几乎没影了，水面上什么东西也见不到，只有几片黄色的、被太阳晒得发白的马尾藻，还有一只僧帽水母那紫色的、具有一定形体的、像彩虹似的胶质泡囊，在贴着船边漂浮。那泡囊侧向一边，然后又竖直了。它像个气泡似的兴高采烈地漂浮着，它那长长的紫色毒丝在水里拖了一码长。

“*Agua mala*[1]，”老人说。“你这婊子。”

他从轻轻划桨的地方朝水里望去，看见像拖着的触须一样颜色的小鱼，在那些触须之间和泡囊漂浮时所投下的小小阴影里游动着。小鱼不会受到毒害。可是人就不同了，老人往上拽鱼的时候，要是有些触须缠在钓绳上，让紫色的黏液粘在上面，他的胳臂和手上就会出现伤痕和肿痛，就像碰上毒藤或毒漆树一样。但是这 *agua mala* 的毒素发作得很快，痛得像挨鞭子抽。

彩虹似的泡囊非常美。可它们又是海里最虚假的东西，老人就爱看大海龟把它们吃掉。海龟一看见它们，就从正面向它们逼近，然后闭上眼睛，身子完全藏进背甲里，把它们连同触须一并吃掉。

1 西班牙文，原义“脏水、坏水”，此处是加勒比海一种僧帽水母的俗名，这种水母的触手含有毒液。

老人爱看海龟把它们吃掉，也爱等风暴过后在海滩上踩踏它们，听到他长着老茧的硬脚板踩上去时发出砰的爆裂声。

他喜欢绿色海龟和玳瑁，它们姿态优雅，速度快，价值高。他对又大又笨的蠵龟抱着友好而轻蔑的态度，它们长着黄色的甲壳，有着奇特的做爱方式，闭上眼睛兴致勃勃地吞食僧帽水母。

虽然他在捕龟船上干了多年，他对海龟并没有什么神秘主义的想法。他为所有的海龟伤心，甚至包括那些跟小船一样长、重达一吨的大梭龟。人们对海龟大多是冷酷无情的，因为海龟被剁开宰杀之后，它的心脏还要跳动好几个钟头。可是老人心想：我也有这样一颗心脏，我的手脚也跟它们的一样。他吃白色的龟蛋，好给自己长力气。他五月份整整吃了一个月，以便在九、十月变得身强力壮，去对付真正的大鱼。

他每天还到许多渔夫存放渔具的窝棚里，从大桶里舀一杯鲨鱼肝油来喝。那肝油就放在那里，渔夫们谁要喝就喝。多数渔夫都讨厌那味道。不过那味道并不比早起更叫人难受，而且喝下去还可以预防伤风感冒，对眼睛也有好处。

这时老人抬头望去，看见那只鸟又在盘旋了。

“它找到鱼啦，”他大声说道。可是没有飞鱼冲出水面，也没有饵鱼四散逃奔。然而老人正望着，一条小金枪鱼突然跃向空中，转了个身，头朝下落进水里。金枪鱼在阳光下闪烁着银光，等它掉回到水里，又有一条接一条的金枪鱼跃出水面，朝四面八方跳去，搅得水花四溅，跳出好远去追饵鱼。它们围着小鱼转，跟在后面追赶。

要不是它们跑得太快，我会逮住它们的，老人想。他眼看着鱼群把水搅成白色，那鸟这时也俯冲下来，扑到小鱼群里，那些小鱼在惊慌中被迫浮上水面。

“这鸟帮了大忙，”老人说。就在这时，他在船尾往脚上绕了个圈的那根钓绳突然绷紧了。他放下桨，紧紧抓住钓绳，动手往船里拉，感到小金枪鱼在颤悠悠地拽动。他越往里拉，鱼就颤悠得越厉害，这时他能看见水里蓝色的鱼背和金灿灿的两侧，然后用力一甩，把鱼拽过船舷，扔进船里。鱼躺在船尾的阳光里，身子结实，形状像颗子弹，直瞪着两只迟钝的大眼睛，那条灵巧利落的尾巴噼里啪啦地拍打着船板，到后来一点力气也没有了。老人好心地敲击它的脑袋，用脚踢它，它的身子还在船尾的阴暗处抖动。

“长鳍金枪鱼，”他大声说道。“作鱼饵可棒了。能有十磅重。”

他记不得他独自一个人时，是从什么时候开始大声说话的。以前他独自一人曾唱过歌，有时候在夜里唱，那是轮到他独自在小渔船或捕龟船上值班掌舵的时候。他大概是在那孩子走了以后，才在独自一人时开始大声说话的。不过他记不清了。他跟孩子一块打鱼时，通常只在必要的时候说说话。他们在夜间说话，或者天气不好，被暴风雨所困的时候。在海上没有必要就不说话，这被视为一种优点，老人一向这么看，也加以遵从。可是现在他已经多次大声说出了自己的心里话，反正没有人会受到他的打扰。

“别人要是听见我在大声说话，还会以为我疯了，”他大声说道。“不过既然我没有疯，我也就不在乎。有钱人在船上有收音机跟他们说话，还给他们带来棒球消息。”

现在可不是想棒球的时候，他想。现在只能想一件事。就是我生来要干的事。那个鱼群周围可能有一条大鱼，他想。我只是在捕食的长鳍金枪鱼中捉到一条离群的鱼，不过它们游得太远、太快了。今天凡是露出海面的，都游得很快，都朝东北方向。难道一天的这个时候都是这样吗？要不就是我摸不透的一种天气征兆吧？

这时他看不见绿色的海岸了，只看得见蓝色山峦的山顶，看上去白茫茫的，仿佛覆盖着白雪，还能看见那上空的云彩，看上去像是高耸的雪山。海水黑魆魆的，阳光在水中映出五彩斑斓的光柱。那不计其数的斑斑点点的浮游生物，这时被高空的太阳照射得都看不见了，老人把他的钓绳垂直下到一英里深的水中，所能看到的只是蓝色海水深处那巨大的光彩夺目的光柱。

金枪鱼（渔夫们把这类鱼统称为金枪鱼，只在把它们出售或者拿来换鱼饵时，才叫它们各自的正式名称）又沉下去了。这时太阳热了起来，老人觉得脖颈上热辣辣的，他一边划船，一边感到汗水沿着脊背往下淌。

我大可随波逐流，他想，只管睡去，把钓绳打个扣套在脚趾上，有动静就把我弄醒。不过今天是第八十五天，这一天我得好好钓鱼。

就在他两眼瞅着钓绳的时候，他看见露出水面的一根绿色钓竿猛地沉入水中。

“好啊，”他说。“好啊，”说着便放好船桨，一点也没撞着船。他伸手去拉钓绳，把它轻轻地捏在右手拇指和食指之间。他觉得钓绳并没有拉紧，也没有什么分量，便轻轻地抓着。接着钓绳又往下一沉。这一次是试探性的一拉，拉得既不猛又不重，这下他可完全明白是怎么回事了。在一百英寻的水下，一条马林鱼正在吃包着钩尖和钩身的沙丁鱼，这个手工制作的钓钩是从那条小金枪鱼的头部穿出来的。

老人灵巧地抓着钓绳，用左手把它从竿子上轻轻地解下来。这时他可以让它在他指间滑动，而不让鱼感到丝毫的拉力。

在这么远的地方，长到这个月份，这一定是一条好大的鱼，他想。吃吧，鱼儿。吃吧。请吃吧。多么新鲜啊，你却躲在六百英尺深的黑漆漆的冷水里。从黑暗里再转个身，回来把它们吃了吧。

他感到轻微的一拉，接着是较重的一拉，一定是沙丁鱼的头很难从钩子上扯下来。随后便没有动静了。

“来吧，”老人大声说道。“再转回身来。闻一闻。不是挺鲜美吗？趁着鲜美的时候吃下去，回头还有金枪鱼呢。又结实，又清爽，又鲜美。别怕难为情，鱼儿。吃吧。”

他把钓绳捏在拇指和食指中间，一边等待，一边盯着那根钓绳，同时也盯着别的钓绳，因为鱼可能游上游下。接着又是同样轻微的一拉。

“它会吃下去的，”老人大声说道。“上帝帮忙让它吃下去吧。”

可是它并没吃下去。它走开了，老人什么也感觉不到了。

“它不会走掉的，”他说。“基督知道它是不会走掉的。它不过是转个弯罢了。也许它以前上过钩，现在还有点记忆。”

随即他觉得钓绳轻轻地动了一下，便高兴起来。

“它刚才只是转个身，”他说。“它会上钩的。”

感受到这轻微的扯动，他心里很高兴，接着他又感到猛地一拉，力量大得让人难以置信。这是来自鱼的分量，他就松手让钓绳往下滑，

往下滑，再往下滑，把两卷备用钓绳中的一卷全放下去了。钓绳从老人的手指间轻轻滑下去的时候，他依旧感到巨大的分量，虽然他的拇指和食指几乎感觉不到什么拉力。

“好大的鱼啊，”他说。“它把它斜叼在嘴里，正带着它跑呢。”

它会转过身来把它吞下去的，他想。他没把这话说出来，因为他知道，好事一旦说出口，就不会成真了。他知道这是条好大的鱼，便猜想它嘴里横衔着金枪鱼，在黑暗中游开去。这时他觉得那鱼停止不动了，可是分量依然还在。接着分量加重了，他就再放出一点钓绳。他把拇指和食指捏紧了一下，钓绳上的拉力增加了，一直传到水底下。

“它咬住啦，”他说。“现在我要让它吃个痛快。”

他让钓绳从指间滑下去，同时伸出左手，把两卷备用钓绳松开的一头系在另一根钓绳的两个备用卷的环扣上。他现在准备好了。眼下除了他正在使用的那个钓绳卷，他还有三个四十英寻长的钓绳卷。

“再吃一点吧，”他说。“好好地吃吧。”

吃下去吧，好让钓钩的尖头戳进你的心脏，把你弄死，他想。大大方方地上来吧，让我把鱼叉扎进你身上。得啦。你准备好了吗？你进餐的时间够长了吧？

“来吧！”他大声说道，用双手猛拽钓绳，收进了一码，然后又拽了又拽，使出全部的臂力，拿浑身的重量作支撑，两臂轮换拽动钓绳。

丝毫没用。那鱼只管慢慢地游去，老人连一英寸也拽不上它来。

他的钓绳很结实，是用来钓大鱼的，他把它贴在背上拽得紧紧的，上面都溅出水珠来。后来钓绳在水里慢慢发出一阵丝丝的声音，但他依旧抓住不放，坐在坐板上鼓起劲硬撑着，仰着身子来抵消鱼的拉力。船慢慢向西北方移动。

大鱼沉稳地游着，小船在平静的海面上缓缓移动。别的鱼饵还在水里，可是一点办法也没有。

"我要是有那孩子就好了，"老人大声说道。"我给一条鱼拖着走，变成一根系缆桩。我可以把钓绳系牢，不过那样一来，那鱼就会把它扯断。我得拼命拉住它，它要钓绳的时候，就给它放长些。感谢上帝，它还在向前游，没有往下钻。"

如果它非要往下钻，我该怎么办，我不知道。如果它潜到海底死了，我该怎么办，我也不知道。不过我得想出点办法来。我的办法多着呢。

他贴着背拽住钓绳，望着它斜着穿入水中，小船不停地向西北方驶去。

这会要它的命的，老人想。它不可能永远撑下去。可是四个钟头后，那鱼照样拖着小船，不停地向远海游去，老人依旧紧紧地拉住挎在背上的钓绳。

"我是中午钓上它的，"他说。"可我一直还没看见过它。"

他在钓住这条鱼之前，就把草帽拉下来，紧扣在脑袋上，把脑门勒得好痛。他还觉得口渴，于是便跪下双膝，一面当心不要拽动钓绳，一面尽量朝船头爬去，然后伸出手去拿水瓶。他打开瓶盖，喝了一点水。然后便靠着船头歇息。他坐在从桅座上卸去的桅杆和帆上，竭力不去想什么，只管坚持下去。

然后他回头瞧了瞧，发现陆地已经见不到影了。这没有关系，他想。我总能借着哈瓦那的灯火回到家。离太阳落下还有两个钟头，也许不到那时它就浮上来了。如果到这时还不行,也许月出时会上来。如果这时还不行，也许日出时就上来了。我没有抽筋，觉得有的是力气。倒是它的嘴给钩住了。不过拉力这么大,该是多大的一条鱼啊。它的嘴一定被钓钩紧紧地钩住了。真想能看到它啊。真想哪怕看它一眼，也好知道我碰到的是什么样的对手。

老人凭着观察星星，就能看出那鱼一整夜都没有改变路线和方向。太阳落下后,天气变冷了,老人的脊背、胳膊和老腿上的汗晾干了,觉得凉丝丝的。白天，他把盖在鱼食盒上的麻袋取下，摊在太阳下面晒干。太阳落下去以后，他用它裹住他的脖颈，让它披在脊背上，然后小心翼翼地把它塞在斜挎在肩上的钓绳下面。有麻袋垫着钓绳，他就可以俯身向前靠在船头上，这样差不多可以算是舒服了。这种姿势其实只能说是勉强好受一点，可他却认为几乎可以算是舒服了。

我拿它没办法，它也拿我没办法，他想。它只要这样撑下去，我们谁也奈何不了谁。

有一次他站起身，往船舷外面小便，然后望望星斗，查看一下航向。钓绳从他肩上直垂下去，看上去像一道磷光。这时他们的行动放慢了，哈瓦那的灯火也不那么辉煌了，于是他知道海流一定在载着他们往东去。要是看不见了哈瓦那的灯火，我们一定是到了更东的地方，他想。因为，要是鱼的路线保持不变的话，我一定还可以看到好几个钟头的灯火。我还不知道今天棒球大联赛的结果怎么样，他想。干这一行的有一台收音机该多美。接着他又想，老是想这玩意。想想你正在干的事吧。你可不能干傻事。

随即他又大声说道："我要是有那孩子就好了。可以帮帮我，看看这光景。"

人上了年纪可不能孤零零的，他想。不过这又是不可避免的。要想身强力壮，我得记住趁金枪鱼没坏的时候把它吃掉。记住，不管你多么不想吃，你还得在早上把它吃掉。记住，他对自己说。

夜间，两条海豚游到小船附近，老人能听见它们在翻腾、喷水。他能分辨出雄海豚喷水声音喧嚣，雌海豚喷水好像叹息。

"它们都挺不错，"他说。"一起玩耍、戏闹，相亲相爱。它们像飞鱼一样，都是我们的兄弟。"

随即他可怜起给他钓住的那条大鱼来。它真了不起，真奇特，谁知道它有多大岁数了，他想。我从没见过这么壮的鱼，也没见过行为这么奇特的鱼。也许它太聪明了，不肯跳出水来。它只要一跳，或是猛地一冲，就会要我的命。不过，也许它以前上过好几次钩，知道它就应该这样对抗。它不会知道它的对手只有一个人，也不知道他是个老人。不过它是多大的一条鱼啊，它的肉要是好的话，在市场上能卖多少钱啊。它吃起鱼饵来像条雄鱼，拖起钓绳来也像雄鱼，对抗起来一点也不惊慌。不知道它有没有什么计划，还是跟我一样准备拼命？

他想起了有一次他钓到一对马林鱼中的一条。雄鱼总是让雌鱼先吃东西，而那条上了钩的雌鱼就疯狂地、惊慌失措地、没命地挣扎起来，不久就筋疲力尽了，这时雄鱼始终跟着它，从钓绳旁边穿来穿去，陪它在水面上一起打转。它靠得太近，老人生怕它用尾巴把钓绳劈断，那尾巴像大镰刀一样锋利，大小和形状也跟大镰刀差不多。老人用鱼叉把雌鱼叉住，拿棍子敲击，抓住边缘像砂纸一样的剑形长嘴，又朝它的头顶打去，直打得它身上的颜色变得跟镜背的颜色差不多，然后那孩子帮他把它拖上了船，那雄鱼一直守在船边。接着，就在老人收拾钓绳，拿起鱼叉的时候，那条雄鱼从船边高高地跃到空中，看看雌鱼在什么地方，然后落下去钻进深水里，它那淡紫色的翅膀，也就是它的胸鳍，大张了开来，它身上所有的淡紫色宽阔条纹都露出来了。老人记得它很美，而且一直守着不走。

这是我看到的最让人伤心的情景了，老人想。孩子也很伤心，于是我们请求它原谅，马上把它宰了。

“那孩子在这儿就好了，”他大声说道，随即把身子靠在船头的圆板上，通过斜挎在肩头的钓绳，感到了大鱼的力量，它正朝它所选择的方向稳稳地游去。

由于上了我的当，它也就不得不作出选择了，老人想。

它的选择就是待在黑暗的深水中，远远避开一切诱惑、陷阱和诡计。我的选择是到什么人都没去过的地方找到它。到那世界上什么人都没去过的地方。现在我们已经拴在一起了，从中午起就是这样。我们俩谁也没有帮手。

也许我不该当渔夫，他想。不过我生来就是干这一行的。我一定要记住，天亮后把那条金枪鱼吃掉。

天还没亮的时候，有什么东西咬住了他背后的一个鱼饵。他听见钓竿啪的折断了，钓绳从船舷上往外急速滑去。他在黑暗中拔出刀子，用左肩承受着大鱼的所有拉力，向后仰着身子，抵着舷板把钓绳割断。接着他又把离他最近的一条钓绳割断，摸黑把两个备用钓绳卷的活头系紧。他用一只手熟练地打着结，一只脚踩住钓绳卷，把结子拉得紧紧的。现在他有六盘备用钓绳卷了。刚才给他割断鱼饵的两根钓绳，每根都有两卷备用钓绳，加上被大鱼咬住鱼饵的那根上的两卷，全都系在一起了。

等天亮了，他想，我要回过头来解决四十英寻深处的鱼饵，把它也割断，把备用的钓绳连起来。我要损失两百英寻长上好的加泰罗尼亚[1]*cardel*[2]，还有钓钩和接钩绳。这些都是可以替代的。但是，如果我钓上了别的鱼，却让这条鱼跑了，那么谁来替代它呢？我不知道刚才上钩的是什么鱼。可能是马林鱼，或者是剑鱼，或者是鲨鱼。我压根儿摸不透它。我不得不赶快把它处理掉。

他大声说道：“我要是有那孩子就好了。”

可是你并没有那孩子，他想。你只是孤身一人，现在最好还是回到最后一根钓绳那儿，不管天黑不黑，把它割断，系上那两卷备用钓绳。

他就这么做了。摸黑干可不容易，有一次那鱼掀起一道大浪，把他脸朝下拖翻在地，眼睛下面划破了一道口子。血从他的脸颊上淌下来，不过没流到下巴就凝结、干掉了，于是他硬撑着走回到船头，靠在木板上。他整了整麻袋，谨慎地把钓绳挪到肩膀的另一个地方，用双肩把它撑住，小心地试了试鱼的拉力，然后把手伸进水里感受

1　原文 Catalan，又称 Catalonia，西班牙古地区名，现为东北部四省。

2　西班牙文，意为“钓绳”。

一下小船的行进速度。

不知道那鱼刚才为什么要那样拽动，他想。钓绳一定在它高高隆起的脊背上滑来滑去。当然它的脊背不会像我的这样痛。不过，不管它有多么了不起，它总不能永远拖着这条小船。现在，凡是会招来麻烦的东西都清理掉了，我还有好多备用的钓绳；一个人所能要求的也不过如此吧。

“鱼呀，”他温和地大声说道，“我至死也要缠住你不放。”

我想它也会缠住我不放的，老人想。于是他就等着天亮。眼下正当快要破晓的时分，天气冷飕飕的，他紧抵着木船舷取暖。它能撑多久我就能撑多久，他想。在黎明的曙光中，钓绳往外伸展着，朝下钻进水里。小船沉稳地移动着，太阳一露边，阳光就照射在老人的右肩上。

“它在往北游，”老人说。海流要把我们远远地往东漂去，他想。我倒希望它顺着海流转。那就说明它疲倦了。

等太阳再升高些，老人才意识到那鱼没有疲倦。只有一个有利的征兆。钓绳的斜度说明它在较浅的地方游动。这并不一定意味它会跳。不过它也可能会跳。

“上帝让它跳吧，”老人说。“我有足够的钓绳对付它。”

要是我能把钓绳稍微拉紧一点，也许它会痛得跳起来，他想。既然是白天了，就让它跳吧，这样它那沿着脊骨的气囊里就会充满空气，它也就没法钻到海底去死了。

他极力想拉紧些，可是自从他钓上这条鱼以来，钓绳已经绷紧到快要折断的地步，他向后仰着身子来拉的时候，只觉得硬邦邦的，就知道没法拉得更紧了。我再也不能猛拉了，他想。猛拉一次，就会把钓钩划出的口子拉宽一些，等鱼一跳，就会把钩子甩掉。不管怎样，太阳出来后感觉好多了，这下我不用盯着它看了。

钓绳上挂着黄色的海藻，不过老人知道这只会给鱼增加点阻力，心里觉得很高兴。夜里发出闪闪磷光的，就是这种黄色的马尾藻。

“鱼呀，”他说，“我爱你，还很尊敬你。不过今天天黑之前，我要把你杀死。”

但愿如此，他想。

一只小鸟从北面朝小船飞来。那是只刺嘴莺，在水面上低低地飞着。老人看得出它已非常疲惫。

小鸟飞到船尾，在那儿歇一歇。接着它又绕着老人的头顶飞旋，随即落在钓绳上，觉得那儿舒服些。

“你多大了？”老人问小鸟。“这是你第一次出游吧？”

他说话的时候小鸟望着他。它太疲惫了，也顾不上查看那钓绳，就用两只纤细的小脚紧紧抓住，在上面晃来晃去。

“稳着呢，”老人对它说。“太稳当啦。夜里也没有风，你不该这么疲倦呀。鸟儿们都怎么啦？”

因为有老鹰，他想，飞到海上来捉它们。但是他没对小鸟说这话，反正它也听不懂，而且很快就会领教老鹰的厉害了。

“好好休息一下，小鸟，”他说。“然后再去闯一闯，碰碰运气，像所有的人、鸟、鱼那样。”

他的脊背夜里发僵，眼下真有些痛。说说话提起了他的精神。

“鸟儿，你要是愿意，就待在我家吧，”他说。“很抱歉，我不能趁眼下刮起的小风，扯起帆来把你带回去。不过我总算有个朋友陪伴了。”

就在这当儿，那鱼突然猛地一拽，把老人拖倒在船头上，要不是他硬撑住了，放出一段钓绳，他准给拖到海里去了。

钓绳给猛地一拉，小鸟就飞了起来，老人甚至没有看见它飞走。他用右手小心翼翼地摸摸钓绳，发现手上在流血。

“那它是给什么东西弄痛了，”他大声说道，一面把钓绳往回拉，看看能不能叫鱼转回来。但是拉到快绷断的时候，他就稳稳地拽住，身子往后仰去，靠着拉紧的钓绳。

“你现在觉得痛了吧，鱼儿，”他说。“上帝为证，我也觉得痛啊。”

这时他朝四下寻找那只鸟，因为他喜欢有它做伴。可是小鸟已经飞走了。

你没待多久啊，老人想。不过，在你没有飞上岸以前，你飞到哪儿都会是风狂浪涌的。我怎么会让那鱼猛地一拉，就把手划破了呢？我一定是太笨了。也许是因为我光顾得看那小鸟，一心想着它。现在我要专心干我的活儿，然后还要把金枪鱼吃下去，这样才不会没力气。

“那孩子在这儿就好了，还要有点盐就好了，”他大声说道。

他把钓绳的重量移到右肩上，小心翼翼地跪下来，放到海水里去洗手，把手在水里浸了一分多钟，望着血在水中一缕缕地漂去，而海水随着小船的移动在他手上不停地拍打。

“它游得慢多了，”他说。

老人本想把他的手在咸水中多浸一会，但是又怕那鱼再突然猛地一拽，于是他站起身，打起精神，举起手来挡住太阳。他不过是被钓绳勒得割破了肉，可割破的正是手上最用劲的地方。他知道事情没完之前他还需要这双手，不想事情还没开始就负伤。

“好啦，”等手晒干了，他说，“我该吃小金枪鱼了。我可以拿鱼钩把它钩过来，在这儿舒舒服服地吃。”

他跪下去，用鱼钩在船尾下钩到了金枪鱼，留心不让它碰到钓绳卷，把它钩到自己身边来。他再次用左肩挎着钓绳，用左手和左臂撑住身子，从鱼钩上取下金枪鱼，再把鱼钩放回原处。他用一只膝盖压住鱼身，从头颈到尾巴纵向割下去，割下一条条深红色的肉来。这些肉都给切成了楔形，从靠近脊骨的地方一直割到肚子边。他切好了六条，把它们摊在船头的木板上，在裤子上擦擦刀子，然后抓着尾巴拎起鱼骨头，扔到了海里。

“我想我是吃不下一整条的，”他说，一面拿刀子切开一条鱼肉。他感觉得到那钓绳一直拉得很紧，他的左手抽起筋来。这只手紧紧地抓住粗钓绳，他厌恶地朝它瞅瞅。

“这算什么手啊，”他说。“想抽筋你就抽吧。变成鸟爪子吧。对你不会有好处的。”

快点，他想，一面朝黑暗的深水里望着倾斜的钓绳。马上把它吃掉，这样手上就会有力气。也难怪这只手，你跟这条鱼已经周旋了好几个钟头了。不过你能跟它周旋到底的。马上把金枪鱼吃了。

他拿起一块鱼肉，放在嘴里慢慢咀嚼。还不是很难吃。

好好嚼吧，他想，把肉汁都咽下去。要是加上一点酸橙，或者柠檬，或者盐，那味道可不会坏。

“你觉得怎么样，手啊？”他问那只抽筋的手，它几乎跟死尸一样僵硬。“我要为你多吃一点。”

他把他切成两片的那块肉的另一片也吃了下去。他细细地嚼着，然后把皮吐出来。

“怎么样，手啊？是不是还没到时候，说不上来？”

他又拿起一整条鱼肉，嚼了起来。

“这是一条既壮实、血又旺的鱼，”他想。“我幸而捉到了它，而不是鲯鳅。鲯鳅太甜了。这条鱼几乎没有甜味，吃下去还能长力气。”

不过，不讲实际真没意思，他想。我有点盐就好了。我不知道太阳是会把剩下的鱼给晒臭，还是晒干，所以还不如把它们都吃光，尽管我现在不饿。那条大鱼又从容又沉稳。我要把这些鱼肉全吃掉，这样我就有备无患了。

“耐心点，手啊，”他说。“我是为了你才吃东西的。”

我真想喂喂那条鱼，他想。它是我的兄弟。可是我得杀死它，我要保持身强力壮，才能干成这件事。他慢慢而认真地把那些楔形鱼肉条都吃了下去。

他直起身来，在裤子上擦了擦手。

“好啦，”他说。“你可以放掉钓绳，手啊，我可以只用右臂来对付它，直到你不再胡闹。”他用左脚踩住原先用左手抓住的粗钓绳，身子朝后仰，用背部来顶住钓绳的拉力。

“上帝保佑我，让我别再抽筋了，”他说。“因为我不知道这条鱼还会怎么着。”

不过它似乎很镇静，他想，而且在照它的计划行动。可是它的计划是什么，他想。我的计划又是什么？它的块头太大了，我的计划就得随它的计划而定。它要是想跳，我就可以杀死它。不过它总是待在下面。那我就跟它奉陪到底。

他把他那只抽筋的手在裤子上擦了擦，想活动活动手指。可是他的手伸不开。也许等太阳出来就能伸开了，他想。也许等那补养人的生金枪鱼消化后，他的手就会伸开的。如果非要靠这只手，我会不惜一切代价把它伸开。不过现在我不愿意把它硬伸开。让它自己张开，自动恢复过来吧。昨夜不得不把几根钓绳解开系在一起时，我毕竟把它使用过度了。

他眺望着海面，发觉他眼下是多么孤单。但是他可以看见黑魆魆的深水里的灿烂光柱，看见向前伸展的钓绳以及平静海面上的奇异波动。云在聚集，等待贸易风的到来，他向前望去，看见一群野鸭在水面上飞，在天空的映衬下现出清晰的身影，接着又模糊不清了，随即又清晰起来，他知道，人在海上是从不孤独的。

他想到有些人害怕乘小船驶到望不见陆地的地方，而且知道恰恰处于天气会突变的季节。可眼下正碰上飓风季节，而这飓风季节的天气，在不刮飓风的时候，又是一年中最好的天气。

如果要刮飓风，而你又在海上的话，你总会在前几天就看到天上有刮飓风的征兆。人们在岸上可看不到，因为他们不知道要看什么，他想。陆地对于云的形状也一定是有影响的。但是眼下不会刮飓风。

他望望天空，看见一团团白色的积云，像是一堆堆可人的冰淇淋，而高居积云之上的，是一缕缕薄薄的羽毛似的卷云，映衬着九月的高空。

“轻轻的 *brisa*[1]，”他说。“这天气对我比对你更有利，鱼啊。”

他的左手仍然在抽筋，不过他在慢慢地把它扳开。

我讨厌抽筋，他想。这是对自己身体的背叛行为。由于吃下腐败的食物而引起腹泻，或者因此而呕吐，是在别人面前丢脸的事。但是抽筋呢（他想到 *calambre*[2] 这个字），是自己丢自己的脸，特别是独自一人的时候。

要是那孩子在这儿，他可以替我揉一揉，从前臂揉松下去，他想。不过，它总会松下来的。

接着，他用右手一摸，觉得钓绳的拉力跟以前不一样了，这才看见它在水里的斜度也变了。随即，他靠在钓绳上，用左手急骤地猛拍大腿，看见钓绳在慢慢向上升起。

“它上来啦，”他说。“快点，手啊。快点吧。”

钓绳缓慢而不断地往上升，这时小船前边的海面鼓起来了，那鱼露出来了。它不停地往上冒，水往它身边泻下去。在阳光下，它浑身亮闪闪的，脑袋和背都是深紫色，两侧的条纹在阳光下显得宽宽的，呈现出淡紫色。它的嘴长得像棒球棒一样长，像一把长剑渐渐细下去，它把全身跃出水面，然后又像潜水鸟似的滑溜溜地钻进水里。老人看见它那大镰刀似的尾巴没入水中，钓绳迅疾地滑下去。

“它比小船还长两英尺呢，”老人说。钓绳飞快而又稳当地滑出去，那鱼并没有惊慌。老人竭力用双手拉住钓绳，使它不至于被扯断。他知道，要是他不能施加平稳的压力让鱼游慢一些，它就会把钓绳

1 西班牙文，意为“微风”。
2 西班牙文，意为“抽筋”。

全部拖出去，把它扯断。

这是条大鱼，我得稳住它，他想。我决不能让它知道它有多大力气，也不能让它知道它要逃跑会有多大能耐。我要是它的话，马上就使出浑身的力气，直到把什么东西扯断为止。但是感谢上帝，它们可不像杀害它们的人那样聪明，虽然它们比我们更崇高，更有能耐。

老人见过好多大鱼。他见过好多重达一千多磅的鱼，生平捉到过两条这么大的，但都不是独自一人捕到的。现在他是孤身一人，而且看不见陆地，跟他所见过的最大的、比他听说过的还大的鱼拴在一起，而他的左手依然绷得紧紧的，就像抓紧的鹰爪一样。

不过抽筋会好的，他想。它一定会好了来帮助我的右手。有三样东西是亲兄弟：那条鱼和我的两只手。抽筋一定会好的。抽筋本是很掉价的事。鱼又慢下来了，用它寻常的速度在游。

不知道它为什么要跳，老人想。大概是跳一跳让我看看它有多大吧。不管怎么样，我现在是知道了，他想。我希望我也能让它看看我是什么样的人。不过那样一来，它就会看到这只抽筋的手了。让它以为我比实际上更有男子汉气概，我也会是那样的。但愿我就是那条鱼，他想，具有它的全部力量，而要对抗的仅仅是我的意志和智慧。

他舒适地靠在木板上，疼痛的时候就忍着。那鱼沉稳地游着，小船在黑暗的水里慢慢移动。随着东方吹来一阵风，海上激起一道小浪，到中午时分，老人的左手抽筋好了。

“这对你可是个坏消息啊，鱼儿，”他说，一面把钓绳从垫着他肩膀的麻袋上挪了个位置。

他感到还舒服，但又挺痛苦，虽然他压根儿不承认这痛苦。

“我并不虔诚，”他说。“但是我愿意念十遍《天主经》和十遍《圣母经》，好让我逮住这条鱼，我还许诺，要是我逮住了它，我就去朝拜科布雷的圣母。这是我的许诺。”

他开始机械地做起祷告来。有时他太疲倦，记不住祈祷文了，就说得特别快，以便能顺口而出。《圣母经》要比《天主经》容易念些，他想。

“万福马利亚，你满受圣宠，主与你同在。你在女人中是有福的，你的儿子耶稣也是有福的。圣洁的圣母马利亚，求你现在和我们临终时，为我们这些罪人祈祷吧。阿门。”然后他又加上两句：“万福圣母马利亚，让这条鱼死去吧。虽然它很了不起。”

做完了祈祷，他觉得好受多了，但是还跟刚才一样痛，也许还要更痛些。他倚着船头的木板，机械地搬弄起左手的手指来。

这时，虽然轻轻地刮起了微风，但是太阳已经很热了。

“我最好把架在船尾的那根小钓绳重新装上鱼饵，”他说。“要是那鱼打算再待上一夜，那我就需要再吃点东西，可是瓶里的水已经不多了。我想在这里除了鲯鳅以外，我是搞不到别的东西的。但是，趁着新鲜的时候吃，味道也不会差。我希望今天夜里会有一条飞鱼落到船上。可惜我没有灯光来引诱。飞鱼生吃味道好极了，还不用把它们切开。我现在要保存全部的力气。天呀，真没想到它有这么大。”

“不过我要宰了它，”他说。“尽管它那么大，那么了不起。”

虽然这是不公正的，他想。不过我要让它知道人有多大能耐，能忍受多少磨难。

“我跟那孩子说过，我是个不同寻常的老头，”他说。“现在是证实这话的时候了。”

他已经证实过上千次了,那都算不了什么。现在他要再证实一次。每一次都是一次新的经历，他这么做的时候，从不去想过去。

但愿它睡着了，这样我也能睡着，梦见狮子，他想。怎么脑子里总是想着狮子呢？别想了，老家伙，他对自己说。眼下轻轻地靠在木板上休息，什么都不要去想。它在较劲儿。你可要尽量悠着点。

眼看就到下午了，船依旧缓慢而不停地移动。不过这时东面来的微风给船增添了阻力，老人让船随着小小的波浪缓缓地漂流，斜挎在肩上的钓绳使他感觉舒适些、顺溜些了。下午有一次，钓绳又升上来了。可是那鱼只在稍高一点的水面继续游着。太阳照射在老人的左臂、左肩和脊背上。于是他知道这鱼已经转到东北方去了。

他见过那鱼一次，也就能想象它在水里游泳的情景，它那紫色的胸鳍像翅膀似地大张着，竖直的大尾巴从黝黑的海水中划过。不知道它在那样的深度能看见多少东西，老人想。它的眼睛很大，马虽然眼睛小得多，但在黑暗中也看得见东西。以前我在黑暗中能看得很清楚。可不是在漆黑的时候。不过差不多能像猫一样看东西。

太阳的照射和他手指的不停动弹，这时使他左手的抽筋完全好了，他开始让它多承担一些拉力，并且耸耸肩上的肌肉，把钓绳从勒痛的地方挪开一点。

“鱼啊，你要是还不累的话，”他大声说道，“那你可就太不可思议了。”

他现在感到非常疲乏，他知道夜晚即将来临，便竭力去想些别的事。他想起了大联赛，用他的语言说，就是 *Gran Ligas*[1]。他知道纽约的扬基队在和 *Tigres of Detroit*[2] 比赛。

已经是第二天了，可我还不知道 *juegos*[3] 的结果，他想。但是我一定要有信心，一定要对得起那了不起的迪马乔，他即使忍受着脚后跟骨刺的疼痛，仍然样样干得十全十美。什么是骨刺？他问自己。*Un espuela de hueso*[4]。我们没这玩意儿。那会像斗鸡脚上的距铁扎进脚跟那样痛吗？我想我忍受不了这种痛苦，也不能像斗鸡那样，一只眼甚至两只眼斗瞎了，还能忍住继续斗下去。人跟利害的鸟兽相比真算不了什么。我还是情愿做待在黑魆魆水里的那个大家伙。

“除非有鲨鱼来，”他大声说道。“要是有鲨鱼来，愿上帝怜悯它和我吧。”

你认为了不起的迪马乔会长久地守着一条鱼，就像我这样长久地守着这条鱼吗？他想。我敢说他会的，而且比我守的时间更长，因为他年轻力壮。更何况他父亲是个渔夫。不过骨刺会不会让他痛得太厉害了？

“我说不上来，”他大声说道。“我从没长过骨刺。”

太阳落下去了，为了给自己增强信心，他回想起在卡萨布兰卡[5]

1 西班牙文，意为“大联赛”。
2 西班牙文，意为“底特律老虎队”。
3 西班牙文，意为“比赛”。
4 西班牙文，意为“骨刺”。
5 卡萨布兰卡（Casablanca），摩洛哥西北部海港，濒临大西洋。

一家酒店里，他跟从西恩富戈斯[1]来的黑人大汉比手劲，那可是码头上最强壮的人啊。他们把胳膊肘撑在桌面的粉笔线上，前臂朝上伸直，两手紧握着，就这么掰了一天一夜。双方都竭力想把对方的手按到桌面上。很多人都下了赌注，人们在煤油灯下走进走出，他瞧了瞧那黑人的胳膊、手和脸。过了八个钟头后，每隔四个钟头就换一名裁判，好让裁判轮流睡觉。他和黑人的手指甲里都流出血来，两人都盯着彼此的眼睛、手和前臂，下注的人打屋里走进走出，坐在靠墙的高椅上观战。四壁是木板墙，漆成鲜艳的蓝色，灯光把两人的影子投在墙上。黑人的身影非常高大，随着微风把灯吹得摆来摆去，他的影子也在墙上来回移动。

一整夜，优势总是变来变去，人们给黑人喝朗姆酒，还给他点香烟。黑人喝了酒，就拼命使劲，有一次竟把老人（当时还不是老人，而是 *El Campeon*[2] 圣地亚哥）的手压下去将近三英寸。但是老人又把手扳回成势均力敌之势。当时他满以为他把那个好样的黑人、那个了不起的竞技高手打败了。天亮时，打赌的人都要求判为和局，而裁判摇头不同意，老人使出了浑身的力气，硬把黑人的手一点一点往下扳，直至压倒在桌面上。这场比赛从星期天早上开始，到星期一早上才结束。好多打赌的人都要求算成和局，因为他们得到码头上去把一袋袋的蔗糖装上船，或者上哈瓦那煤矿公司去干活。不然谁都想看他们决出个高低。不过他总算结束了这场较量，而且还赶在大家得去上工之前。

1　西恩富戈斯（Cienfuegos），古巴南部海港。

2　西班牙文，意为“冠军”。

此后很久，人人都管他叫冠军，春天又举行了一场复赛。不过这次赌注下得不多，老人轻而易举地赢了，因为在第一场比赛中，他摧毁了那个西恩富戈斯黑人的信心。后来他又参加了几次比赛，往后就再也没比过。他断定，只要他有强烈的取胜欲望，他就能击败任何人；他还断定，这对他用右手钓鱼是不利的。他曾尝试用左手参加了几次练习赛。但是他的左手总是背叛他，不肯听他的使唤，因此他信不过它。

现在太阳会把我这手晒舒展了，他想。它不会再抽筋了，除非夜里太冷。不知道今天夜里会怎么样。

一架飞机从他头上掠过，朝迈阿密飞去，他望着它的影子惊起了成群的飞鱼。

“既然有这么多飞鱼，那就该有鲯鳅，”他说，一面把身子仰靠在钓绳上，看能不能把鱼拉近一点。但是拉不动，钓绳绷得紧紧的，上面的水珠也在抖动，眼看快扯断了。小船缓缓地向前驶去，他盯着飞机，直到看不见为止。

坐在飞机里一定觉得很奇异，他想。不知道从那么高的地方往下瞧，海会是个什么样子？坐在上面要不是飞得太高，一定能把鱼看得清清楚楚。我倒想在两百英寸的高度慢慢地飞，从上面往下看鱼。在捕龟船上，我曾坐在桅顶的横杆上，即使从那样的高度也能看到不少东西。从那里望下去，鲯鳅显得更绿，你能看见它们身上的条纹和紫斑，能看见它们整群地在游动。不知道为什么在黑暗的水流中游得很快的鱼都有紫色的脊背，往往还有紫色的条纹或斑点？鲯鳅看上去当然是绿色的，因为它们实在是金黄色的。但是它们一到饿得慌想吃食的时候，身子两侧就像马林鱼一样出现紫色条纹。是因为发怒，还是由于游得太快，才使这些条纹显现出来的？

就在天快黑的时候，船从好大一片马尾藻旁边经过，那马尾藻在轻柔的海波中颠簸摇荡，仿佛海洋正同什么东西在一条黄毯子下做爱，这时他那根小钓绳给一条鲯鳅咬住了。他先看见它跳到空中，给夕阳照得真如金子一般，在空中疯狂地扭动拍打。它在惊恐中一次次地跳出水面，像是杂技表演，老人吃力地挪回到船尾，蹲下身来，用右手和右臂拽住粗钓绳，用左手将鲯鳅往回拉，每拉回一段钓绳，就用光着的左脚踩住。等鲯鳅被拉到船尾，拼命地左右乱蹿乱跳时，老人探出身去，把这条带紫斑的金光灿烂的鱼拎进船来。它那钩在鱼钩上的嘴一张一合，急促地抽搐着，还用它那又长又扁的身子、尾巴和头拍打着船底，直至老人用棍子朝它那金光闪亮的头上打去，它才抖了抖不动了。

老人把鱼钩从鱼嘴里取出来，重又装上一条沙丁鱼，把钓绳甩进海里。然后他又吃力地慢慢挪回到船头。他洗了洗左手，在裤子上擦干。随即他把那根粗钓绳从右手换到左手，把右手伸进海里洗一洗，一面望着太阳沉入大海，粗钓绳斜入水中。

“它还一点没有变，”他说。但是他望着海水冲刷着他的手的时候，注意到船走得显然慢些了。

“我要把两支桨绑在一起，横着架在船尾，这样能让它在夜里走得慢些，”他说。“它到夜里就来劲了，我也是。”

最好稍等一会再给鲯鳅开膛，这样可以把血留在鱼肉里，他想。这可以等一会再干，同时把两支桨绑在一起，增加些阻力。眼下还是让鱼安静些，别在日落的时候多去打扰它。对所有的鱼来说，日落是个艰难的时刻。

他把手举起来晾干，然后抓住钓绳，尽量放松身子，靠着木板任凭自己被拖向前去，让船承受跟他一样大，甚至比他更大的拉力。

我渐渐学会怎么办了，他想。至少在这方面我学乖了。另外还要记住，它自从上钩以来还没吃过东西，而它身躯庞大，需要大量食物。我吃了一整条的鲣鱼。明天我就吃鲯鳅。老人管它叫 *dorado*[1]。也许我该把它弄干净吃上一点。它比鲣鱼要难吃些。不过，话又说回来，什么都不容易。

“你觉得怎么样，鱼儿？”他大声说道。“我感觉良好，我的左手好些了，我有一天一夜的食物。拖着船走吧，鱼儿。”

他并非真的感觉良好，因为钓绳勒在他背上造成的疼痛几乎超越了疼痛，变成了一种他不大放心的麻木。不过，我还有过比这更糟糕的事情，他想。我一只手仅仅割破了一点，另一只手已经不再抽筋了。我的两条腿都好好的。更何况我在食物问题上也胜过了它。

这时天黑了，因为九月间，太阳一落下，天很快就黑了。他靠在船头的旧木板上，尽可能歇一歇。初夜的星星出来了。他不知道其中有一颗叫 *Rigel*[2]，但是看到了它，就知道那些星星很快都要出来，他又要有这许多遥远的朋友了。

“这条鱼也是我的朋友，”他大声说道。“我从没见过也没听说过

---

1 西班牙文，原意“金色的”，此处是当地人对“金色鲯鳅”的俗称。

2 该词来自阿拉伯语的 *rijl*（脚、足），系猎户座左足部最明亮的那颗星，我国天文学称之为参宿七。

这样一条鱼。不过我一定要把它弄死。幸好我们用不着去弄死那些星星。”

想想看，要是人每天想要弄死月亮，他想。那月亮就逃跑了。不过再想想，要是人每天想要弄死太阳呢？我们生来是幸运的，他想。

这时他替那条没有东西吃的大鱼感到难过，但他要杀死它的决心绝没有因为替它难过而削弱。它能供多少人吃啊，他想。可他们配吃它吗？不配，当然不配。从它的举止风度和非凡尊严来看，谁也不配吃它。

这些事我不懂，他想。不过好在我们用不着去弄死太阳、月亮或星星。在海上过日子，杀死我们的亲兄弟，已经足够了。

现在，他想，我得想一想增加阻力的事。这样做有危险，也有好处。要是鱼使劲地拉，船桨造成有效的阻力，小船就没那么轻便了，那我就会放出很长的钓绳，结果也让大鱼跑掉。船身一轻，就延长了我们双方的痛苦，不过我却保险了，因为大鱼有极快的速度，只是没有施展出来罢了。无论如何，我一定要取出鲯鳅的肠肚，免得让它烂掉，然后吃下一些长长劲儿。

现在我要再休息一个钟头，等我觉得它强壮稳定了，再回到船尾去干活，做出决断。在这期间，我可以看看它怎样行动，有没有什么变化。那两支桨倒是一个妙招，可是已经到了该稳妥行事的时候。它仍然活生生的，我看见鱼钩挂在它的嘴角，它把嘴闭得紧紧的。鱼钩的折磨算不了什么。更严重的是饥饿的煎熬，加上碰上了让它摸不着头脑的对手。休息吧，老家伙，让它去忙活它的吧，等轮到你尽力的时候再说。

他相信自己已经休息了两个钟头。月亮还迟迟地没有出来，他没法判断现在是什么时候。其实他也没好好休息，只是稍微歇了歇。他肩上依然承受着鱼的拉力，不过他把左手按在船头的舷边上，越来越靠小船本身来抗拒鱼的拉力。

要是我能把钓绳拴紧，那有多简单啊，他想。但是它只要稍微一挣，就能把钓绳扯断。我一定要用我的身子来缓冲钓绳的拉力，随时准备用双手放出钓绳。

“不过你还没睡觉呢，老家伙，”他大声说道。“已经过了半个白天和一夜，现在又是一个白天，可你一直没睡觉。你必须想个办法，趁鱼平静安稳的时候睡一会。你要是不睡觉，脑子就会不清楚。”

我脑子很清醒,他想。太清醒了。就跟我那些星星兄弟一样清醒。不过我还得睡觉。星星睡觉，月亮和太阳都睡觉，有时在风平浪静、没有激流的日子，就连大海也要睡觉。

不过记住要睡觉，他想。一定要让自己睡觉，想出一个简单而稳妥的办法处置那些钓绳。现在回过去把鲯鳅收拾好。你要是非得睡觉的话，把桨绑起来拖在水里可就太危险了。

我不睡觉也能行，他对自己说。不过那太危险了。

他用双手双膝爬回船尾，小心翼翼地不要惊动那条鱼。它也许半睡半醒着，他想。可是我不想让它休息。非要让它拖到死去。

回到船尾以后，他转过身来，用左手撑住挎在肩上的钓绳，用右手把刀子从刀鞘里拔出来。这时星星亮晶晶的，他清楚地看见那条鲯鳅，便把刀子戳进它的头部，把它从船尾下面拉出来。他用一只脚踩在鲯鳅身上，迅疾地一刀从肛门切到下颚的尖端。随即他放下刀子，用右手掏出内脏，掏得空空的，再把鱼鳃挖干净。他觉得鱼胃在手里沉甸甸，滑溜溜的，就把它剖开来。里面有两条飞鱼，又新鲜又坚实，他把它们并排放着，把内脏和鳃从船尾扔到水里。它们沉下去时，在水里留下一道磷光。这时鲯鳅在星光下冷冰冰的，显得像麻风病患者一般灰白。老人用右脚踩住鱼头，把鱼身上一边的皮剥去。然后把鱼翻转过来，又剥去另一边的皮，再把鱼身两边的肉从头到尾割下来。

他把鱼骨头轻轻地扔到船外，看看它是不是在水里打旋。但却只见到它慢慢沉下时的磷光。接着他转过身，把两条飞鱼夹进两块鲯鳅肉里，又把刀子插进刀鞘，慢慢挪动身子回到船头。他的脊背被钓绳的分量压弯了，右手拿着鱼肉。

回到船头后，他把两块鲯鳅肉摊在船板上，旁边放着飞鱼。然后他把挎在肩上的钓绳换了个位置，又用左手抓住它靠在船舷上。随即他往舷外俯下身，把飞鱼放在水里洗了洗，注视着水向他手上冲击的速度。他的手在剥鱼皮时沾上了磷光，他仔细察看水流冲击他手的情景。水流并不那么急了，当他把手边对着船板擦的时候，水面上泛起点点磷光，慢慢朝船尾漂去。

“它累了，要不就是在休息，”老人说。“现在让我把这鲯鳅吃下去，歇一歇，睡一会。”

在星光下，夜越来越冷，他吃下了一块鲯鳅肉的一半，还吃了一条挖去了内脏、切掉了脑袋的飞鱼。

“鲯鳅烧熟了吃该有多美呀，”他说。“生鱼好难吃啊。以后不带盐或酸橙，就决不再出海了。”

我要是有头脑，就会整天把海水泼在船头上，等水干了就会有盐了，他想。不过我是快到太阳落下时才钓到鲯鳅的。准备还是不足啊。不过我还是津津有味地全吃下去了，一点也不恶心。

东边天空阴云密布，他熟悉的星星一颗颗地不见了。这时他仿佛走进了一个云朵大峡谷，风也停了。

“三四天后会有坏天气，”他说。“不过今晚不会，明天也不会。现在安排一下，老家伙，趁鱼平静安稳的时候睡上一会。”

他把钓绳紧紧抓在右手里，然后用大腿抵住这右手，把全身的重量都靠在船头的木板上。接着他把挎在肩上的钓绳稍微放低一些，再用左手撑住。

只要把钓绳撑紧了，我的右手就能抓得住，他想。我要是睡着了钓绳松了往外滑，我的左手就会把我弄醒。这样右手会很辛苦。不过它吃惯了苦。哪怕睡上二十分钟，或者半个钟头，也是好的。他朝前躺下，用整个身子夹住钓绳，把全身的重量都压在右手上，然后睡着了。

他没有梦见狮子，却梦见了一大群海豚，绵延八到十英里长，眼下正是它们的交配季节，它们会高高地跳到空中，然后又落回跃起时在水中搅成的水涡。

接着他梦见自己躺在村里自己的床上，外面刮着北风，他浑身冷嗦嗦的，右臂都麻木了，因为他的头把它当枕头枕在上面。

随后他开始梦见了那长长的黄色海滩，看见了黄昏时分来到海滩上的第一头狮子，接着其他狮子也来了。他把下巴靠在船头的木板上，船迎着吹向海面的晚风停在那儿。他等着看有没有更多的狮子来，感到很快乐。

月亮升起好久了，可他还在睡。那鱼沉稳地向前拖着，把船拖进云涡里。

他的右拳猛地砸在他脸上，把他惊醒了，钓绳从他右手里滑出去，只觉得火辣辣地痛。他的左手失去了知觉，便极力用右手拽住，可是钓绳还是冲了出去。最后他用左手抓住了钓绳，仰着身子硬撑着，这时钓绳又勒着他的脊背和左手，这左手承受了全部的拉力，给勒得痛得厉害。他回头望望钓绳卷，看见钓绳在顺畅地往外放。正在这时，那鱼猛地一跳，使海面轰然迸裂开来，然后又重重地跌落下去。随即它又一次次地跳起来，船走得很快，虽然钓绳依旧在飞速地向外放，老人把它拉得快要绷断，而且一次次地拉到这个地步。他给拉倒了，紧紧地伏在船头，脸贴在那片切下的鲯鳅肉上，身子动弹不得。

这就是我们所等待的，他想。那现在就让我们来承受吧。

要让它为那钓绳付出代价，他想。要让它为钓绳付出代价。

他看不见鱼在跳，只听见大海的迸裂声和鱼落下时水花剧烈的飞溅声。飞速滑走的钓绳把他的手勒得痛极了，但是他早就知道这是免不了的，他就设法让钓绳勒在长茧的部位，不让它滑到手掌上，或者勒伤手指。

要是那孩子在这儿，他会弄湿那些钓绳卷的，他想。是呀。要是那孩子在这儿就好了。要是那孩子在这儿就好了。

钓绳在往水里滑呀，滑呀，滑呀，不过现在渐渐慢下来了，他在让鱼为它拖出的每一英寸付出代价。这时他从木板上抬起头来，脸也离开了先前压碎的那片鱼肉。接着他跪起来，然后慢慢站起来。他在放出钓绳，可是越来越慢了。他慢慢地挪回到可以用脚碰到但却看不见的钓绳卷那儿。钓绳还多的是，现在这鱼不得不拖着这许多摩擦力较大的新钓绳了。

是啊，他想。现在它已经跳了十几次了，把沿着脊背的气囊灌满了空气，所以不会钻到深水里去死，让我没法拖上来。它马上就会打起转来，这一来我就得好好对付它了。不知道它怎么会突然跳起来？难道是饿急了，还是夜里被什么东西吓着了？也许它突然害怕起来。不过它是那样沉着，那样健壮，看来又那样无所畏惧，那样满怀信心。真是奇怪。

"你自己最好也无所畏惧、满怀信心，老家伙，"他说。"你又把它拖住了，可你没法收回钓绳。不过它马上就得打转了。"

老人这时用左手和两边肩膀拽住它，弯下腰去，用右手舀了一把水，把脸上的碎鲯鳅肉洗掉。他怕这肉会使他恶心，吐起来没了力气。他擦干净脸以后，又把右手放到船舷外面的水里去洗，然后把它浸在那咸水中，一面注视着日出前的第一缕曙光。它差不多在往东去，他想。这表明它疲乏了，随着水流漂流。它马上就要打转了。那时我们可要真正干起来了。

他估计他的右手在水里浸的时间够长了，便把它拿出来，朝它望了望。

"还不赖，"他说。"疼痛对男子汉来说算不了什么。"

他小心谨慎地抓住钓绳，不让它嵌进新勒伤的地方，随即挪了挪身子的重心，好把左手伸进小船另一边的海水里。

“你这没用的东西，还算干得不错，”他对左手说。“可是有一阵，你都不听我使唤了。”

我怎么不是生来就有两只好手呢？他想。也许只怪我没有好好训练这只手。可是天知道它有的是学习机会。不过它夜里干得还不错，仅仅抽了一次筋。它要是再抽筋的话，就让钓绳把它割掉吧。

他想到这里，知道自己的头脑不怎么清醒了，觉得应该再吃一点鲯鳅肉。可是我不能吃，他对自己说。与其吃了吐得没力气，还不如晕头晕脑好些。我知道我吃了胃里也搁不住，因为我的脸曾经贴在上面。我要把它留着应急，直到腐烂为止。不过要想靠吃东西来增添力气，现在已经太晚了。你真蠢，他对自己说。把另外那条飞鱼吃了吧。

鱼已经收拾好了，现成地放在那里，他用左手把它捡起吃了起来，细细地嚼着骨头，从头到尾全都吃了下去。

它几乎比什么鱼都有营养些，他想。至少有我需要的力气。现在我已经尽力而为了，他想。让它打起转来，让战斗开始吧。

鱼开始打转的时候，太阳正在出来，这是他出海以来，第三次出太阳。

他从钓绳的斜度上还看不出鱼在打转。这还为时过早。他只感觉到钓绳的压力稍微减少了一点，便开始用右手轻轻地拉。钓绳又像往常那样绷紧了，可是就在快绷断的时候，却又开始往回收了。他把肩膀和头从钓绳下面抽出来，开始缓慢而平稳地往回拉。他前后摆动着双手，尽量使出全身和双腿的力气来拉。他一把把地拉着，他的老腿和老肩膀也在跟着摆动。

“这可是个好大的圈子呀，”他说。“可它总算在打转啦。”

后来钓绳再也收不进来了，他还是抓住不放，看见阳光下钓绳上溅出了水珠。接着钓绳又忽地滑出去了，老人跪下来，好不情愿地让它又滑到黑暗的水中。

“现在它绕到圈子的对面去了，”他说。我一定要拼命拽住，他想。只要拽紧了，它兜的圈子就会一次比一次小。也许不出一个钟头我就能见到它。现在我得稳住它，然后得弄死它。

但是这鱼还在继续慢慢地打转，两个钟头后，老人浑身汗淋淋的，累得骨头都发酸。不过现在的圈子已经小得多了，而从钓绳的斜度可以看出，那鱼一边游一边不断地往上升。

有一个钟头光景，老人一直看见眼前有黑点，汗水渍痛了他的眼睛，渍痛了他眼睛上和脑门上的伤口。他不怕那些黑点。他这么紧张地拽住钓绳，眼前出现黑点是正常的。不过他有两次觉得头昏眼花，这可让他有些担心。

“我不能自己不争气，像这样为一条鱼送了命，”他说。“既然我已经让它这样乖乖地过来了，求上帝帮助我坚持下去吧。我要念一百遍《天主经》和一百遍《圣母经》。不过眼下还不能念。”

就权当我已经念过了，他想。等一会再念吧。

就在这时，他觉得自己双手攥住的钓绳突然砰的一声给硬拉了一下。来势很猛，只觉得硬邦邦、沉甸甸的。

它在用它的长嘴撞击接钩绳，他想。这是免不了的。它不得不这样做。不过这样它就会跳起来，我倒宁愿它继续打转。它必须跳起来呼吸空气。但是每跳一次，钓钩造成的伤口就会加宽一些，然后它就可以把钓钩甩掉。

“别跳，鱼啊，”他说。“别跳。”

那鱼又撞了接钩绳几次，它每甩一次头，老人就放出一点钓绳。

我一定要让它的疼痛局限在原来的地方，他想。我疼痛不要紧。我能克制住。但是它痛起来能把它逼疯的。

过了一会，鱼不再撞击接钩绳，又开始慢慢打起转来。这时老人不停地收进钓绳。但是他又感到头晕了。他用左手舀起点海水，洒到脑袋上。然后又洒了些，擦一擦脖颈。

“我没抽筋，”他说。“它马上就浮上来了，我能坚持住。你得坚持住。说都不用说。”

他靠着船头跪下，一时又把钓绳拉到背上。他拿定主意：现在趁它往外打转的时候歇一歇，等它转回来时再站起来对付它。

他多想在船头上歇一歇，让鱼自己去兜一圈，而不把钓绳往回收。但是等到钓绳的拉力表明鱼已经转身朝小船游来的时候，老人就站起身，开始左一把右一把地拽动，把他能收进的钓绳全拉上来。

我从来没有这样累过，他想，现在又刮起贸易风了。不过正好可以借助贸易风把它拖回去。真是巴不得呀。

“等它下一趟兜圈子的时候，我要歇一歇，”他说。“我感觉好多了。再兜两三圈，我就能制服它。”

他的草帽给推在后脑勺上，他感到鱼在转身，让钓绳一拽，一屁股坐在了船头。

你忙你的吧，鱼啊，他想。你转回来我就收拾你。

海水涨了不少。不过眼下刮的是晴天的微风，他得靠这样的风回家去。

“我只要朝西南方划去，”他说。“人在海上是绝不会迷失方向的，何况这又是个长长的岛屿[1]。”

鱼在第三次转身时，他才第一次看见它。

他起先看见的是一个黑糊糊的影子，那黑影费了好久才从船底下穿过去，他不敢相信它会有那么长。

“不会的，”他说。“它不会那么大。”

不过它还真有那么大，等这一圈转完了，它出现在只有三十码开外的水面，老人看见它的尾巴露出水来。那尾巴比一把大镰刀的刀身还要高些，在深蓝色的海面上现出了淡淡的浅紫色。它向后倾着划过水面，当鱼贴着水面游的时候，老人能看见它庞大的身躯和身上的紫色条纹。它的脊鳍向下耷拉着，巨大的胸鳍张得很开。

这次鱼打转时，老人能看见它的眼睛和围着它游来游去的两条灰色鲫鱼。有时候它们恋恋不舍地跟着它。有时候又忽地游开了。有时候会在它的阴影里悠闲地游着。两条鱼每条都有三英尺长，游得快时像鳗鱼一样甩动整个身子。

老人这时在淌汗，但不光因为太阳，还有别的原因。鱼每次沉着、平静地转回身时，他都收回一段钓绳，他深信鱼再兜上两圈，他就有机会把鱼叉戳进去了。

可是我必须把它拉近，拉近，再拉近，他想。千万不能戳脑袋。一定要扎进它的心脏。

---

1 指古巴岛，东西长达一千多公里。

“要沉着，要有力，老家伙，”他说。

又转了个圈，鱼的脊背露出来了，不过离船太远了点。再转一圈，还是离得太远，不过它已经更高地露出在水面上，老人相信只要把钓绳再收进一些，他就可以把鱼拽到船旁边来。

他早就把鱼叉准备好了，鱼叉上的那卷细绳子放在一只圆筐里，一头拴在船头的系缆桩上。

这时鱼兜了个圈子又回来了，既沉着又优美，只有那条大尾巴在摆动。老人竭尽全力去拽，想把它拉近些。一刹那间，那鱼朝他这边稍微转过来一点。随即它又伸直了身子，又打起转来。

“是我把它拉动的，”老人说。“那是我把它拉动的。”

他又觉得头晕，但还是使出浑身力气拽住大鱼。是我把它拉动的，他想。也许这一次我能把它拉过来。拉呀，手，他想。站稳啦，腿。为我坚持下去，头。为我坚持下去。你从没晕倒过。这一次我要把它拽过来。

但是，还没等大鱼来到船边，他就使尽浑身力气，拼命去拉钓绳，那鱼转过来了一点，随即又摆正身子游开了。

“鱼啊，”老人说。“鱼啊，你横竖是死定了。难道你非得把我也弄死吗？”

那样一来就会一事无成，他想。他嘴巴干得说不出话来，而眼下又够不到水。这次我一定把它拉到船边来，他想。它再多转几圈，我就不行了。不，你行的，他对自己说。你永远是行的。

转下一圈时，他几乎把它拽到身边了。可是那鱼又摆正了身子，慢慢地游走了。

你想把我给弄死啊，鱼，老人想。不过你有这个权利。兄弟，我从没见过一个比你更大、更美、更沉着、更尊贵的家伙。来，把我弄死吧。我不在乎谁弄死谁。

你现在头脑糊涂了,他想。你应该保持头脑清醒。保持头脑清醒，像男子汉那样懂得如何吃苦。要么像条鱼似的。

“清醒一下，脑袋，”他用几乎连自己都听不见的声音说。“清醒一下。”

鱼又转了两圈，还是老样子。

我搞不懂，老人想。他每次都觉得自己快要垮了。我搞不懂。不过我还要再试一次。

他又试了一次，等把鱼拉得转过来时，他觉得自己真要垮了。那鱼摆正了身子，又慢慢地游开了，大尾巴还在空中摆来摆去。

我还要试一次，老人许诺说，尽管这时他的双手已经软弱无力，眼睛只能一闪一闪地看清东西。

他又试了一次，结果还是一样。原来如此，他想，还没开始动手，就觉得自己要垮了；我还要再试一次。

他忍住一切疼痛，拿出剩余的力气和早已失去的自尊，用来对付那鱼的痛苦挣扎。鱼来到了他身边，侧着身子轻轻地游着，嘴几乎碰到了小船的外板。它开始打船边游过去，身子又长，又高，又宽，银光闪闪，还缀着紫色条纹，在水里显得看不到尽头。

老人放下钓绳，用脚踩住，尽可能高地举起鱼叉，随即使出全身力气，加上刚刚鼓起的劲儿，把它一下扎进鱼腰上，就在那大胸鳍后面一点的地方，这胸鳍高高地挺在空中，跟老人的胸膛一般高。

他感觉那铁叉扎下去了，便把身子靠在上面，让它扎得更深些，然后用全身的重量把它戳进去。

这时那鱼死到临头，倒变得活跃起来，从水里高高跃起，把它那超乎寻常的长度和宽度，它的威力和美，全都显现出来。它仿佛悬在空中，就在船中老人的头顶上。接着，它轰的一声掉进水里，浪花溅了老人一身，溅了一船。

老人觉得头晕，恶心，眼睛看不大清楚。不过他放开了鱼叉上的绳子，让它从他那划破了皮的手中慢慢地滑下去，等他眼睛看得清的时候，他看见那鱼仰天躺着，银白色的肚皮翻到上面来。鱼叉柄斜插在鱼的肩部，海水被它心脏里流出的血染红了。起先这血黑糊糊的，就像一英里多深的蓝色海水中的一块暗礁。接着就像云彩一样扩散开了。那鱼是银白色的，一动不动，只是随波漂流。

老人用他那一闪一闪的目光仔细看了看。接着他把鱼叉绳往船头的系缆桩上绕了两圈，然后把脑袋靠在双手上。

“让我的头脑保持清醒，”他靠着船头的木板说。“我是个疲乏的老头。可我杀死了这条鱼，它是我的兄弟，现在我得做苦役了。”

眼下我得准备好套索和绳子，好把它绑在船边，他想。尽管只有我们俩，即使把船灌满了水将它拉上来，再把水舀出去，这条小船也绝对盛不下它。我得做好一切准备，然后把它拖过来，好好绑住，竖起桅杆，张起帆回家去。

他动手去拖鱼，想把它拖到船跟前，好用一根绳子从它鳃里穿过去，再从嘴里拉出来，把它的脑袋绑在船头上。我想看看它，他想，碰碰它，摸摸它。它是我的财富，他想。但是我倒不是为这想摸它。

我想我刚才触到了它的心脏，他想。就在我第二次抓着鱼叉柄往里戳的时候。现在把它拉过来，牢牢地抓住，用一根套索拴住它的尾巴，用另一根拴住它的腰，把它捆在小船上。

“动手干吧,老家伙,”他说。他喝了一小口水。“虽说战斗结束了，还有好多苦活要干。”

他抬头望望天空，然后望望船外的鱼。他又仔细地望望太阳。刚过中午不久，他想。贸易风刮起来了。现在这些钓绳都没用了。回家以后，我要跟孩子把它们接起来。

“来吧，鱼，”他说。可是鱼没有过来。它反倒躺在海里翻滚，老人只好把小船划到它跟前。

等他划到跟鱼并拢了，让鱼头靠着船头时，他真不敢相信它有这么大。他把鱼叉绳从系缆桩上解下来，打鱼鳃里穿进去，从嘴里拉出来，在它剑状的长上颚上绕一圈，又打另一边鳃里穿进去，再在嘴上绕一圈，把双股绳子打个结，拴在船头的系缆桩上。随后他割下一截绳子，走到船尾去套住鱼尾巴。鱼已经从原来紫银相间的颜色变成了银白色，身上的条纹显出了跟尾巴一样的淡紫色。这些条纹比伸开五指的人手还要宽些，它的眼睛看上去像潜望镜中的反射镜或宗教游行队伍中的圣徒一样冷漠。

“要杀死它只有这个办法，”老人说。喝了水以后,他觉得好些了，他知道他不会垮掉,他的头脑还是清醒的。看样子它有一千五百多磅，他想。也许还重得多。要是收拾好了还有三分之二的分量，卖三毛钱一磅，那该赚多少钱啊？

“我需要有支铅笔来算一算，”他说。“我的头脑还不是那么清楚。

不过我想了不起的迪马乔今天会为我骄傲的。我没有长骨刺。不过双手和脊背可痛得厉害。”不知道骨刺是怎么回事，他想。也许我们长了骨刺也不知道。

他把鱼拴在船头、船尾和中间的坐板上。这条鱼可真大，像是在船边绑上了一条大得多的船。他割下一截钓绳，把鱼的下颚跟它的尖嘴绑在一起，让它张不开嘴巴，船就可以顺顺当当地行驶了。接着他竖起桅杆，装上那根当鱼钩用的棍子和下桁，张起带补丁的帆，船开始移动了，他半躺在船尾向西南方驶去。

他不用指南针来告诉他哪儿是西南方。他只需要感受一下贸易风，瞧瞧帆的飘动。不如放一根带匙钩的细钓丝到水里去，弄点什么东西来吃吃，也好润润嘴。但他找不到匙钩，他的沙丁鱼也都发臭了。所以，等船经过一片黄色马尾藻时，他用鱼叉钩了上来，把它抖了抖，里面的小虾都落到了船板上。总共十多只小虾，像沙蚤一样活蹦乱跳。老人用拇指和食指掐去它们的头，连壳带尾巴嚼着吃下去。这些小虾虽然只有一丁点大，可是他知道它们很有营养，而且味道也不错。

老人的瓶里还有两口水，他吃了小虾后喝了半口。考虑到有那么大的累赘，小船行驶得还算不错，他把舵柄夹在腋下掌着舵。他看得见那条鱼，只消看看他的手，感觉到脊背靠在船尾上，就能知道这是千真万确的事，而不是梦。有一阵他感觉情势不妙时，曾觉得这也许是一场梦。后来他看见鱼从水里跳出，落下前一动不动地悬在空中，便觉得这里面一定有什么莫大的奥秘，让他无法相信。当时他看不大清楚，不过眼下又像往常一样看得清楚了。

现在他知道那条鱼就在眼前，他的手和背也不是梦幻。这双手很快就会好的，他想。我让手上的血都流干净了，咸水会把它们治好的。这真正海湾里黑魆魆的海水，是世界上最好的良药。我要做的就是保持头脑清醒。这双手已经尽职尽责了，我们的船行驶得很好。鱼闭着眼嘴，尾巴直上直下地竖着，我们像兄弟一样行驶着。后来他的头脑又有点糊涂了，他心想究竟是它带我回家，还是我带它回家？要是我把它拖在后面，那就没有疑问了。要是鱼给放在船上，它的体面丢尽了，那也不会有什么疑问。可是它和小船是拴在一起并排行驶的，所以老人在想，它要是高兴的话，就让它带我回家吧。我只不过靠耍花招才占了它的上风，再说它对我也没有恶意。

他们行驶得很顺当，老人把手泡在海水里，尽量保持头脑清醒。头上有高高的积云，还有不少的卷云，因此老人知道，这风要刮一整夜。老人不断地望着鱼，好确信真有这么回事。这时离第一条鲨鱼来袭还有一个钟头。

这条鲨鱼的出现不是偶然的。当一大片暗黑色的血在一英里深的海里下沉、扩散的时候，它就从深水底下蹿上来了。它蹿得很快，完全无所顾忌，哗的一声冲出蓝色的水面，来到了阳光里。接着它又落进海里，嗅到了臭迹，就顺着船和鱼所走的路线游来。

有时候它迷失了那臭迹。但是它总会重新嗅到，或者只嗅到一点点臭迹，然后就迅疾地紧追上去。这是一条巨大的灰鲭鲨，天生就能游得跟海里最快的鱼一样快，浑身除了上下颚以外，处处都很优美。它的背像剑鱼的一样蓝，肚子是银白色的，皮又光滑又漂亮。它长得像剑鱼一样，所不同的是它那巨大的两颚，眼下它就在水面下迅疾地游着，双颚紧闭着，高耸的背鳍像刀子一般划破水面，丝毫也不晃动。在它紧闭的双唇里，八排牙齿全都向内倾斜。跟大多数鲨鱼不同，它的牙齿不是角锥形的。从形状来看，这些牙就像人蜷成爪状的手指。它们几乎跟老人的手指一样长，两边都有剃刀般锋利的刃子。这种鱼天生要吃海里所有的鱼，尽管那些鱼游得那么快，长得那么壮，装备那么齐全，以至于没有任何别的对手。这时它嗅出了新的臭迹，加快游起来，蓝色的背鳍划开了水面。

老人一见它来了，就知道它是一条毫不畏惧、为所欲为的鲨鱼。他准备好了鱼叉，把绳子系紧，一面瞅着那鲨鱼游向前来。绳子短了，缺了他割下用来绑鱼的那一段。

这时老人的头脑清醒好使，决心也大，但是不抱多少希望。好景不长，他想。他瞅着鲨鱼逼近的时候，望了望那条大鱼。这是一场梦就好了，他想。我没法阻止它来袭击我，但是也许我能弄死它。*Dentuso*[1]，他想。让你妈倒霉去吧。

鲨鱼飞速地逼近船尾，它袭击大鱼的时候，老人看见它张开了嘴，一双眼睛好奇异，牙齿咔嚓一声朝鱼尾上方的肉里猛咬进去。鲨鱼的头钻出了水面，背也露出水来，老人听见鲨鱼撕开大鱼皮肉的声音，便用鱼叉朝下猛地扎进鲨鱼的脑袋，正扎在两眼之间的那条线和从鼻子笔直通到脑后的那条线的交叉点上。其实并不存在这两条线。只有那又粗又尖的蓝色脑袋，两只大眼睛，和那咔嚓作响、伸得长长的、吞噬一切的两颚。不过那正是脑子的所在，老人刺了个正着。

1　西班牙语 *dentudo* 一词的变体，系当地人对灰鲭鲨的俗称，属六鳃鲨目。

他使出全身力气，用沾满鲜血的双手，把一支锋利的鱼叉扎了进去。他扎下去时并不抱什么希望，但是满怀决心和狠毒。

鲨鱼翻过身来，老人看出它的眼珠已经没有生气了，接着它又翻了个身，身上缠了两圈绳子。老人知道它没命了，可鲨鱼却不肯认输。这时它肚皮朝上，尾巴噼里啪啦扑打着，两颚发出咔嚓咔嚓的响声，像快艇一样划破水面。海水被它的尾巴拍打起一片白浪，它身子的四分之三脱出了水面，这时绳子绷紧了，颤抖着，随即啪地断了。鲨鱼在水面上静静地躺了一会，老人瞅着它。然后它就慢慢沉下去了。

“它吃掉了大约四十磅肉，”老人大声说道。它把我的鱼叉也带走了，还有整条绳子，他想，而眼下我的鱼又在淌血，还会有别的鲨鱼来。

他不愿再看这条鱼了，因为它已经给咬得残缺不全了。鱼遭到袭击时，就好像他自己遭到了袭击。

可是我把袭击我这条鱼的鲨鱼给宰了，他想。它可是我见到过的最大的 *Dentuso*。天晓得我也见过不少大鱼呢。

好景不长，他想。但愿这是一场梦，但愿我压根儿没钓到这条鱼，正独自垫着报纸躺在床上。

“不过人不是生来要给打败的，”他说。“人尽可被毁灭，但不可被打败。”不过我很难过，把这条鱼给杀死了，他想。现在倒霉的时刻快到了，可我连鱼叉也没有。这条 *Dentuso* 又残忍，又能干，又强壮，又聪明。但是我比它更聪明。也许不是这样，他想。也许我仅仅是装备比它强。

“别想啦，老家伙，”他大声说道。“顺着这条航线行驶吧，有了事情就担当着。”

但是我一定要想，他想。因为我只剩下这件事可干了。这件事，还有棒球。不知道了不起的迪马乔喜不喜欢我那样扎中它的脑子？这不是什么了不起的事，他想。什么人都做得到。但是，你是不是认为我的手像骨刺一样给我招来很大的麻烦呢？我可说不准。我的脚后跟从没出过毛病，只有一次游泳时踩在一条刺鳐上，脚后跟给扎了一下，小腿就麻木了，痛得受不了。

“想点愉快的事情吧，老家伙，”他说。“每过一分钟，你就离家近一点。小船失去四十磅负重，行驶起来倒轻快些了。”

他很清楚，等他把船驶进海流中间时，会出现什么情况。可是眼下一点办法也没有。

“不，有办法，”他大声说道。“我可以把刀子绑在一支桨柄上。”

于是他腋下夹着舵柄，一只脚踩住了帆脚绳，把刀子绑在一支桨柄上。

“瞧，”他说。“我依旧是个老头。不过我不是手无寸铁了。”

这时又刮起了清风，船顺利地往前驶着。他只管瞧着鱼的前半身，又恢复了一点希望。

不抱希望才蠢哪，他想。再说，我认为这是一桩罪过。别想罪过了，他想。不想罪过，麻烦已经够多了。何况我也不懂这种事。

我不懂这种事，也说不准信不信这种事。也许杀死这条鱼是一桩罪过。我看是的，即使我是为了养活自己，为了养活许多人，才这么做的。不过那样一来，什么都是罪过了。别想罪过了。现在去想也为时太晚了，有些人是拿了钱来干这种事的。让他们去考虑吧。你生来是个渔夫，正如那鱼生来是条鱼一样。圣彼德罗[1]是个渔夫，跟那了不起的迪马乔的父亲一样。

但是他喜欢去想一切跟他有牵连的事，因为没有书报可看，也没有收音机，他就想得很多，不停地想到罪过。你不光是为了养活自己，为了卖钱买食品才杀死那鱼的，他想。你杀死它是出于自尊，因为你是个渔夫。它活着的时候你爱它，死后你还是爱它。你既然爱它，把它杀死就不是罪过。或许是更大的罪过？

“你想得太多了，老家伙，”他大声说道。

不过你以杀死那条 *Dentuso* 为快，他想。它跟你一样，靠吃活鱼维生。它不是食腐动物，也不像有些鲨鱼那样，游来游去地只顾贪吃。它又美丽又尊贵，无所畏惧。

“我是为了自卫才杀死它的，”老人大声说道。“杀得也很利索。”

再说，他想，在某种意义上，人间万物都是一物杀一物。捕鱼既养活了我，也快把我害死了。那孩子使我活着，他想。我不能过分欺骗自己。

他把身子探出船舷，从鱼身上被鲨鱼咬过的地方撕下一块肉。他嚼了嚼，觉得肉质不错，味道挺香。像兽肉一样，又坚实又多汁，不过不是红色的。肉里筋不多，他知道能在市场上卖最高价。但是他没法让肉的气味不散布到水里去，他知道大难就要临头了。

风不停地吹着，稍微转向了东北方，他知道这意味风不会减退。

1　耶稣刚开始传道时，在加利利海边所收的四个门徒之一。

老人朝前方望去，但却见不到帆，也见不到任何船只或船上冒出来的烟。只有飞鱼从船头跃起，向两边飞掠过去，还有一簇簇黄色的马尾藻。他连一只鸟也看不见。

船已经行驶了两个钟头，他在船尾歇着，有时从马林鱼身上撕下块肉来嚼嚼，尽量休息一下，积攒些力气，这时他看见了两条鲨鱼中的第一条。

"*Ay*[1]，"他大声说道。这个字是没法翻译的，也许只不过是一个人觉得钉子穿过他的手钉进木头时，不由自主地发出的喊声。

"*Galanos*[2]，"他大声说道。他看见第二条鲨鳍在第一条鲨鳍后面冒出来，从那褐色三角形的鳍和那摆来摆去的尾巴，他认出这是两条铲鼻鲨。它们嗅出了臭迹，顿时兴奋起来，因为饿得发傻了，兴奋中时而将臭迹丢失，时而重又嗅到。不过它们始终在逼近。

老人系紧帆脚绳，卡好了舵柄。随即拿起了上面绑着刀子的桨。他把桨尽量轻轻地举起来，因为他的手痛得不听使唤了。接着他又把手张开，再轻轻地握住了桨，让手放松一下。随即他把手攥得紧紧的，让它们忍住了痛不缩回来，一面注视着鲨鱼过来。他看得见它们那宽大、扁平的铲子形的头，和那带白尖的宽宽的胸鳍。这是两条可恶的鲨鱼，气味难闻，既好吃腐食，又嗜杀成性，饥饿的时候，还会去咬桨和舵。正是这种鲨鱼，会趁海龟在水面上睡觉时咬掉它们的腿和鳍足，要是饿急了，还会袭击水里的人，即使人身上并没有鱼血或鱼黏液的腥味。

1　西班牙文，意为"哎呀！"

2　西班牙文，有"优雅、杂色斑驳"等意，是当地人对铲鼻鲨的俗称。

“*Ay*，”老人说。“*Galanos*。来吧，*Galanos*。”

它们来了。但是没有像灰鲭鲨那样游来。一条鲨鱼转了个身，钻到小船底下不见了，等它撕扯大鱼时，老人觉得小船在晃动。另一条鲨鱼用它一条缝似的眼睛瞅着老人，然后飞速地游过去，张开半圆形的大嘴，朝大鱼身上被咬过的地方咬去。在它褐色的头顶和脊背上，在脑子和脊髓相连的地方，有一条清晰的纹路，老人就用绑在桨上的刀子朝那交叉点扎进去，然后拔出来，再扎进鲨鱼那猫似的黄眼睛里。鲨鱼放开了大鱼，身子朝下滑下去，临死时还在吞它咬下的肉。

另一条鲨鱼仍在摧残那条大鱼，弄得小船还在摇晃，老人松开了帆脚绳，让船向侧面摆动，使鲨鱼从船底下露出来。他一看见鲨鱼，就从船舷上探出身子，拿刀子朝它猛戳下去。他只是扎到了肉，而鲨鱼皮又太坚韧，刀子几乎戳不进去。这一戳不仅震痛了他的手，也震痛了他的肩膀。不过鲨鱼又迅速浮上来，露出了脑袋，老人趁它的鼻子伸出水面挨上那条鱼的时候，对准它扁平的脑袋中央扎去。老人拔出刀来，朝同一地方又扎了下去。它依然闭紧嘴咬住大鱼不放，老人一刀戳进它的左眼。这鲨鱼还悬在那里。

“还不够吗？”老人说，随即又把刀子扎进它的脊骨和脑子之间。这一次扎起来很容易，他觉得鲨鱼的软骨断了。老人把桨倒过来，把刀子插在鲨鱼的两颚中间，想把它的嘴撬开。他把刀子绞了绞，鲨鱼松开嘴滑下去的时候，他说：“去吧，*galano*。滑到一英里深的水里去。去找你的朋友吧，也许是你的妈妈呢。”

老人擦了擦刀口，把桨放下。接着他扯起帆脚绳，鼓起了帆，让小船顺着航道驶去。

“它们一准把它吃掉了四分之一，而且吃的是顶好的肉，”他大声说道。“但愿这是一场梦，但愿我压根儿没有钓到它。我为此感到抱歉，鱼。真是一错百错。”他顿住了，这时也不想朝鱼看了。那鱼已经淌光了血，还受到海浪的冲刷，看上去像镜背镀的银白色，身上的条纹依然看得出来。

“鱼啊，我不该出海出得这么远，”他说。“对你对我来说都不该。我很抱歉，鱼啊。”

好吧，他对自己说。检查一下绑刀的绳子，看看断了没有。然后把你的手料理好，因为还会有麻烦呢。

“有一块磨刀石就好了，”老人检查了绑在桨柄上的绳子后说。“我应该带一块磨石来。”你应该带的东西多着呢，他想。但是你却没有带来，老家伙。现在不是想你没有什么东西的时候。想想你用现有的东西能做什么事吧。

“你给我出了许多高招，”他大声说道。“我都听腻了。”

他把舵柄夹在腋下，双手浸在水里，小船向前驶去。

“天知道最后那条鲨鱼撕去了多少鱼肉，”他说。“不过这船现在可轻多了。”他不愿意去想那鱼给撕得残缺不全的肚子。他知道鲨鱼每次猛扑上去，总要撕去不少肉，还知道大鱼这时给所有的鲨鱼留下了一道臭迹，宽得像海面上的一条大路。

这条鱼可以把一个人养活一冬天，他想。别这么想吧。还是歇一歇，把你的手调养好，守住这剩下来的鱼肉。水里有那么重的气味，我手上的血腥味也就算不上什么了。再说这手上也没淌多少血。划破什么地方也没关系。出出血会使左手不再抽筋。

我现在还有什么可想的呢？他想。什么也没有。我必须什么也不想，等待下一拨鲨鱼来。这要真是一场梦就好了，他想。可是谁晓得呢？也许结果会是好的。

接着来的是一条单独的铲鼻鲨。瞧它来的架势，就像一头猪奔向猪食槽，如果说猪有那么大的嘴，你都可以把脑袋伸进去的话。老人让它去咬那条大鱼，然后把绑在桨上的刀子扎进它的脑子里。但是鲨鱼朝后猛地一转身，那把刀子啪的一声断了。

老人便定下心来掌舵。他看也不看那条大鲨鱼，任它慢慢地沉下水去，先是跟真身一样大，随即渐渐变小，然后成了一丁点。这种情景总让老人看得入迷。可是这时他看都不看一眼。

“我现在还有鱼钩呢，”他说。“不过这没有用。我还有那两把桨、那个舵柄和那根短棍。”

它们这下可把我打垮了，他想。我太老了，没法用棍子把鲨鱼打死。但是只要我有桨、短棍和舵柄，我就要试一试。

他又把手浸在水里。这时渐渐到了傍晚时分，除了大海和天空，什么也看不见。天上的风刮得比先前大了些,他希望马上能看到陆地。

“你累了，老家伙，”他说。“打骨子里累了。”

直到快日落时，鲨鱼才又向他扑来。

老人看见两片褐色的鳍顺着大鱼在水里必然留下的宽阔踪迹游来。它们甚至不用去搜寻鱼的臭迹，就肩并肩地朝小船直奔过来。

他卡好舵柄，系好帆脚绳，伸手到船尾下去取那根短棍。那原是个桨柄，是从一支断桨上锯下来的，大约有两英尺半长。因为桨柄上有个把手，他只用一只手去抓才觉得对劲，于是便把它稳稳地抓在右手里，把手弯起来握在上面，一面望着鲨鱼的到来。两条都是 *galanos*。

我一定要让第一条鲨鱼紧紧咬住了，然后再朝它鼻尖上砸下去，或者直朝它头顶上劈下去，他想。

两条鲨鱼一同紧逼过来，他一见离他较近的那条张开嘴咬进大鱼的银色胁腹，就高高地举起短棍，猛击下去，砰的一声砸在鲨鱼宽阔的头顶上。棍子落下去时，他觉得好像打在坚韧的橡胶上。不过他也感觉到了坚硬的骨头，就在鲨鱼从大鱼身上滑下时，他又朝它的鼻尖上狠狠地揍了一棍。

另一条鲨鱼一直出没不定，这时又张开大嘴扑了上来。它猛冲向大鱼，咬紧了嘴巴，老人看见它嘴角上漏出一块块白花花的鱼肉。他抡起棍子朝它打去，只击中了它的头，鲨鱼朝他望了望，然后把它咬住的肉撕去了。等它溜开要吞下那肉时，老人又揍了它一棍，不过只是击中了那又厚实又坚韧的橡皮般的地方。

“来吧，*galano*，”老人说。“再过来吧。”

鲨鱼又冲上来了，老人趁它一闭嘴，就给了它一棍。他把棍子举到不能再高的地步，结结实实地揍了它一下。这一回他觉得击中了脑后的骨头，于是朝同一部位又打了一下，鲨鱼动作缓慢地撕下嘴里咬着的肉，然后从大鱼身上滑下去了。

老人提防着它再回来，可是两条鲨鱼都没露面。后来他看见其中一条在水面上打着转儿游。他却没有看见另一条的鳍。

我没法指望杀死它们了，他想。我年轻的时候可能还行。不过我把它们俩都打成了重伤，它们谁也不会觉得好过。要是我能用双手抡起一根棒球棒，我准能把第一条打死。即使现在也能，他想。

他不愿朝那条鱼看。他知道它的半个身子给撕光了。他刚才跟鲨鱼搏斗时，太阳已经落下去了。

“马上就要天黑了，”他说。“到时候我就要看见哈瓦那的灯火了。我要是往东去得太远，就会看见哪一处新海滩的灯光。”

眼下我不会离港太远了，他想。我希望没人为我担心。当然，只有那孩子会担心。不过我相信他有信心。许多老渔夫也会担心。还有不少别的人，他想。我住在一个好镇子上。

他不能再跟这条鱼讲话了，因为它给毁得太不像样了。这时他脑子里突然想起了一件事。

“半拉鱼，”他说。“你本来是一整条鱼。很遗憾，我出海出得太远了。我把我们俩都毁了。可是我们杀死了不少鲨鱼，你和我一起，还打伤了好多条。你杀死过多少啊，老鱼？你头上的那只长嘴可不是白长的。”

他喜欢想这条鱼，想它要是能自由自在地游，它会怎样对付一条鲨鱼。我该砍掉它那只长嘴，拿着去跟鲨鱼斗，他想。可是没有斧头，刀子也没了。

但是，我要是真把那长嘴砍下来了，还把它绑在桨柄上，那该是多好的武器啊。那样一来，我们就会一起跟它们斗啦。要是它们夜里跑来，你会怎么办呢？你有什么办法呢？

“跟它们斗，”他说。“我要跟它们斗到死。”

但是，眼下一片黑暗，没有亮光，也没有灯火，只有风在刮，帆不停地扯动，他觉得也许他已经死了。他合上双手，摸一摸掌心。它们没有死，他只消把它们张合一下，就能感到生的痛苦。他把脊背靠在船尾，知道自己没有死。这是他的肩膀告诉他的。

我许过诺，要是我逮住这条鱼，我要把所有的祷词都念一遍，他想。但是我现在累得念不成了。我还不如把麻袋拿过来披在肩上。

他躺在船尾，一面掌舵一面察看天边有没有亮光出现。我还有半条鱼，他想。也许我运气好，能把这前半条带回去。我该有点运气啦。不，他说。你出海出得太远，把运气给败掉了。

“别犯傻啦，”他大声说道。“保持清醒，掌好舵。也许你有不少好运呢。”

“要是有什么地方卖好运，我倒想买一点，”他说。

我能拿什么来买呢？他问自己。难道我能用一把丢掉的鱼叉、一把折断的刀子和一双受了伤的手去买吗？

“也许可以，”他说。“你曾经想用出海八十四天去买。人家也差一点卖给你。”

我不能胡思乱想，他想。运气是以各种各样的形式出现的，谁能认得出来呢？我倒想有点运气，不管是什么形式的，而且要什么价钱我都给。但愿我能看到灯光，他想。我想要的东西太多了。但是我眼下就想要这东西。他想尽力搞得舒服些好掌舵，因为觉得疼痛，他知道自己没有死。

大约在夜里十点钟的时候，他看见了城里灯火的反射光。起初只是隐约可辨，就像月亮升起之前天上的幽光。接着，到了风大浪涌的时候，往海上望去，灯光就能看得清了。他把船驶进亮光之中，心想现在要不了多久，他就能驶到海流边了。

现在事情过去了,他想。也许它们还会向我袭来。可是在黑夜里，一个人没有武器怎么能对付它们呢?

这时他身子既僵硬又酸痛，在夜晚的寒气里，他身上的伤口和所有用力过度的地方都痛得厉害。我希望不必再斗了，他想。我多么希望不必再斗了。

但是到了半夜，他又搏斗了，这一回他知道搏斗也是白搭。它们是成群来的，他只看得见它们的鳍在水里划出的一道道线路，和扑向大鱼时身上发出的磷光。他朝鲨鱼头上打去，听到它们的嘴巴咔嚓一声咬下去，在船底下扯住大鱼搞得小船直摇晃。他只要感觉到什么,听到什么,就拼命地挥棒打去。他感到什么东西攫住了棍子，随即就丢掉了。

他猛地把舵柄从舵上拽下来，拿它又打又砍，双手攥住一次次地劈下去。但是它们这时都冲到船头，一条接一条地扑上去，时而又一拥而上，当它们转身再次扑来时，就把在水面下闪闪发亮的鱼肉一块一块地撕去了。

最后，一条鲨鱼朝鱼头扑来，他知道一切都完了。他挥起舵柄朝鲨鱼头上击去，鲨鱼的两颚卡在那厚实的鱼头上，怎么也撕不下来。他又劈下去一次，两次，又一次。他听见舵柄啪地折断了，就用断把向鲨鱼戳去。他觉得那断把戳进去了,他也知道这东西很尖利，就再把它往里戳。鲨鱼松开嘴，一翻身就去了。这是来袭的这群鲨鱼中的最后一条。它们再也没有什么可吃的了。

老人这时几乎喘不过气来，他觉得嘴里有一股奇怪的味道。那是一种铜腥味，还甜丝丝的，他担心了一番。但是味道不是很浓。

他朝海里啐了一口，说："把这吃了，*galanos*。做个梦，梦见你们弄死一个人。"

他知道现在他终于被打垮了，没法补救了，便回到船尾，发现舵柄那锯齿形的断头还可以按在舵槽里，让他好掌舵。他把麻袋披在肩膀上，驾着小船顺着航线驶去。这时小船轻松地走着，他什么也不想，什么感觉也没有。他现在超脱了一切，只顾尽可能稳妥、尽可能机敏地把小船驶回港去。夜里又有鲨鱼来袭击大鱼的残骸，就像有人从饭桌上捡面包屑一样。老人不去理会它们，除了掌舵，他什么都不管。他只注意到小船由于旁边没有沉重的拖累，现在走得多么轻快，多么顺当。

船还是好好的，他想。还是完好的，除了舵柄，没受任何损伤。舵柄很容易配。

他感觉得到船已驶进海流里面，看得到海滨居住区的灯光了。他知道他现在到了什么地方，回家不成问题了。

不管怎么说，风还是我们的朋友，他想。随即他又加上：有时候是。还有那大海，海上既有我们的朋友，也有我们的敌人。还有床，他想。床是我的朋友。仅仅是床，他想。床要成为一件了不起的东西。你一给打垮，事情就好办了，他想。我从不知道居然会这么容易。那么是什么把你打垮的，他想。

"什么也没有，"他大声说道。"我出海出得太远了。"

当他驶进小港的时候，露台酒吧的灯光已经熄灭，他知道大家都已上床。风越刮越大，这时变得很猛了。不过港口里却静悄悄的，他把船驶到岩石下一小片卵石滩前。没有人来帮他，他只好把船尽量往岸上靠。然后他跨出船来，把它系在一块岩石上。

他拔下桅杆，卷起了帆，把它捆好。然后扛起桅杆，往岸上爬去。这时他才知道他疲乏到什么程度。他停了停，回头望了望，借助街灯的反光，看见那鱼的大尾巴竖立在船尾好后的地方。他看见了那白色的赤条条的脊骨，它那带着突出长嘴的黑乎乎的脑袋，而在这头尾之间光秃秃的没有一点肉。

他又往上爬去，到了顶上摔倒了，便在地上躺了一会，桅杆还横在肩膀上。他想爬起来，可是太吃力了，他便扛着桅杆坐在那里，望着大路。一只猫从路对面走过，不知在干什么事，老人拿眼望着它。随后他就只顾望着大路。

最后他放下桅杆，站了起来。他又拾起桅杆，扛在肩上，顺着大路走去。他不得不坐下歇了五次，才走到他的窝棚。

进了窝棚，他把桅杆靠在墙上。他摸黑找到一只水瓶，喝了一口水。然后他躺到了床上。他拉起毯子盖住两肩，然后裹住脊背和双腿，脸朝下趴在报纸上，两臂直伸，掌心向上。

早上他还在睡着，那孩子来到门口朝里张望。风刮得很大，漂网渔船都不能出海，所以孩子睡到很晚，然后就像每天早上一样，来到老人的窝棚。孩子看见老人喘着粗气，随即又看见老人那双手，便哭起来了。他悄悄地走出来，去弄点咖啡，一路上哭个不停。

许多渔夫围在小船周围，看着绑在船旁边的那个东西，有一位渔夫卷起裤腿站在水里，用一根绳子在量那副骨架。

孩子没有走下去。他早就去过了，有一个渔夫正在替他看管小船。

“他怎么样啦？”一名渔夫大声问道。

“在睡觉，”孩子大声叫道。他不在乎人家看见他在哭。“谁都别去打扰他。”

“它从鼻子到尾巴有十八英尺长，”那个给鱼量身长的渔夫大声嚷道。

“这我相信，”孩子说。

他走进露台酒吧，要一罐咖啡。

“要热的，多加些牛奶和糖。”

“还要别的吗？”

“不要啦。过后我再看看他能吃什么。”

“多大的鱼啊，”酒吧老板说。“从没有过这么大的鱼。你昨天逮到的那两条也很棒啊。”

“我的鱼见鬼去吧，”孩子接着又哭起来了。

“你想喝点什么吗？”老板问。

“不要，”孩子说。“叫他们别去打扰圣地亚哥。我就回来。”

“告诉他我很难过。”

“谢谢，”孩子说。

孩子把一罐热咖啡拿到老人的窝棚，坐在一旁等他醒来。有一回眼看他快醒了，可他又沉睡过去，孩子便穿过大路去借点木柴来，好再热热咖啡。

最后老人终于醒了。

“别坐起来，”孩子说。“把这喝了。”他往一只玻璃杯里倒了些咖啡。

老人接过去喝了。

“它们把我打垮了，马诺林，”他说。“它们真把我打垮了。”

“它可没把你打垮。那鱼可没有。”

“是的。真没有。我是后来被打垮的。”

“佩德里科在看守小船和器具。你打算把鱼头怎么办？”

“让佩德里科把它剁碎了作鱼饵吧。”

“那长嘴呢？”

“你要就拿去吧。”

“我要，”孩子说。“现在我们得安排一下别的事。”

“他们找过我没有？”

“当然找过。出动了海岸警卫队和飞机。”

“海洋太大，小船太小，不容易看见，”老人说。他觉得真是快活，能有个人说说话，而不是只能自言自语，只能对海说话。“我可想念你，”他说。“你们捉到了什么？”

“头一天一条。第二天一条，第三天两条。”

“很好啊。”

“现在我们又要一起打鱼了。”

“不。我运气不好。我不会再交好运了。”

“让运气见鬼去吧，”孩子说。“我会带来好运的。”

“你家里人会怎么说呢？”

“我不在乎。我昨天逮了两条。不过我们现在要一起打鱼，因为我还有好多东西要学。”

“我们得弄一支能致命的好鱼镖，随时放在船上。你可以从旧福特车上弄来一块簧片做矛头。我们可以拿到瓜纳瓦科阿[1]去磨一磨。要磨得快快的，不要淬火，免得会断。我的刀子就断了。”

“我要再弄一把刀子，还要把簧片磨快。大风要刮多少天？”

“也许三天。也许还不止。”

“我要把什么都安排好，”孩子说。“你把你的手护理好，老人家。”

“我知道怎样护理了。夜里我吐出了一种奇怪的东西，觉得我胸膛里什么地方破了。”

“把那地方也调理好，”孩子说。“躺下来，老人家，我去给你拿件干净衬衫来。还弄点吃的来。”

“把我不在家时候的报纸，也随便带一份来，”老人说。

“你得赶快好起来，因为我还有好多东西要学，而你样样都能教我。你吃过多少苦呀？”

“可不少，”老人说。

“我去拿吃的和报纸，”孩子说。“好好歇着，老人家。我去药店给你弄点敷手的药来。”

“别忘了告诉佩德里科，鱼头是他的。”

“不会忘。我会记住的。”

孩子出了门，顺着磨光的珊瑚石路走去时，又哭起来了。

那天下午，露台酒吧来了一群旅客，有个女人朝下面的海水望去，看见在一堆空啤酒罐和死梭子鱼之间，有一条又粗又长的白色脊骨，一端有一条巨大的尾巴，当东风刮得港口外面不停地汹涌起伏的时

1　瓜纳瓦科阿（Guanabacoa），欧洲人在古巴最早的殖民地之一，属现今哈瓦那市的一部分。

候，那尾巴随着潮水一上一下地摇来晃去。

“那是什么？”她问一位侍者，一面指着那条大鱼长长的脊骨，那东西现在不过成了垃圾，只等着潮水来把它冲走。

“*Tiburon*[1]，”侍者说。“*Eshark*。”他正想解释是怎么回事。

“我还不知道鲨鱼有这么漂亮、形状这么优美的尾巴。”

“我也不知道，”她的男伴说。

在路那头的窝棚里，老人又睡着了。他依旧脸朝下睡着，孩子坐在旁边守着他。老人正梦见狮子。

---

1 西班牙文，意为“鲨鱼”。下文的 eshark 系侍者照西班牙语的习惯用英语讲“鲨鱼”（shark）。

瓦尔登湖

导读

梭罗是一位才华横溢的散文作家，一生共创作了二十多部散文集。他的散文简洁有力，朴实自然，富有思想性，在美国十九世纪散文中独树一帜。他的众多作品中，尤以《瓦尔登湖》最脍炙人口，最经久不衰。该书不仅生动地描述了作者独立不羁、悠闲自在的林中生活，而且处处蕴含着对人类价值体系的反省和批判，让人读后仿佛找到了一方心灵的净土，精神得到了升华；难怪该书被誉为“美国的圣经”“构成美国人性格的十本奇书”之一。

《瓦尔登湖》是一本翻译难度较大的作品，一方面，连作者自己都承认，他的这部作品确实有些“晦涩难懂”，另一方面，作者喜欢玩弄文字游戏，有的简直无法翻译，只能无可奈何地拿注释来救场。另外，这是一部旁征博引的百科全书，天南地北，天上地下，史地天文，自然万象，加上无数的引文、引诗和典故，真是无奇不有，翻译起来，常有如履薄冰、步步维艰之感。这是一本探讨人生哲理之作，有人却当作“美文”来译，这是否有违作者之初心呢？

本译者从全书十八章中选择了两章，在第二章“寄居何地，为何目的”，作者明言：他之所以到林中生活了两年两个月，是为了尝试一种“从容不迫”的生活方式；而在第九章“湖泊”，他又明言：他观看湖光水色，不是为了一饱眼福，而是为了“衡量他自己天性的深度”，以便提升自己，完善自己。

二、寄居何地，为何目的

人生到了一定阶段，通常会把每个地点视为可以安身的处所。于是，我也就把我住处周围方圆十几英里的乡间全都考察了一番。我在想象中把所有的农场都一个个买了下来，因为所有的农场都要出售，我也知道它们的价钱。我去看过每一个农场主的地盘，品尝了他的野苹果，跟他交谈了种庄稼，按他的开价买下他的农场，随便什么价钱都行，心想反正可以抵押给他；甚至付出更高的价钱——把什么都买下，就是没买地契——我把他的话当成地契，因为我太喜欢交谈了——我耕耘这片田地，我想也在某种程度上耕耘了他，我在尝到了足够的乐趣之后便告退了，让他继续耕作下去。凭着这番经历，我的朋友们就把我视为某种房地产经纪人。我不管在哪里坐下来，都可能在哪里生活，也会为那里的风景增添光彩。房子岂不就是*sedes*，也就是座位？——如果是个乡下座位，那就更好了。我发现许多可以建房的地点不会很快得到改善，有人可能觉得离村子太远，但在我看来，是村子离它太远。好吧，我说，我可以在这儿生活；我还真在那儿待了一个小时，有了一个夏天和一个冬天的经历；看到如何让岁月流逝，如何捱过冬天，如何迎来春天。这个地区的未来居民，不管他们把住所安置在何处，都可以确信那里早已有人住过了。只消一个下午，就足以把这块土地设计成果园、林地和牧场，决定在门口应该留下那几棵上好的橡树或松树，每一棵枯树立于何处效果最好；然后，我就让地闲置在那儿，或许称之为休耕，因为一个人的富裕程度，是与其可闲置财物的数量成正比。

我真能想入非非，甚至设想我遭到了几家农场的拒绝——其实我还只想要人家拒绝我而已——但我从未因为真买到了手而害苦过自己。我距离真买到手最近的一次，是购买霍洛韦尔田庄的时候，我已经着手挑选种子，收集木料想做一辆手推车，以便把东西拉来或运走；但是没等农场主把地契交给我，他妻子——每个男人都有这样一个妻子——改变了主意，想把农场留下来，于是他提出要给我十美元，让我解除协约。说实话，我当时只有十美分的家当，而究竟我是那个拥有十美分的人，还是那个拥有一个农场的人，还是那个拥有十美元的人，还是那个样样都拥有的人，我还真是算不出来。不过，我让他既保留那十美元，又保留那个农场，因为我已经走得够远了；或者确切地说，为了慷慨起见，我就用我购买时付出的价钱，把农场卖给了他，又鉴于他不是个有钱人，我赠送给他十美元作礼物，而我还仍然留着那十美分，外加种子和制作手推车的木料。我由此发现，我原来是一个不失自己贫穷本色的有钱人。不过我把风景保留了下来，自那以后，我每年不用手推车便把那风景产生的果实搬走。谈到风景——

"我是我勘察过的所有土地的君主，
我在那里的权利毋庸置疑。"[1]

我时常看到，一个诗人在欣赏了农场最珍贵的景致之后便离去了，粗鲁的农夫以为他只带走了几只野苹果。嗨，过了多少年那位农场主都不知道，诗人把他的农场写进了诗里，那道令人赞赏的隐形篱笆，几乎把农场全圈了起来，挤出了牛奶，撇去了乳皮，把奶油全带走了，只给农场主留下了脱脂奶。

在我看来，霍洛韦尔农场的真正诱人之处在于：这是一个离群索居之处，离村子大约两英里远，离最近的邻居也有半英里，一片宽阔的田野把它与公路隔开；紧挨着一条河，据主人说，春天河上会起雾，因此没有霜冻，不过这对我来说无关紧要；房屋和牲口棚颜色灰暗，一派破壁残垣的景象，篱笆也破败不堪，表明我与上一位居住者之间已有好一段间隔；苹果树给兔子啃空了树心，长满了地衣，可见我会有什么样的邻居；但最主要的还是我最早逆河而上的那段回忆，当时房子掩映在浓密的红色枫林中，从中传来家犬的吠声。我急于要把农场买下来，免得业主把有些石头搬走，砍掉中空的苹果树，掘走在牧场上长出的小白桦树，总而言之，免得他再做出进一步的改造。为了享受这些有利条件，我准备继续进行下去；就像阿特拉斯[2]一样，把世界扛在我的肩上——我从未听说他为此获得了什么

1 梭罗在此引自英国诗人威廉·柯柏（1731—1800）的题为《据传出自亚历山大·塞尔柯克的诗句》一诗。

2 阿特拉斯，希腊神话中以肩扛起天地的巨神。

补偿——我之所以这样做，并没有别的动机或借口，只是为了我好为之付款，顺顺当当地买下这座农场；因为我心里一直很清楚，只要我能放手把地闲置，那就能获得我所想要的好收成。但结果却如我上面所述。

这一来，对于大规模种植——我总是在种植菜园——我所能说的是，我把种子准备好了。许多人认为，种子放得越久越好。我不怀疑，时间能甄别出优劣；最后我要种植时，我是不大可能失望的。不过我要断然对我的同胞说，尽可能长久地自由自在、无牵无挂地生活。你是给束缚在农场，还是关进县监狱，并没有多少区别。

老加图的《农书》(*De Re Rustica*)[1]是我的“培育者”，他有一段话，我所见到的唯一译文使这段话成了一派胡言，这段话说：“你想购买一家农场时，心里要反复掂量，可别贪婪地把它买下来；也别嫌麻烦不去考察，别以为转上一圈就够了。如果农场真的很好，你去看的次数越多，就会越喜欢它。”我想我不会贪婪地去购买，但只要我活着，就会反反复复地去考察，死后就葬在那里，最终让我越发快乐。

现在要说的是我这同类别的下一次实验，我打算更加详尽地加以描述；为了方便起见，我把两年的经历并作一年来写。正如我所说的，我不打算写一篇忧郁颂，而要像清晨的雄鸡那样，立在鸡棚之前雄赳赳地引吭高歌，只求能把我的邻人唤醒。

我最初在树林里栖身的时候，也就是说，我开始白天黑夜都待

1　老加图（公元前234—公元前149），古罗马政治家、作家，曾任执政官、检察官等职。他的《农书》等著作为拉丁散文文学的开拓之作。

在那里的时候，那天恰巧就是独立日，也就是一八四五年七月四日。我的房子没有为过冬做好准备，只能避避雨，没有粉刷，也没装烟囱，墙壁用的是受风雨侵蚀的粗木板，上面尽是些宽阔的裂缝，一到夜里屋里就发凉。砍得笔直的白色立柱，刚刚刨平的门框窗框，使屋子看起来又干净又通风，尤其是在清晨，屋子的木料浸着湿漉漉的露水，于是我设想，到了中午会渗出一种甜树脂来。在我的想象中，这幢房子整天都会多少保留着曙光初照时的迷人特征，使我想起了一年前我见过的一座山上小屋。这是一座空气畅通、未经粉刷的小屋，适合接待游神，女神也可在此轻曳罗裙。从我住处上空掠过的清风，一如扫过山脊的疾风，带着断断续续的旋律，不啻是只有天堂才有的人间仙乐。晨风飘拂不息，创世的诗篇永不间断；但却很少有人听见。奥林匹斯山[1]到处显现在大地之上。

我以前曾拥有过的唯一房舍，如果把一条船除外的话，那就是一顶帐篷，我夏天出门远足时偶尔用一用，现在仍然卷着放在我的阁楼上；不过那条船几经易手之后，已经顺着时光的溪流消逝了。有了这个比较坚实的栖身之所，我也就朝着在世上定居落户取得了一定的进展。这房子的框架只做了简明的包装，使我好像置身于一道水晶体里，同时也映射出其建造者的形象。这在一定程度上让人想到了绘画中的素描。我不必到户外呼吸新鲜空气，因为户内的空气丝毫没有失去它的清新。即使在大雨滂沱的天气，我坐着的地方，与其说是像室内，不如说是像门后。《哈里焚萨》[2]中说："没有鸟儿的

1 奥林匹斯山，希腊神话中的诸神之家。

2 《哈里焚萨》，印度史诗，一般认为是印度著名史诗《摩诃婆罗多》的一部分。

住所就像没加作料的肉。”我的住所并非如此，因为我发现自己突然成了鸟儿的邻居；我不是在笼子里关着一只鸟，而是把自己关进了鸟儿附近的一只笼子里。我不仅更靠近那些通常频繁出入花园和果园的鸟儿，而且更靠近那些更野性的、更令人激动的森林歌手，它们从不或极少给村里人唱小夜曲——鸫科鸣鸟、威尔逊鸫、猩红比蓝雀、原野雀鹀、三声夜莺，以及许多其他的鸟。

我的小屋坐落在一个小湖的岸边，在康科德村南大约一英里半的地方，地势比村子略高一点，位于康科德镇与林肯之间的广阔林地中，而在那南边大约两英里处，便是本地唯一的名胜：康科德战场[1]；但是，由于我处于林中很低的地方，所以在半英里以外，那片跟别处一样林木葱郁的对岸，就成了我目所能及的最远的地平线。在第一周，我每次往湖上眺望，就觉得它像是高高坐落在山腰上的一个天池，其湖底远远高于别的湖面，太阳升起时，我看见它脱去了夜间披上的一层薄雾，湖上轻柔的涟漪或平静如镜的湖面逐渐在各处显露出来，雾气就像幽灵一样，偷偷摸摸地向四处退去，潜入树林，如同夜间秘密集会散场那样。像在山腰上的露珠一样，直到天大亮树上还悬挂着露珠，比通常挂的时间还长。

八月，一场徐缓的雨暴间歇下来的时候，这以湖为邻也就有了最大的价值。在这期间，无论空中还是湖水都是完全平静的，但天空乌云密布，下午刚过半晌就像傍晚一样宁静，鸫科鸣鸟在四周歌唱，隔岸都能听到。这样的一个湖，从来没有比此时此刻更平静的了；

1　1775 年 4 月 19 日爆发的康科德战役，揭开了美国独立战争的序幕。

湖上方的那片清澈空气变得稀薄，被乌云遮暗，湖面一片波光潋影，本身变成了一个下界的天国,显得越发气势不凡。在附近的一个山顶，树林不久前刚被砍掉，从那里朝南往湖对面望去，是一片令人赏心悦目的景色，对面的山峦之间有一个宽阔的缺口，形成了湖岸，两个相对的山坡朝彼此倾斜，让人觉得有一道溪流穿过郁郁葱葱的山谷，朝那个方向流出，不过那里并没有溪流。我就这样通过附近的青山之间，越过青山之上，眺望地平线上某些遥远而又更高的染成蔚蓝色的山峦。我一踮起脚尖，还真能瞥见西北方向更蓝、更遥远山脉的一些山峰，那是天国自己的造币厂铸造的纯蓝色硬币，还能瞥见村子的一角。但是朝别的方向，即使从这个位置，我也看不到环绕着我的树林以外的地方。附近有水倒也再好不过，水能给大地以浮力，使其漂浮起来。即使最小的水井也有这样一个价值：你朝井里望去时，能发现大地并不是连绵的一大片，而是一个孤岛。这一点就像井水能冷藏黄油一样重要。我从山顶眺望湖对面的萨德伯里草地，觉得发洪水时那片草地升高了，就像脸盆里的一枚硬币，这或许是山谷中热气升腾导致的幻象，而湖对岸的土地似乎成了一层薄薄的外壳，甚至被这介乎其中的小小水面隔离并浮载起来，我这才意识到，我居住的这块地方只是一片陆地。

尽管从我的门口望出去，视野还很狭小，但我丝毫没有拥挤或局促之感。有一大片牧场可供我的想象驰骋。湖对岸是矮橡树丛生的高地，向西部大草原和鞑靼[1]草原伸展开去，为所有的游牧人家提

1 鞑靼，俄罗斯亚细亚洲。

供了足够的活动空间。当达摩达拉[1]的牛羊需要新的、更大的牧场时，他说："只有自由享受广阔地平线的人，才是世界上最幸福的人。"

时过境迁，我居住在更接近宇宙中最令我向往的地方，生活在更接近最令我向往的历史时代。我所居住的地方，就像天文学家在夜间观测到的许多天体一样遥远。我们惯于想象在星系中某个遥远的天国的一角，在仙后星座的背后，有一些罕见的怡人之处，远离喧哗与骚动。我发现，我的房子实际上就位于宇宙间这样一个僻静的、但却永远新鲜、不染尘垢的地方。假如离昴宿星团或毕宿星团、毕宿五星或牵牛星较近的地方值得居住的话，那我还就真住在那里，或者说距离被我遗弃的尘世生活一样遥远，黯然发出一缕同样纤细的光线，朝着离我最近的邻居闪烁，而邻居只有在没有月光的夜晚才能看见我。我所擅自占用的，就是这样一片天地——

"那里曾住着一个牧羊人，
他的思想像高山一样高昂，
他在山上放牧的羊群，
时时刻刻将他哺养。"

如果他的羊群总是漫游在比他的思想还要高的牧场上，那我们应该怎样看待这个牧羊人的生活呢？

每个清晨都是一次令人愉快的邀请，让我们的生活变得像大自

1 达摩达拉，为印度史诗《哈里焚萨》中的一个神。

然本身一样简朴，也可以说一样纯真。我一直就像希腊人那样，是奥罗拉的真诚崇拜者。我早早起来，到湖中沐浴；这是一种宗教修炼，也是我做的最好的事情之一。据说成汤王的浴盆上刻着这样的文字："苟日新，日日新，又日新。"[1] 我能理解这个道理。清晨带回了英雄时代。天一破晓，我便敞开门窗坐着，一只蚊子穿过我的房间作一次人看不见又无法想象的旅行，发出了微弱的嗡嗡声，听到这个声音，我就像听到永远歌颂英名的号角一样振奋。这是荷马的安魂曲；它本身就是空中的《伊利亚特》和《奥德赛》，唱出了自己的愤怒与漂泊。这其中蕴涵着宇宙的禅机；只要不被禁止，总在宣扬世界的永恒活力和生生不息。清晨是一天中最难忘的时刻，是促人苏醒的时刻。这时我们最无睡意；至少有一个小时，我们身体中日夜昏睡的某个部分却苏醒过来了。假如我们不是被自己的天赋唤醒，而是被仆从用手推醒，不是被内心新获得的力量和渴望唤醒，伴随的不是工厂的铃声，而是天国的悠扬音乐，以及扑鼻的芳香——假如我们醒来时没有比睡着时上升到一个更高的生活境界，那么这样的一天，如果可以称作一天的话，就没有什么可期待的；这样一来，黑暗就结出了果实，证明自己是有益的，可以与光明相媲美。一个人如果不相信每天都有一个更早、更神圣的、未被他亵渎过的黎明，那他就对生活绝望了，走上一条堕落的、黑暗的道路。感官生活部分地中断了一阵之后，人的灵魂，或者确切地说，灵魂的器官，每天都给注入了新的活力，他的天赋又再次尝试能创造出什么样的高尚生活。我应

1 成汤王，中国商朝（公元前1766—1122）的奠基者，引文见于孔子的《大学·曾传》。

该说，一切难忘的事件都发生在清晨时分和清晨的氛围里。《吠陀经》[1]说："一切灵性都随着清晨苏醒。"诗歌和艺术，人类最美好、最难忘的行为，都始于这样一个时刻。所有的诗人和英雄，例如门农[2]，都是奥罗拉的孩子，在日出时分奏出他们的音乐。对于思维敏捷、精力充沛、与太阳同步的人来说，白天就是永恒的清晨。时钟如何报时，别人怎么看、怎么干，都无关紧要。清晨是我醒来的时刻，我有了一个内在的起点。精神上的改造就是要力图驱散睡意。假如人们不是总在昏昏欲睡的话，那为什么又会把他们的白昼作出那么蹩脚的描述？他们并不是如此蹩脚的计算者。他们若不是给搞得昏昏沉沉的话，本来是可以有所作为的。数以百万计的人清醒得足以从事体力劳动；但一百万人中只有一人清醒到足以从事有效的脑力活动，而在一亿人中只有一人清醒到足以过上一种富有诗意的或神圣的生活。清醒即是活着。我还从未遇见一个十分清醒的人。我又怎么能直视他的面孔呢？

我们必须学会再次觉醒，并保持清醒，不是借助机械的功能，而是对黎明寄予无穷尽的期望，这种期望在我们睡得最熟的时候也没抛弃我们。人类毫无疑问有能力依靠自觉的努力来提升自己的生活，我不知道还有什么比这更鼓舞人心的事实。能画一幅独特的画，或雕刻一座塑像，从而产生几件绝美的物品，那是非同寻常的事；但更为荣耀得多的，则是雕出和画出我们所洞察的那种氛围和媒介，

1 《吠陀经》，印度教的经典文献。

2 门农，希腊神话中埃塞俄比亚人之王，在特洛伊战争中为阿喀流斯所杀，主神宙斯赐予永生。

这是我们确实做得到的。能影响时代特征的艺术，才是最高境界的艺术。每个人都有责任使自己的生活，甚至在其细节上，都能经得起最崇高、最关键时刻的审视。假若我们拒绝，或者确切地说，耗尽了我们所获得的那点微不足道的信息，那么神谕就会清晰地告诉我们如何做到这一点。

我之所以到树林里，乃是因为我想从容不迫地生活，只是面对生活的基本要素，看看我是否能学到生活要教给我的东西，而不要等到我临终的时候，却发现自己没有生活过。我不想过那种不是生活的生活，生活是那样珍贵；我也不想听天由命，除非那是完全必要的。我要深入地生活，把生活的一切精髓都吸出来，要顽强地生活，像斯巴达人一样，铲除一切非生活的东西，大刀阔斧，披荆斩棘，把生活驱逐到角落里，把生活条件降低到最低限度，如果生活证明是卑微的，那就将其全部的、真正的卑微都挖出来，将之公之于世；而如果生活是崇高的，那就通过亲历加以体验，并且在下一次远足时能作出真实的描述。因为在我看来，大多数人都奇怪地搞不清楚什么是生活，不管那是魔鬼的生活还是上帝的生活，而且他们有点匆忙地下结论说，这里的人们的主要目的，是“赞美上帝，永远享受他的赐福”。

我们仍然卑微地生活着，像蚂蚁一样；尽管神话里说，我们很久以前就变成了人[1]；我们像小矮人一样与鹤作战[2]；这是错上加错，补丁

1　希腊神话中说，有一王国闹瘟疫，主神宙斯将蚂蚁变成人，为该国补进新的人口。

2　在《伊利亚特》中，特洛伊人被比作与小矮人作战的鹤。

襤补丁，我们最美好的品德却因此招来大可不必的、本可避免的不幸。我们的生命耗费在琐事上。一个老实人只需数数他的十个手指头，在极端情况下，可以加上十个脚趾，其余的全可归并在一起。要简单，简单，再简单！我说，把你的事情简化成两三件，而不是上百、上千件；不是上百万，而是按半打计算，把账目记在你的拇指甲上。在文明生活这个波涛汹涌的大海中，要考虑到那么多的乌云、风暴、流沙和不计其数的变故，一个人如果不想船只失事，沉入海底而无法入港的话，那就要靠准确的航位推测[1]，获得成功的人必定是个了不起的计算家。要简化，再简化。如有必要，每天只吃一餐，而不是三餐；只吃五个菜，而不是一百个菜；并且相应地减少别的食品。我们的生活就像日耳曼邦联[2]，由一些小国组成，其疆界总是变幻不定，因而即便德国人也说不清在某一特定时刻是如何划界的。这个国家尽管有众多所谓的内在的改善，可是要顺便说一句，这些改善只是虚有其表、装潢门面，那仅仅是一个庞大臃肿、运作不便的机构，里面塞满家具，一片狼藉，到处磕磕绊绊，由于奢靡和恣意挥霍，加之缺乏深谋远虑和明确的目标，一切都毁之殆尽，就像这个国家的上百万家庭一样；要医治这个国家，就像医治众多家庭一样，唯一的办法就是厉行节约，过一种严格的、比斯巴达人有过之无不及的简朴生活，并且拥有同样非凡的崇高目标。如今的生活太放荡了。人们认为，国家必须振兴商业，出口冰块，用电报进行交谈，乘坐每小时要行三十英里的

1 航位推测，系指通过计算船只的航向和行程，而不是通过观察太阳和星星，来估计船只的位置。

2 日耳曼邦联，德国在一八七一年统一之前，由一些大公国和小王国拼凑而成。

交通工具，不管他们是否真有这些需要；不过我们究竟应该像狒狒一样生活，还是像人一样生活，却有点捉摸不定。如果我们没有生产枕木，没有锻造出铁轨，没有日日夜夜投身于这项工作，而只是对我们的生活修修补补，以这样的方式改善我们的生活，那谁会去建造铁路呢？若是铁路没有修建出来，我们又怎么能及早地到达天国呢？但假若我们待在家里，只管自己的事，那又有谁会需要铁路呢？不是我们乘坐铁路旅行，而是铁路乘坐我们。你可曾想过，铺在铁路下面的那些枕木是什么？每一根枕木都是一个人，一个爱尔兰人，或一个美国人。铁轨就铺在他们身上，他们身上又盖上了沙子，火车车厢就从他们上面平稳地驶过。我敢保证，它们是睡得沉、铺得稳的枕木[1]。每过几年，又有一块新地段建好了铁路，又有火车行驶过去；这样一来，如果有些人有幸乘车奔驰在铁路上，那就会有另一些人倒霉地被辗压过去。如果他们碾压的是一个梦游的人，是一根错了位的多余的枕木，并把他惊醒时，他们就会突然刹车，大喊大叫，好像那是一次例外。我高兴地获悉，每隔五英里就需要一帮人，使枕木平平稳稳得像是卧在路基上，因为这意味着，枕木有时可能从路基上爬起来。

我们为什么会如此匆忙地生活，如此耗费生命？我们在没有感到饥饿之前，就下定决心要挨饿。人们说，一针及时，可省九针，因此他们今天缝上千针，免得明天缝九针。至于工作，我们并没有

1 睡得沉、铺得稳的枕木：原文 sound sleepers 是个双关语，兼有“稳当的枕木”和“酣睡者”两层意思。

什么重要的工作。我们患有圣维特斯舞蹈症[1]，无法使头部静止不动。假若我只拉几下教区的钟绳，比如说只是报个火警，也就是说，没有猛力把钟拉成口朝天，那么在康科德教区农场上干活的人，尽管早上还多次借口说农活如何要紧，却全都会放下手里的活，朝钟声跑去，我几乎可以说，孩子女人都会往那里跑，主要不是从火中抢救财物，如果我们承认事实的话，大家更是要去看火怎么燃烧，因为火是一定会燃烧的，而且事情明摆着，又不是我们放的火——不然就是去看着火被扑灭，如果是举手之劳的话，也可助上一臂之力；是的，即便着火的是教区教堂本身。一个人饭后睡了半个小时，醒来后便抬起头来问："有什么新闻？"好像世界上其余的人都在为他放哨。有些人指示别人每隔半小时叫醒他一次，无疑没有别的意图；然后，为了回报，他们就讲述自己做了什么梦。睡了一夜之后，新闻就像早饭一样不可或缺。"请告诉我在这个世界上的任何地方什么人所发生的任何新鲜事。"他一边喝咖啡，吃面包卷，一边从报纸上读到：当天早晨在瓦奇托河[2]上，有一个人给挖掉了眼睛；而他做梦也没想到，他就生活在这个世界深不可测的大黑洞里，其本人的视觉器官早已退化。

就我而言，没有邮局我也能从容地对付下去。我认为，很少有什么重要信息是通过邮局来沟通的。不客气地说，我一生中只收到过一两封对得起那邮资的信——我几年前就写过这么一句话。一便

1　圣维特斯舞蹈症，多见于儿童的一种疾病，症状为面部和身体突然出现轻微的失控性痉挛。

2　瓦奇托河，流经阿肯色州和路易斯安那州的河流。

士邮政[1]通常是这样一种制度，你一本正经地付给一个人一便士，来换取他的思想，而那人往往以开玩笑的方式，稳妥地把他的思想提供给你。我敢担保，我从未在报纸上读到任何值得关注的新闻。如果我们读到一个人被抢劫，或被谋杀，或因事故丧命，或房屋被烧，或船只失事，或蒸汽船被炸，或牛在西部铁路被撞死，或疯狗被打死，或冬天冒出一大群蝗虫——我们大可不必再读别的新闻了。一条足矣。你若是熟悉了这一套故伎，又何必在意那不计其数的实例和运用呢？在哲人看来，所谓的新闻，全都是流言蜚语，而新闻的编辑和读者则是些喝茶的老太婆。然而对这流言蜚语趋之若鹜的又并非少数人。我听说，几天前有一大群人冲进一家报馆，想了解最新的国际新闻，结果报馆的几大块平板玻璃都给挤碎了——而那新闻，我倒正经八百地认为，但凡头脑灵敏的人，谁都能在十二个月或十二年前相当准确地写出来。比如说西班牙，如果你能时不时地按恰当的比例，把唐卡洛斯和公主，以及唐佩德罗、塞威尔和格拉纳达[2]抛出来——自从我读报以来，他们可能把这些名字稍许作了改动——并在没有别的娱乐活动可写时奉献出一场斗牛，这就会成为不折不扣的新闻，就像报纸上以此为题的最简明的报道一样，让我们很好地了解西班牙的确切状况和衰败势态。至于英国，一六四九

1 一便士邮政，英国在一八四零年所定的邮政制度，无论邮件路程远近均收一便士邮资。

2 梭罗在此所列举的人物，涉及的都是十九世纪三四十年代西班牙和葡萄牙的权力之争。西班牙的斐迪南七世与其弟唐卡洛斯进行王位争斗，结果是斐迪南的女儿、十三岁的公主捷足先登，成为伊莎贝尔女王二世；唐佩德罗系巴西国王，其女儿当上了葡萄牙王后。

年的革命[1]几乎就是来自该国的最后一条重要新闻；如果你已经知晓了英国历年的谷物平均产量，那你可就再也不需去关心这件事了，除非你所从事的是纯属与金钱相关的投机买卖。假如一个很少看报的人可以作出判断，那么国外就从来没有什么新闻，就连法国革命也不算新闻。

什么新闻！懂得什么是从不过时的事情，这要重要得多！“（卫国大夫）蘧伯玉使人于孔子。孔子与之坐而问焉。曰：夫子何为？对曰：夫子欲寡其过而未能也。使者出。子曰：使乎！使乎！”[2]周末本是农夫的休息日，他们已昏昏欲睡——因为星期日顺理成章地成为虚度了一周的结束，而不是新的一周充满活力的良好开端——牧师不应该用另一套又长又臭的布道，来骚扰他们的耳朵，而应该用雷鸣般的声音喊道：“停下来！停住！为什么看似走得很快，但却慢得要命？”

假象和错觉被奉为最可靠的真理，而现实却令人难以置信。假如人们一味地坚持观察现实，不让自己受到蛊惑，那么把生活与我们知道的事情相比较，生活就会像童话和《一千零一夜》的故事。假如我们只重视不可避免的、有权存在的事物，那么音乐和诗歌就会沿街回荡起来。当我们从容不迫而又聪颖明智的时候，就能领悟到，只有那些伟大而又有价值的东西，才会永久而确凿地存在下去，委琐的恐惧和委琐的喜悦只不过是现实的幻影。这总是令人振奋、令人崇敬。人们闭上眼睛睡觉，听任假象欺骗，从而到处确立并巩

1 一六四九年，英国清教徒联邦临时取代了英国王室。

2 《论语·宪问篇》第十四。

固了他们的日常生活习惯，而这生活习惯仍然建立在纯粹虚幻的基础上。儿童拿生活当儿戏，能比成年人更清晰地辨明生活的真正法则和关系，而成年人明明过不上有意义的生活，却自以为凭借经验而更加聪明，换句话说，凭借失败而更加聪明。我在一本印度书中读到："从前有个王子，幼儿时被放逐出故都，由一位山林居民收养，就在这种状况下长大成人，于是便以为自己属于他与之生活在一起的那个野蛮种族。他父亲的一位大臣发现了他，向他揭示了他的身世，有关他身份的误解消除了，他知道自己是个王子。因而，"印度哲人继续说道，"灵魂从它所处的环境出发，看错了自己的身份，直至圣哲向它披露了真相，它才知道自己原来是梵[1]。"我领悟到，我们这些新英格兰的居民之所以过着这种简陋的生活，是因为我们的眼力看不透事物的表面。我们以为，表象就是本质。如果一个人从这镇里走过，并且只看到现实的话，那你认为"磨坊大坝"[2]通向哪里呢？假若让他给我们讲述他在那里看到的现实的话，我们还真认不出他所描述的那个地方。你若是看到一座礼拜堂，或一个法院，或一座监狱，或一家商店，或一幢住宅，并在眼睁睁地盯着它时，能说出那究竟是什么地方，那它们在你的描述中全都会分崩离析。人们认为真理非常遥远，在宇宙的边缘，最远的星星背后，在亚当之前和最后一个人之后。在永恒之中，确实存在着真实而崇高的东西。但这些时间、地点和场合全都在此时此地。上帝本身此时此刻已是至高无上，决不会随着时代的流逝而变得更加神圣。我们只有永远沉浸和沐浴在

1 梵，印度教主神之一，为创造之神，亦指众生之本。

2 "磨坊大坝"，康科德的主要商业街，街上商店密布。

周围的现实之中，才能领会什么是崇高和高贵。天地万物经常顺从地对我们的观念作出回应；不管我们走得快还是走得慢，总是为我们铺好了路。那就让我们倾注毕生精力去感悟吧。诗人或艺术家还从未有过如此美好而高贵的构想，不过在子孙后代中，至少有人能够完成此举。

让我们像大自然那样从容不迫地度过一天，不要一有坚果壳和蚊子翅膀落在铁轨上，就给甩出了轨道。我们早早起床吧，早饭可吃可不吃，心平气和，无忧无虑；任友人来去，任钟声响起，任孩子哭泣——下决心过好这一天。我们为什么要屈服，要随波逐流呢？我们不要在位于子午线浅水区，那所谓正餐的可怕急流和漩涡中被打翻、被吞没。你要是经受住这场艰险，可就平安无事了，因为剩下的都是下坡路。带着紧绷的神经，带着清晨的活力，像尤利西斯[1]一样把自己绑在桅杆上，眼望着另一方向，打旁边绕过去。如果发动机发出吼叫，那就让它吼叫下去，直至落得声嘶力竭。如果钟声敲响，我们为什么要跑呢？我们要考虑，它像哪一种音乐。让我们定下心来干活，把双脚踏进观念、偏见、传统、幻觉和表象的泥沼之中，踏进那个覆盖着地球的淤积层，穿过巴黎和伦敦，穿过纽约、波士顿和康科德，穿过教会和政府，穿过诗歌、哲学和宗教的沙洲，直至我们踩到一片可以称作现实的坚硬地面和岩石上，于是便说：这就对了，没错；由于有了一个 *point d'appui*[2]，又开始在山洪、霜冻和

---

1 在荷马史诗《奥德赛》中，尤利西斯把自己绑在桅杆上，以便既可倾听女海妖塞壬的优美歌声，又不至于因受其诱惑而丧命。

2 法语：支点。

烈火下面，建造一堵墙或一个国家，或者牢靠地立起一根路灯柱，或者也许安装一个测量仪,不过不是水位测量仪,而是“现实测量仪”，这就能使将来各个时代都能认识到，假象和表象的洪水时常积累得有多深。如果你恰好面对一个事实，你会看到太阳从两个表面同时发光，好像一把曲剑，并且感受到它的甜蜜利刃穿过心脏和骨髓把你劈开，这样你就可以愉快地结束你的凡人生涯。不管生死，我们只追求现实。如果我们当真要死去，就让我们听到喉咙里发出的格格声，四肢感到冰凉；如果我们还活着，就让我们去干自己的事。

时光只是供我垂钓的溪流。我饮用溪水；但我饮水时看见了沙床，发现溪流有多浅。它的涓涓细流徐徐流去，但却留下了永恒。我要饮更深处的水；要在天穹钓鱼，天底点缀着鹅卵石般的星星。我一个也数不出来。我不认识字母表中的第一个字母。我始终为之感到遗憾，我还不如我出生那天来得聪明。智力是一把切肉刀；它发现并切入事物的奥秘。我不想让我的手忙于没有必要的事情。我的脑袋就是双手和双脚。我感到我最好的功能都集中在头脑中。我的本能告诉我，我的脑袋是一个掘洞的器官，就像有些生物使用它们的前吻和前爪那样，我想用我的脑袋在山中挖掘开矿。我想最丰富的矿脉就在这附近；因此，我就借助占卜杖[1]和升腾的薄雾来判断；我要在这里采矿了。

1 占卜杖，一种叉形杖，据称可以用来探寻矿脉或水源。

九、湖泊

有时，我对人际交往和闲言碎语感到厌烦，对村里的所有朋友感到厌倦，于是便出去逛游，向我住处的更西边走去，进入镇上人们更少涉足的地方，到达“清新的树林和新的牧场”[1]，或在夕阳西下时，在费尔黑文山采摘黑果和蓝浆果做晚餐，还储存了可供几天的食用量。这些果实，购买它们的人是品尝不到它们的真实滋味的，为上市而种植它们的人也品尝不到。只有一种方式可以获得这种口味，然而很少有人采用这种方式。如果你想知道黑果的口味，那就去问问牧童或鹧鸪。本来从未采摘过黑果，却自以为品尝过黑果，这岂不是无稽之谈。黑果从未到过波士顿；那里的人们还不知道黑果为何物，因为黑果长在波士顿的三座山上。在拉往市场的车上，果实上的粉霜给蹭得精光，其芳香和精华也随之丧失殆尽，而仅仅成了寻常的果腹之物。只要还有永恒的正义，这些纯真的黑果休想有一只能从乡村的山野运送到那里。

我一天的锄草活干完之后，偶尔会跟一个没耐性的伙伴凑到一

1　引自弥尔顿《利西达斯》一诗的最后一行。

起，他从早上起就一直在湖上钓鱼，恰似一只鸭子，或一片漂浮的叶子，一声不响，一动不动，尝试了各种哲学之后，通常在我到来之前便已得出结论，认为自己属于古老的无欲教派，或称“无鱼”派[1]。有一位老者，是一个捕鱼能手，还擅长各种木工活，兴高采烈地把我的小屋视作为方便渔人而建；而他坐在我门口打理钓线时，我也同样感到高兴。偶尔我们会一起在湖上泛舟，他坐在船的一头，我坐在另一头；不过我们之间言语不多，因为他上年纪后耳朵不太灵，但他偶尔会哼起一首圣歌，跟我的人生哲学颇为融洽。因此，我们之间的交流纯属一种天衣无缝的融洽，比起用言语进行的沟通来，回味起来心里越发愉悦。我一般是无人可以交流的，在这种情况下，我往往会用船桨敲击船舷激起回声，那回声在四周的林中回旋扩散，就像动物园的管理员激发野兽一样，我也把周围的树林给唤醒了，终于让每个林木葱郁的溪谷和山坡发出了咆哮。

在温暖的傍晚，我时常坐在船上吹笛，看见鲈鱼似乎被我的笛声陶醉，在我身边游来游去，月亮则在棱纹状的湖底晃动，那里还散落着森林的碎木断片。以前，在漆黑的夏夜，我时常会携伴到这湖畔探险，在水边生起一堆火，心想把鱼吸引过来，然后在钓线上穿上一串蚯蚓，捕到一条条鳕鱼，捕完后已是深夜，我们把燃烧着的木头高高地抛向天空，犹如火箭一般，落进湖里发出嘶嘶响声，随之熄灭，顿时我们又在一团漆黑中摸索。我们吹着口哨，穿过黑暗，又回到了尘世间。而如今我已在湖边安好了家。

---

1 原文为 Coenobites，意为无欲教派，因为与 See no bites（没见鱼上钩）发音相近，故有“无欲”和“无鱼”双关意思。

有时我在村里人家的客厅里待到主人家都就寝了，这才回到树林里，在一定程度上为了打点第二天的午饭，我便在午夜花上几个小时，乘坐小船在月光下钓鱼，猫头鹰和狐狸为我唱着小夜曲，不时还听见一只不知名的鸟儿在附近吱吱啼叫。对我来说，这是一些难以忘怀而又弥足珍贵的经历——在水深四十英尺处抛锚，离岸二三十杆远，四周间或有数以千计的小鲈鱼和小银鱼在环游，月光下鱼尾在水面搅起点点涟漪，我用一根长亚麻绳与四十英尺水下神秘的夜间游鱼进行交流；有时小船在柔和的夜风中轻荡，拖着一条六十英尺长的钓线在湖上漂流，钓线会不时微微颤动，表明有生命在围着钓线的末端徘徊，呆头呆脑，犹豫不定，迟迟拿不定主意。最后，你两手交替着缓慢地拉起钓线，把一条长角的鳕鱼拽到了空中，一边吱吱直叫，一边扭动身子。当你的思绪驰骋于其他行星那浩瀚的天体演化问题时，却感到了钓线上这轻微的拉动，打断了你的幻想，将你与大自然再度联系起来，这是非常奇特的，在漆黑的夜晚尤其如此。看来下一步我既可以把钓线向上抛到空中，也可以将其向下扔进并不比空气稠密的水中。因此，我可谓是一钩双鱼呀。

瓦尔登湖的风景，就规模而言并不起眼，虽然煞是绮丽，但却算不上壮丽，不常来往或不住湖边的人对它未必会产生多大兴趣；然而这个湖泊异常深邃，异常清澈，值得细加描绘。它犹如一泓澄清碧绿的池子，半英里长，周长一又四分之三英里，面积约六十一英亩半；又如一眼常年不枯的清泉，掩映于松树和橡树林中，除了云雾和蒸发之外，看不到任何入水口或出水口。四周的山峰从水边突兀升起，高达四十至八十英尺，但在东南和东边，则分别达到一百英尺和一百五十英尺，离湖边分别为四分之一和三分之一英里。山上全是林地。康科德的水至少有两种颜色；远看是一种颜色，近看是另一种颜色，而且更显其本色。前一种颜色主要取决于光线，随天色而变化。夏季天气晴朗时，水在稍远处显得一片蔚蓝，波澜荡漾时尤其如此，而从更远处看，则全都浑然一色。在暴风雨天气，水有时呈现暗蓝灰色。不过，据说海水一天是蓝的，另一天是绿的，而却察觉不到天气出现什么变化。我曾目睹过这里的河流，在大地银装素裹的时候，水和冰都几乎像青草一样翠绿。有人认为，蓝色乃是“纯净水的颜色，不管那水是液态还是固态”[1]。但是，从船上直视下面的水时，那水则呈现出大为不同的颜色。即便从同一角度来看，瓦尔登湖也时而是蓝色的，时而是绿色的。由于居于天地之间，因而兼有二者之色。从山顶望去，它映出天空的颜色；但在近旁，在能见到沙底的湖岸附近，湖水却是淡黄色的，然后是淡绿色，渐远渐深，到了湖的主体部位融入了清一色的墨绿。在某种光线下，甚至从山顶望去，湖边的水也呈现鲜绿色。有人将之归因于青翠草木的反射；但是在背对着铁路沙坝的地方，湖水同样是绿色的，而春天树木尚未绽开叶子之时，情况也是如此，这可能只是无处不见的蓝色与沙滩的黄色混合而成的结果。这就是它的彩虹色。到了春天，也正是在这个地方，湖底反射的太阳光热和通过大地传输的热量，使冰块升温并首先融化，在仍然冰冻的湖心周围形成一条狭窄的水道。像当地的其他水域一样，每逢天清气朗，波澜激荡之际，水面恰好

---

1 引自苏格兰物理学家詹姆斯·D·福布斯对阿尔卑斯山冰川颜色的描绘。

能成直角地把天空反射出来，或者由于有更多的光与之相混合，因而往稍远一点距离望去，那水比天空本身还要深蓝；这时泛舟湖上，眼往不同角度望去，借以观察水中倒影，我捕捉到一种无与伦比而又无法描绘的淡蓝色，宛如波纹绸或闪光绸及剑锋一般，比天空本身还要蔚蓝，与浪峰另一面的原始墨绿交相变幻，相形之下，这原始墨绿只显得有些浑浊。我记得那是一种玻璃状的、偏绿的蓝色，就像太阳落山之前，透过西天的云景所看见的一片片的冬日的天空。然而，把一玻璃杯的湖水拿到亮处看，就跟一杯空气一样没有颜色。众所周知，一大块玻璃就会呈现出绿色，据制造玻璃的人说，那是由于“体积”的缘故，故而小块的玻璃则没有颜色。瓦尔登湖需要多大体量的水才能呈现出绿色，我可从未验证过。我们这条河的水若是直往下看去，那就是黑色或深棕色，而且像大多数湖水一样，给水中的浴者身上抹上淡淡的黄色；但这瓦尔登湖的水却像水晶一样纯净，给浴者的身体敷上一层雪花石膏般的白色，更为奇特的是，随着四肢在水中被放大、扭曲，产生了一种怪异的效果，成为类似于研究米开朗基罗作品那样的绝佳研究对象[1]。

湖水清澈透明，二十五或三十英尺深的湖底历历在目。泛舟湖上，可在湖面几英尺之下，见到成群的鲈鱼和银鱼，每只或许只有一英寸长，不过只要看见身上的横向条纹，便可知道那是鲈鱼，而且你会觉得它们在那里求生，一定是过着清苦生活的水族。有一次，那是多年前的一个冬日，为了捕捞狗鱼，我在冰上凿洞，上岸后又把

1 米开朗基罗·博纳罗蒂（1475—1564），意大利文艺复兴时期雕刻家、画家、建筑师和诗人，以巨大的、肌肉发达的雕像而著称于世。

斧子扔回冰面，好像鬼使神差似的，斧子滑行了四五杆远，直溜溜地掉进了一个冰洞里，那里的水有二十五英尺深。出于好奇，我趴在冰上往洞里张望，终于见到斧子稍微偏向一侧，头朝下立着，斧柄笔直，随着湖水的脉搏轻轻地晃动；倘若我不去打捞的话，它就会一直竖在那里摇晃，直至斧柄最终烂掉为止。我用带来的一把冰凿，在斧子正上方又凿了一个洞，并用刀子砍下了在附近所能找到的最长的桦木条，又打了一个活结套，系在树条的一端，然后小心翼翼地放下去，套进了斧柄上的节瘤，随即拉动桦木条上的绳子，终于把斧子又捞上来了。

湖岸除了一两处短短的沙滩，其他地方都由光滑的白色鹅卵石构成，就像铺路石一样。岸边十分陡峭，许多地方只要纵身一跳，便可投入没顶的水中；若不是湖水异常清澈，那就休想看见湖底，除非在对岸湖底慢慢升上来。有人认为这湖没底。湖中绝无浑浊之处，漫不经心的观察者会说水中丝毫没有杂草；至于显而易见的植物，只有新近被淹没的小块草滩上才有，而这些草地原本算不得湖中植物，除此之外，你再怎么仔细搜寻，也发现不了一棵鸢尾，一根灯心草，甚至见不到一株百合，不管是黄百合还是白百合，而只能看到几棵小小的鱼腥草和眼子菜，也许还能发现一两棵莼菜；不过所有这些水草，在湖中沐浴的人可能全都察觉不到；这些水草明明净净，如同它们置身其中的湖水一样。岸边的石头向水里延伸了一两杆，然后湖底便全是纯净的细沙，只不过最深的地方通常有一点沉积物，或许是经历了多少个秋天之后，飘来的落叶腐烂而成的；即便在仲冬时节，起锚的时候，也能带出鲜绿的水草来。

在西边大约两英里半的九英亩角，还有一个跟瓦尔登湖极为相像的白湖;不过，尽管我对方圆十二英里之内的大多数湖泊都很熟悉，我却不知道还有第三个湖能如此纯净清澈、深幽似井。也许先后有许多民族饮用过它，赞赏过它，测量过它，然后离去，而这湖水依旧翠色不减，清澈如初。这可不是一个间歇泉！也许就在亚当和夏娃被逐出伊甸园的那个春晨，瓦尔登湖就已经存在，甚至就在那时，霏霏春雨伴着薄雾和南风，湖面上泛起粼粼碧波，野鸭和天鹅不计其数，它们可没听说过亚当和夏娃的堕落，对它们来说，能有这般清澈的湖泊已经足矣。即便在那时，湖水已开始涨落，澄清了水质，着上了现在的色彩，获得了天国的特许，成为世间独一无二的瓦尔登湖，成为天国甘露的蒸馏器。又有谁知道，在多少个被忘却的民族的文献中，这个湖就是卡斯塔利亚泉[1]？在古代神话的黄金时代，又有哪些居于山林水泽的仙女君临此湖？这是康科德的王冠上的最璀璨的明珠。

也许最早来到这湖边的人已经留下了某些足迹。我惊讶地发现，甚至在湖边一片密林刚被砍伐掉的地方，环湖有一条窄窄的像架子式的小道，在陡峭的山腰上蜿蜒盘旋，时而攀升，时而下降，忽而靠近水边，忽而又要离开，大概跟这里的人类种族一样悠久，那是最早的猎人踏出来的足迹，如今的居民还时常不知不觉地打上面行走。冬天，刚下过一场小雪，人站在湖中央看得格外分明，只见一条清晰的白线在眼前绵延起伏，没有被杂草和树枝所遮掩，而且在

1　卡斯塔利亚泉，希腊神话中的诗歌灵感之泉。

许多地方，四分之一英里以外都看得很明显，而在夏天，即便近在咫尺也很难分辨。可以说，是雪把它雕琢成了清晰洁白的隆高浮雕。将来这里有朝一日要建造别墅，但愿庭园的装饰仍能保留这条小路的某些遗迹。

湖水时涨时落，但是有无规律，又在何时涨落，却无人知晓，尽管照例有许多人佯装知晓。通常，冬天的水位高，夏天的水位低，不过跟平常的多雨和干旱并不一致。我还能记得，跟我住在湖畔的时候相比，湖水何时下降了一两英尺，何时又上涨了至少五英尺。有一道狭窄的沙洲通到湖中，沙洲的一侧水很深，大约在一八二四年，在离主岸约莫六杆远的地方，我曾搭手在这儿煨了一锅杂烩，而在近二十五年来，这可是办不到的事了；另一方面，我曾对朋友们说，几年后我会经常在林中一个僻静的小湾里泛舟垂钓，他们听来总是将信将疑，原来那小湾离他们所知道的唯一湖岸有十五杆之遥，早已变成一片草地。不过，湖水已经持续上涨了两年，现在，一八五二年夏天，比我住在那里的时候正好高出了五英尺，也就是说跟三十年前一样高，因而在那块草地上又可以钓鱼了。水位顶多上涨了六七英尺；而从周围山上流下的水又微不足道，因而水位上涨势必跟导致地下泉涌的因素相关。这同年的夏天，湖水又开始回落了。值得注意的是，这一涨一落，不管是否是周期性的，都需要经年累月才能完成。我目睹了一次涨水，两次不完整的回落，因此便料想，十二年或十五年之后，湖水又会回落到我所见过的低点。位于东面一英里处的弗林特湖，考虑到有进水口和出水口所引起的变化，以及一些居间的小湖，其情况与瓦尔登湖相似，近来也涨到了最高水位。

据我的观察，白湖也是如此。

瓦尔登湖间隔很长时间的涨与落，至少有这个好处：湖水在这样的高水位上持续了一年多的时间，虽然让人难以绕湖而行，但自从上次涨水后在湖边冒出的灌木和树木，诸如北美油松、白桦、桤木、白杨等等，这可遭了殃，水退之后，湖岸便一片通畅；因为，跟许多湖泊和每天潮起潮落的各个水域不同，瓦尔登湖在水位最低的时候，湖岸也就最为干净。在我屋旁的湖边，有一排十五英尺高的北美油松，已经被湖水泡死，然后像是被杠杆撬倒了似的，因而也就无法继续扩充地盘了；从树身的尺寸可以看出，自上次水涨到这个高度，那该过了多少个年头。通过这水涨水落，瓦尔登湖也就维护了它对湖岸的拥有权，于是湖岸得到护理，树木也就无法取得占有权。这就是瓦尔登湖的不长胡须的嘴唇。湖水不时地舔舔口颊。每当湖水涨到最高点，桤木、柳树和枫树会滋生出大量坚韧的红色根须，从浸在水中的树干四周，长到离地三四英尺的高度，力图保存自己；我知道湖畔高处的乌饭树平常不结果，可是在这种情况下却果实累累。

湖岸铺砌得如此齐整，有人觉得大惑不解。我的同乡都听说过这样一个传说——年长者告诉我，他们年轻的时候就听说过——古时候，印第安人在这儿的一座山上举行一场帕瓦仪式[1]，瓦尔登湖如今陷入多深的地壳，这座山当年就耸入多高的云天，据传闻，他们说了不少亵渎神明的话，尽管这是印第安人从未犯下的邪恶行为，而就在他们说亵渎话的时候，山摇动起来，突然下陷，只有一个名叫

1 帕瓦仪式，北美印第安人祈求神灵治病或保佑战斗、狩猎等胜利而举行的仪式，通常伴有巫术、盛宴、舞蹈等。

瓦尔登的老妇人得以幸免，这湖就是以她的名字命名的。人们猜测，山摇地动的时候，这些石头从山腰上滚落下来，形成了当前的湖岸。不管怎么说，可以肯定的是，以前这里没有湖，现在却有了一个；这个印第安人的传说，与我提及的那个老移民的说法丝毫也不冲突，他清楚地记得，他手执占卜杖初临此地时，看见从草皮上升起一团薄薄的水汽，而那根榛木占卜杖一个劲儿地向下指着，于是他决定在此挖一眼井。至于那些石块，许多人仍然认为很难用山体摇动石头滚落来解释；不过我注意到，在周围的群山里，这样的石头比比皆是，因此，人们在最靠近湖的铁路两侧不得不把这些石头堆积成墙；再说，在湖岸最陡峭的地方，石头也最多；这样一来，令人遗憾的是，这个传说对我来说也就没有什么神秘可言。我发现了铺石者[1]。如果这个湖的名字不是源自英国的某个地名——比如萨福隆瓦尔登[2]——那么人们或许会认为，它原先被称为**围而得**湖[3]。

这个湖是早已为我挖好的一眼井。一年中有四个月，湖水始终是既纯净又冰凉；我想在镇子里，这水即便不是最好，也绝不比别的水逊色。在冬天，所有露天的水，都比受到遮掩的泉水、井水来得更凉。一八四六年三月六日，从下午五点到次日中午，我一直坐在屋里，由于太阳对屋顶照射的缘故，室温有时升到六十五度或七十度，但置于室内的湖水却只有四十二度，比村里刚打出来的最凉的

---

1 意指冰川运动。

2 伦敦附近的村庄名。

3 英文原为 walled-in pond，一方面发音与“瓦尔登湖”有些相近，另一方面又含有“被墙围起之湖”的意思，为了尽可能一举两得，暂且译作“围而得湖”。

井水还低一度。在同一天，沸泉[1]的温度是四十五度，这是测试过的水中温度最高的，尽管这又是夏天我所了解的最凉的水，因为这时地表的浅水、死水尚未混入其中。另外，瓦尔登湖由于水深的缘故，即便在夏天，也绝不像暴露在阳光之下的其他水域那样温暖。在最热的天气里，我常会把一桶水放在地窖里，到了夜间水会变凉，第二天一直保持凉爽；不过我也会去打一点附近的泉水。过了一个星期，湖水还像刚舀出来的那样清爽，也没有水泵的味道。谁要是夏天在湖边宿营一周，只需把一桶水埋入宿营地阴凉处几英尺深的地方，那就用不着冰块这样的奢侈品了。

我在瓦尔登湖捕捉到狗鱼，有一条重七磅，更不用说另外一条了，它迅猛地带走了钓丝螺旋轮，渔夫因为没有瞧见那条鱼，便保守地估计它有八磅重；我还捕到了鲈鱼和鳕鱼，两种鱼都有一些超过了两磅重；还捉到小银鱼、白鲑或鲮鱼（Leuciscus pulchellus），几条鲂鱼（Pomotis obesus），一条鲑鱼，重达五磅多一点，两条鳗鱼，其中一条重四磅——我之所以写得这么具体，是因为鱼通常全靠重量出名，而且这又是我在本地听说过的仅有的两条鳗鱼；我还隐约记得有一种小鱼，大约五英寸长，两侧呈银色，背部发绿，性似鲮鱼，我之所以在此提及这种鱼，主要是想让我的经历带有几分传奇色彩。然而，瓦尔登湖的渔产并不怎么丰富。狗鱼虽然不太多，却也是它引以为豪的主要产品。有一次我趴在冰面上，看见至少三种不同种类的狗鱼：一种又长又扁，铁灰色，很像从河里捕捞上来的那种；一种是鲜亮的

1 瓦尔登湖附近一眼冒泡的泉水。

金黄色，泛着绿光，深居水下，算是本地最常见的一类；还有一种金黄色的，状似前一类，但两侧布满深棕色或黑色斑点，夹杂着几个模糊的血红色斑点，十分像鳟鱼。其学名 reticulatus[1] 有些名不符实；不如称作 guttatus[2] 为好。这全都是很结实的鱼，看起来不大，分量却很重。银鱼、鳕鱼，还有鲈鱼，其实，栖息在瓦尔登湖里的所有的鱼，都比河里和大多数湖里的鱼要干净得多，漂亮得多，肉也结实得多，由于这里的水更纯净，各种鱼类也就很容易辨认。很多鱼类专家或许能从中培养出一些新品种来。这里还有纯种的青蛙和乌龟，也有少数的贻贝；麝鼠和水貂在湖里留下了它们的踪迹，偶尔还会有一只泥龟漫游到这里。有时，我早晨把船推离湖岸时，就会惊动夜间藏匿在船底下的一只大泥龟。春秋两季，野鸭和大雁经常来到瓦尔登，白腹燕子（Hirundo bicolor）从湖面飞速掠过，而斑鹬整个夏天都在石头岸边“逛荡”。我有时惊扰了栖息在湖水上方白松上的一只鱼鹰；我看这里未必像费尔黑文湾[3] 那样受到海鸥翅膀的亵渎。充其量，它只容许每年仅来一次的潜鸟。瓦尔登湖如今的重要常客全在这里了。

在风平浪静的天气，你可以在水深八到十英尺的东边沙岸附近，以及湖的其他一些地方，从船上看见一些直径六英尺、高一英尺的圆形石堆，由不及鸡蛋大的小石子垒成，周围全是黄沙。起初你会纳闷，莫非是印第安人出于什么目的，在冰上垒起了这堆石头，等冰一融化，就沉到了湖底；但石头垒得太规整了，而且有一些显然刚

1　拉丁文：网纹。

2　拉丁文：斑纹。

3　费尔黑文湾，萨德伯里河上的一个水湾，离瓦尔登湖大约一英里。

垒成不久，因此不大可能是这么回事。河里也发现了类似的石堆；但是这里既没有胭脂鱼，又没有七鳃鳗[1]，我也就不知道这些石堆能是什么鱼儿筑成的。或许它们是白鲑的洞穴。这些石堆为湖底平添了一种令人惬意的神秘感。

湖岸错落有致，毫无单调之感。在我的心目中，西岸是犬牙交错的深水湾，北岸陡峭一些，南岸像美丽的扇贝，一个个岬角互相交叠，说明其间还有未经探索的小湾。湖水边缘群山耸立，从小湖湖心望去，森林的背景格外悦目，风致格外娟好；在此情景下，湖水映照着林木，不仅描绘出了最美的前景，而且由于湖岸蜿蜒迤逦，又勾画出了令人赏心悦目的天然边界。此处的湖岸巧夺天工，完美无瑕，不像斧头劈出之地，也无耕田与之毗连。在水边，树木有充裕的扩展空间，每株树都把最强劲的枝条伸向这个方向。在此，造化编织出了一道自然的织边，举目向上看去，从岸边的矮树丛到最高的树木，层次分明，一览无遗。这里很少见到人工雕琢的痕迹。湖水像千年前那样冲刷着湖岸。

湖是风光中最美丽、最富于表现力的景致。它是大地的眼睛；观光者注视它时，也在衡量他自己天性的深度。湖岸边的水生树木是眼睛边缘的细长睫毛，而四周树木葱茏的群山和悬崖，则是悬垂于其上的眉毛。

九月一个宁静的午后，我站在湖东端平坦的沙滩上，眼见薄雾把对面的湖岸线搞得朦朦胧胧，这才领略了“湖面如镜”这一说法

---

1 胭脂鱼，口呈吸盘状，能用嘴叼起或搬动石头。七腮鳗，形似鳗鱼，能用嘴吸咂鸡蛋大小的石头，将其拢成圆圈。

的由来。你把头倒置过来，湖面就像伸展在山谷间的一条纤细的薄纱带，背衬着远处的松树林闪闪发光，把一层大气与另一层大气分割开来。你会以为你能从湖底下滴水不沾地走到对面山里，还会以为掠过水面的燕子可以在湖面上栖息。其实，它们有时似乎也会误判，潜入这层薄雾底下，然后如梦初醒。你若是从湖上往西望去，你得用双手护住眼睛，遮住直射的太阳和反射的太阳，因为两者同样明亮；如果你在两者之间仔细地审视湖面，那它还真是平滑如镜，除了有些水黾，间隔均等地散布在整个湖中，凭借它们在阳光下的动作，在湖上产生了所能想象的细微踪迹，或者也许有只鸭子在整理身上的羽毛，或者如我所说，有燕子从湖上掠过，以至于触到了水面。远处可能有一条鱼跃出水面，在空中划出一道三四英尺的弧线，出水时一道亮光，入水时又一道亮光；有时整个银弧毕现出来；也许间或会有一根蓟种子冠毛在水面上漂浮，几条鱼朝它疾驰过去，又使水面泛起一片涟漪。这就像玻璃溶液冷却下来，但却没有凝结，内含少许尘埃，既纯净又瑰丽，犹如玻璃中的瑕疵。你经常会发现一片比这更光滑、更幽暗的湖水，仿佛被一个隐形的蜘蛛网与别处隔开了一样，成为水中仙女在湖上休息的水栅。从山顶上，你几乎可以看见到处有鱼在跳跃；因为不管狗鱼还是银鱼，只要在光滑的水面捕食昆虫，势必打破整个湖的宁静。这么简单的一件事，却要如此大肆渲染，真令人惊奇——这桩鱼类谋杀案终将暴露出来——我从高处遥望湖面，能看出直径达六杆的环形波纹。你甚至能看见一只水蝽（Gyrinus），在四分之一英里以外的光滑水面上不停地向前游动；水蝽在水上划出一道细纹，形成醒目的涟漪，旁边有两条岔开的斜线,但水黾滑行起来却激不起可以察觉的涟漪。水面颇为激荡的时候,湖上既没有水黾,也没有水蝽,可在风平浪静的日子里,它们显然都会离开自己的避风港,贸然从岸边跑出来,一戳一戳地向前滑行,直至滑完全程。在天朗气清的秋日,尽情享受了温馨的阳光之后,坐在高处的树桩上俯瞰着湖面,端详着水上泛起的涟漪,一圈一圈的不断映现在天空和树木的倒影之间,真是一桩令人心旷神怡的事,若是没有这些涟漪的话,那湖面就压根儿看不见。在这片广阔的水面上,不管出现什么骚动,都会很快平息下来,就像摇动一瓶水,颤动的波纹到了岸边之后,就全都复归于平静。湖上但凡有鱼儿跃起,或昆虫跌落,总要显现出环形的波纹、优美的线条,好像是泉水在不断涌出,生命在轻微悸动,胸脯在上下起伏。喜悦的颤动和痛苦的颤动是无法区分的。湖的景致何其静谧!人们干起活来又像春天一样出彩。啊,每片树叶、每根嫩枝、每块石头、每张蛛网,在这午后都会光彩熠熠,就像覆盖着春晨里晶莹的露珠。船桨或昆虫的每一个动作,都会引起一道闪光;而船桨若是落水,那回声多么悦耳啊!

九、十月间,在这样的一天,瓦尔登湖是一面完美的林中明镜,四周用石头镶边,在我看来,那些石头像是些稀世珍宝。也许没有什么能像平卧在地球表面的湖泊那样美丽,那样纯洁,同时又那样气派。天国之水。不需要栅栏。一个个部落来了又去,而没有给它带来污染。它是一面石头砸不碎的镜子,镜上的水银永远不会脱落,造物在不停地修补它上面的镀金;任何风暴或尘埃,都不能使它那常新的镜面黯淡无光;这面镜子不管沾上什么杂质,都会被太阳那把朦胧的刷子清除得无影无踪——这就是光的拭尘布——即使往上面哈气也不留痕迹，而只会把自己的气送上云霄，变成云彩在高空漂浮，又反射在自己的怀中。

一泓水能展露出天上的精灵。它不断接受来自天上的新生命和新动态。就其本性而言，它介乎于天地之间。在地上，只有草木能摇摆起伏，但是水却被风吹起了涟漪。从一道道、一片片的光影中，我能看见微风从湖上掠过。奇妙的是我们可以俯视水面。也许我们最终可以同样俯视空气的表面，并且注意到一个更加神秘莫测的精灵打它上面掠过。

十月下旬，严霜已至，水黾和水蝽终于消失了；这时直至十一月，在风平浪静的日子里，通常没有什么能在水面搅起涟漪。十一月的一天下午，持续几天的暴雨之后，终于平静下来，但天空仍然阴云密布，雾气蒙蒙，我发觉湖水异常平静，因而很难辨认出湖面；不过它反射出的并不是十月的明媚色彩，而是十一月周围山峦的暗淡色调。虽然我尽可能轻缓地荡舟湖上，但是船儿激起的微波却几乎扩展到我的目力所及之处，并使倒影呈现出一条条罗纹。但是，往湖面上望去，只见远处不时有隐约的闪光，仿佛一些逃过了霜冻的水黾聚集在那里，也可能由于湖面过于平滑，把从湖底涌起的泉水显露出来了。我轻轻地将船划到这样一个地方，惊讶地发现周围有不计其数的小鲈鱼，大约五英寸长，碧水映着鲜艳的古铜色，鱼儿在那里嬉戏，不时浮出水面，激起涟漪，有时还留下小水泡。在这清澈透明、看似无底、倒映着云彩的水中，我像是乘坐气球在空中飘浮，而小鲈鱼的游动则让我觉得是在飞行或翱翔，仿佛它们就是一群密集的鸟儿，就从我的左下侧或右下侧飞过，它们的鳍就像风帆一样，在四周挂了起来。湖里有许多这样的鱼群，显然想赶在冬天行将给广阔的天窗拉上冰幕之前，好好享受一下这短暂的季节，有时让湖面看上去像是掠过一缕清风，又好像落下零星几个雨点。当我漫不经心地靠近惊动了它们时，它们会把尾巴突然扑啦一甩，激起一片涟漪，好像有人用毛刷般的树枝击打水面似的，并立即钻进深水里藏起来了。最后起风了，雾越来越浓，波涛开始奔涌，鲈鱼蹿得比先前更高，有半数出了水，上百个三英寸长的黑点，同时出现在水面之上。有一年，甚至到了十二月五日，我看见湖面上有几个涟漪，空气中湿气很重，以为马上要下大雨，便急忙跑去抓起桨，划回家去；雨已似乎在急剧下大，可我并不觉得脸上浇到了雨点，但却预感浑身要给淋个透湿。可是突然间，涟漪消失了，原来涟漪是鲈鱼引起的，我的桨声吓得它们躲进了深水里，我眼见着它们隐隐约约地不见了踪影；因而我终究还是干干爽爽地过了一下午。

有一个老人，将近六十年前常来瓦尔登湖，当时湖边林木茂盛，四周黑黝黝的，他告诉我说，在那些日子里，他有时看见湖上栖满野鸭和其他水禽，周围还有许多老鹰。他是来这里钓鱼的，用的是在岸边找到的一条旧独木舟。独木舟由两根白松原木挖空钉在一起，两端削方做成的。虽然很笨拙，但也用了许多年，后来浸满了水，或许还沉到了湖底。他不知道这独木舟是谁的；它归这湖所有。他经常把一条条的山核桃树皮扎起来，当作锚链来用。有一次，独立战争前住在湖边的一个老陶工跟他说，湖底有一只铁柜，他曾亲眼看见过。有时那柜子会浮上来，漂到岸边；但是你一走近，它就会沉入深水没了踪影。我很高兴听人说起那只旧独木舟，它取代了印第安人取自同样材料、但造得比较精美的一只独木舟，那原先也许是岸边的一棵树，后来似乎倒入湖中，在水里漂浮了二三十年，倒是这湖里再合适不过的小船了。我记得，我第一次往深水里看的时候，依稀见到许多大树干躺在湖底，不是以前被狂风吹倒的，就是上次砍伐后因木料便宜放在冰面上没拉走；但现在大多见不到了。

我第一次泛舟瓦尔登湖时，这里完全被浓密高大的松树和橡树所环抱，在一些小湾里，葡萄藤攀上了湖边的树木，形成了一个个下面可以行船的遮阴棚。构成湖岸的山峦非常陡峭，山上的树木又非常高大，因此，从西岸望下去，宛如一个可供林间演出的圆形剧场。我年轻的时候，曾花费许多时光泛舟湖上，随着和风飘游，秋天一个上午，我把船划到湖心，仰面躺在舱座上，如梦似醒，直至船触沙滩才把我唤醒，于是我站起来，看看命运把我推到哪一片湖岸；在那些日子里，闲散是最具吸引力，也最富有成效的行业。多少个上午让我偷闲混过去了，宁愿以这种方式度过一天中最弥足珍贵的光阴；因为我即便没有多少钱，却有的是明媚的时光和夏日，便大肆加以挥霍；我也不后悔没把更多的时光耗费在作坊或教师的办公桌上。但是，自我离开湖畔之后，伐木工人把那里砍伐得越发荒芜了，今后的多年间，再也不能穿过林中小径漫步了，也不能通过林木间的罅隙窥见湖光水色了。我的缪斯今后若是缄默不语，也是情有可原。鸟儿的树林都被砍伐了，你又怎能期望鸟儿歌唱呢？

如今，湖底的树干，那条旧独木舟，以及周围黑黝黝的树林，都已不复存在，村民们简直不知道湖在何处，也就不到湖里沐浴或饮水，而在考虑把那至少像恒河水一样神圣的湖水，拿管子引到村里来，用来洗碟子！靠拧一下水龙头，或拔去塞子，就能得到瓦尔登湖的湖水！那匹恶魔似的铁马，刺耳的嘶鸣整个镇子都能听到，其铁蹄搅浑了沸泉的湖水，也正是它吞噬了瓦尔登湖岸的所有树林，这就是唯利是图的希腊人所采用的，肚子里藏着上千人的特洛伊木马！这个国家的勇士，穆尔厅的穆尔[1]，现在何处？应该由他在深通道[2]去迎击那庞大的害群之马，把复仇的长矛刺向它的肋间。

然而，在我所熟悉的种种特性中，瓦尔登湖也许最能经久不变，最能保持纯净无瑕。许多人被比作瓦尔登湖，但很少有人当之无愧。尽管伐木人先砍光了这个岸边的树木，接着又砍光了那个岸边的树木，尽管爱尔兰人在湖边建起了猪圈似的住所，铁路也侵入了它的边界，卖冰人还在此凿过一次冰，但是湖本身却未曾改变，依然是我年轻时见过的同样的湖水；变化全在我身上。湖水尽管涟漪不绝，却没留下一条永恒的皱纹。它青春长在，我可驻足观看燕子像往常一样飞落下去，分明从水面叼走一只小虫。今夜，我又突然感到，好像二十多年来我并非几乎天天见到这般情景似的——啊，这就是瓦尔登湖，依然是我多年前所发现的那个林中湖泊；在这里，去年冬天砍伐掉了一片树林，另一片树林又一如既往地在岸边茂然拔地而起；同样的思绪像往昔那样涌出它的水面；对它自己和造物主来说，那是同样欢欣和愉悦的清澈流水，啊，对我来说，也可能同样如此。无疑，此乃勇者之所为，绝无诡诈之嫌！他亲手围起湖水，在心里

1　穆尔厅的穆尔，英国民谣中的屠龙英雄。

2　深通道，瓦尔登湖附近的火车通道。

将之深化、净化，在遗嘱中将之传给康科德。我从其容颜可以看出，湖上反射出来的是同样的倒影；我几乎可以说：瓦尔登湖，是你吗？

装饰一句诗行，
绝非我的梦想；
只有住在瓦尔登湖之滨，
才能离上帝和天堂最近。
我就是它石砌的湖岸，
也是那微风拂过的湖面；
我的手里别无其他，
唯有湖水和细沙，
而它最深幽的胜地，
却高踞在我的心里。

火车从未停下瞧一瞧瓦尔登湖；然而我想，那些火车司机、司炉工和制动手，还有那些持有季票、经常看到瓦尔登湖的乘客，受到了这景色的陶冶。火车司机到了夜间不会忘记，或者说他的天性不会忘记，白天他至少见过一次这宁静而纯洁的景象。尽管只见到一次，可它却有助于洗刷掉国务大街[1]和机车上的煤烟。有人提议，应该把它称为“上帝的水珠”。

我说过，瓦尔登湖没有明显的入水口或出水口，不过它一方面

1　波士顿的金融、商业区。

通过一连串的小湖，与距离较远、地势较高的弗林特湖间接相连，另一方面它又通过类似的一连串小湖，直接而明显地与地势较低的康科德河相连，而在别的地质时代康科德河可能流经那些小湖，只要稍加挖掘，康科德河可能再次流向那里，不过千万别这样。如果说瓦尔登湖就像林中的隐士，长期过着克制而清贫的生活，从而获得了令人惊叹的纯洁，那么，要让弗林特湖不大纯洁的水与瓦尔登湖的水混杂在一起，或者让瓦尔登湖把自己的甘美之水报废在大海的波涛之中，谁能不感到遗憾呢？

林肯的弗林特湖，或称沙湖，是我们这里最大的湖泊和内海，位于瓦尔登湖东边约一英里处。它要大得多，据说有一百九十七英亩，鱼类更丰富；不过湖水较浅，也算不上特别纯净。我经常把穿过树林到那儿散步视为消遣。哪怕只是为了感受清风自由地吹拂你的面颊，观看波涛涌动，回味水手的生活，这工夫花得也值。在秋风吹起的日子，我去那里捡栗子，这时栗子直往水里落，冲到我脚边；一天，我沿着莎草丛生的岸边缓缓走着，刚溅起的浪花打在我脸上，我突然遇见一条船腐烂的残骸，两侧的船舷不见了，看样子只是平船底遗弃在灯心草丛中；但是，从上面的纹路来看，好似一块腐烂的大垫板，清晰地显现出船的轮廓。这像海滩上失事船舶的残骸一样令人触目惊心，也给人带来同样深刻的教训。而今，它仅仅成了腐殖质，与湖岸混为一体，上面长出了灯心草和菖蒲。我经常赞叹湖北端沙底上留下的波痕，由于水的压力的缘故，涉水者脚踩上去觉得非常硬实；还有那些灯心草，它们成单行生长，一道道的波状纹路，与湖底的波痕正相对应，一行接着一行，仿佛是波浪把它们种植出来的。

在那里，我还发现了大量奇特的球形植物，显然是由细草或细草根构成，也许是谷精草，直径从半英寸到四英寸不等，呈完美的球状。它们在沙质湖底的浅水中被冲来冲去，有时被冲到岸边。它们要么是实心的草球，要么中间夹杂少许细沙。起初你会说，它们是波浪冲刷而成的，就像鹅卵石一样；然而，最小的草球只有半英寸大小，也是由同样粗糙的材料构成的，只在一年中的一个季节里产生。此外，对于一种已经成形的物质，波浪与其说是把它建造出来，毋宁说是把它消磨掉。这些草球干了以后，还会无限期地保持原状。

弗林特湖！我们的命名术竟然如此贫乏。那个肮脏愚蠢的农夫，他的农场与这片天水毗连，而他又无情地将这天水的岸边糟蹋成了不毛之地，他有什么权利拿他的名字给这个湖命名？好一个一毛不拔的弗吝特[1]，他更喜欢那明晃晃的银元，或亮晶晶的分币，他可以从中照见他那厚颜无耻的黄脸；他甚至把栖息在湖里的野鸭视为非法侵入者；他的手指由于长期养成了像哈比[2]一样的攫取习惯，而长成了弯曲的硬爪；因此，他给湖起这个名字我可不买账。我去那里并不是要见他，也不是要听到人家说起他；他从没见到这个湖，从没在湖里洗浴过，从没爱过它，从没保护过它，从没赞赏过它，从没感谢上帝创造了它。倒不如把湖取名于湖中的鱼，常到湖上来的飞禽走兽，生长在岸边的野花，或者人生历程与这个湖交织在一起的某个

1　梭罗原打算寄居在弗林特湖畔，但遭到湖主人弗林特的拒绝，因此作者在此有意挖苦他。原文所用的 skin-flint，本是“吝啬鬼，一毛不拔”的意思，其后半截又是“弗林特”的姓，一语双关。

2　哈比，希腊、罗马神话中，一种脸及身躯似女人，而翼、尾、爪似鸟的怪物，性残忍贪婪。

野人或野孩子；而不是用他的名字来命名，他除了某个与他趣味相投的邻人或司法机构给予他的一纸契约之外，没有任何权利拥有这个湖泊——他考虑的只是它的金钱价值；他的出现说不定给整个湖带来了灾难；他耗尽了周围的土地，还恨不得把湖里的水全部淘光；他唯一感到遗憾的是，这不是英国的干草或越橘牧场——在他看来，这的确是无法补救的——假若湖底的淤泥能卖钱，他早就会把湖水排干了。湖水并不能转动他的磨粉机，他也决不会有幸去观赏湖光水色。我并不尊重他的劳动，他的农场上样样东西都有标价，如果他能有利可图的话，他会把风景，把他的上帝，全都带到市场上；事实上他是为了他的上帝而去市场；在他的农场里，没有什么东西是自由生长的，他的地里不长庄稼，他的牧场不开花朵，他的树上不结果实，只结美元；他爱的不是他的果实有多美，在他看来，他的果实只有变成了美元，才能算是成熟。给我贫穷吧，那才能享受真正的财富。在我看来，农夫们越是贫穷，就越是可敬，越是有趣——贫穷的农夫们。模范农场啊！房子像是立在粪堆里的菌类植物，人、马、牛、猪的住处，干净的与龌龊的，全都连成一片！竟是人畜杂居！好大的一个油渍，散发着粪肥和乳酪的浓烈气味！在高度耕耘的状态下，居然把人心和人脑用作肥料！仿佛要在教堂墓地种植土豆一样！好一个模范农场。

不，不；如果最美的自然景观要以人的名字命名，那就只能选择最高尚、最当之无愧的人物。让我们的湖泊得到起码像伊卡洛斯海[1]那

1 伊卡洛斯海，在希腊神话中，伊卡洛斯为逃离克里特岛，插上蜡制翅膀飞近了太阳，结果羽翼融化，坠入爱琴海而死。

样实至名归的名字，在那里，“海岸上依然回响着一次勇敢的尝试。”[1]

面积较小的鹅湖，位于我去弗林特湖的路上；费尔黑文湾是康科德河的延伸，据说约有七十英亩，在西南一英里处；大约四十英亩的白湖，又在费尔黑文那边一英里半的地方。这是我的湖区。这些湖泊，连同康科德河，就成为我可以享用的水上特区；日日夜夜，年复一年，它们碾磨着我带去的谷物。

自从伐木者、铁路和我本人亵渎了瓦尔登湖以来，在我们的诸湖当中，即便算不得最美，或许也是最迷人的，那林中的瑰宝，当属白湖——不知是源自其湖水的异常纯净，还是源自其沙子的颜色，这都是一个因为平淡无奇而起的俗名。然而，不论在这些方面，还是在其他方面，它与瓦尔登湖宛如孪生。它们彼此十分相像，你会认为它们在地下一定相通。白湖有相同的石岸，湖水也有同样的颜色。像瓦尔登湖一样，在闷热的酷暑天里，透过树林俯视一些小湾的时候，可以望见湖水泛出蒙蒙的蓝绿色或淡灰绿色，那是因为这些小湾不是很深，因而湖底的反射给湖水抹上了色彩。多年以前，我常推车到那里运沙子，用来制造砂纸，自那以后，我就常去那里观光。一个常去那里游览的人提出，应该把它称作绿湖。鉴于如下情况，倒不妨将之称为黄松湖。大约十五年前，你能看到一棵北美油松，这一带的人称之为黄松，尽管那并非什么特别的树种，油松的树梢从深水里伸出到湖面之上，距离湖岸许多杆。有人甚至认为，这个湖曾经下沉过，那里原先是一片原始森林，那棵油松就是那原始树林

1　引自苏格兰诗人威廉·德拉蒙德（1585—1649）的《伊卡洛斯》一诗。

中的一棵。我发现，甚至早在一七九二年，在马萨诸塞历史学会的藏书中，有一本《康科德镇地形志》，作者是本镇的一位居民，他在谈到瓦尔登湖和白湖之后，接着写道："当水位很低的时候，在白湖中央可以见到一棵树，虽然树根扎在水下五十英尺的地方，但那树似乎就长在它现在所处的位置；这棵树的顶部已经折断，而折断之处直径达十四英寸。"一八四九年春天，我同住在萨德伯里离这湖最近的一个人交谈过，他告诉我说，正是他在十年或十五年前，把那棵树打捞上来。他隐约记得，那棵树离湖岸十二到十五杆远，那里水深三十到四十英尺。当时是冬天，上午他一直在采冰，便决定下午请邻人帮忙，把那棵老黄松树打捞出来。他用锯在冰上锯出了一条通往岸边的水道，然后用牛把它拖出来，拽到了冰面上；但是还没拉到多远，他便惊奇地发现，树给拽颠倒了，残枝全部朝下，枝梢牢牢地扎在沙底里。树的大头直径大约一英尺，他本来期望能得到一根上好的锯材原木，可是早已腐烂得只能当柴烧。当时他的棚屋里还有几块这样的木头。木头的残端有斧子砍过和啄木鸟啄过的痕迹。他以为这或许是岸边的一棵死树，后来给风吹进了湖里，树梢泡在水里，树根又干又轻，于是便滑入水中，颠倒过来沉了下去。他父亲已年过八十，记不清这棵树是什么时候不见的。如今仍然可以看见几根相当大的原木躺在湖底，由于湖面波浪起伏，看起来好像巨大的水蛇在游动。

这个湖很少受到船只的侵扰，因为它对渔人几无诱惑力。湖中没有需要泥土的白百合，也没有寻常的白菖蒲，只有蓝菖蒲（Iris versicolor）稀稀拉拉地长在洁净的水中，从湖岸周围多石的湖底立起身来，到了六月又有蜂鸟前来造访；其蓝色的叶片，加上花的颜色，尤其是它们在水中的倒影，与那淡灰蓝色的湖水显得极其和谐。

白湖和瓦尔登湖是地球表面上的两块大水晶，两个光明之湖。如果它们能永远凝结，并且小得足以用手抓住，那它们或许会像宝石那样被奴隶运走，用以装点帝王的王冠；但由于是液体，而又取之不尽，永远为我们和子孙后代所享用，我们也就不把它们当作一回事，而去追求科依诺尔钻石[1]。它们纯洁得没有市场价值；也不含有瑕疵。比我们的生活不知要美丽多少，比我们的品格不知要清澈多少！从没听说它们有什么卑微之处。比起农夫门前的水池，它们不知要绚丽多少！在农夫水池戏水的是农夫的鸭子，而来这两个湖嬉戏的则是洁净的野鸭。大自然还没找到能赏识她的尘世居民。鸟儿用其羽毛和歌声，同花儿达成了和谐，但怎样的少男少女能与大自然既粗犷又华贵的美融汇在一起呢？大自然独自绽放，远离世人居住的城镇。还奢谈天国！你可羞辱了大地。

1 科依诺尔钻石，产于印度的历史最悠久的大金刚石，一八四九年成为英王御宝，一九三七年成为英王王冠宝石。

孙致礼译著年表

一、单行本译作

1. 姐妹俩(《理智与情感》).(英)奥斯丁，孙致礼译.浙江文艺出版社，1984.
2. 劝导.(英)奥斯丁，孙致礼译.江苏人民出版社，1984.
3. 狮身人面像.(美)科克，孙致礼等译.江苏人民出版社，1985.
4. 诺桑觉寺.(英)奥斯丁，孙致礼译.湖南人民出版社，1986.
5. 天才的编辑.(美)伯格，孙致礼等译.陕西人民出版社，1987.
6. 罗马女人.(意)莫拉维亚，孙致礼等译.山东文艺出版社，1987.
7. 寡妇门前.(法)雷伊，孙致礼等译.译林出版社，1989.
8. 傲慢与偏见.(英)奥斯丁，孙致礼译.译林出版社，1990.
9. 呼啸山庄.(英)勃朗特，孙致礼译.北岳文艺出版社，1993.
10. 德伯维尔家的苔丝.(英)哈代，孙致礼等译.北岳文艺出版社，

1994.

11. 彭伯利——《傲慢与偏见》续集 .（英）坦南特，孙致礼译 . 译林出版社，1995.
12. 末代教父 .（美）普佐，孙致礼等译 . 译林出版社，1997.
13. 美国风情录：美国之音慢速英语，美国之音中文部编，孙致礼等译 . 中国对外翻译出版公司，1997.
14. 奥斯丁精选集，朱虹编，孙致礼等译 . 山东文艺出版社，1999.
15. 街头女郎玛吉 .（美）克莱恩，孙致礼译 . 辽宁教育出版社，2000.
16. 重罪 .（美）法因德，孙致礼等译 . 译林出版社，2000.
17. 爱玛 .（英）奥斯丁，孙致礼译 . 译林出版社，2001.
18. 曼斯菲尔德庄园 .（英）奥斯丁，孙致礼译 . 译林出版社，2004.
19. 塞拉斯·拉帕姆的发迹 .（美）豪威尔斯，孙致礼等译 . 译林出版社，2005.
20. 老人与海 .（美）海明威，孙致礼译 . 人民文学出版社，2012.
21. 永别了，武器 .（美）海明威，孙致礼等译 . 译林出版社，2012.
22. 简·奥斯丁小说全集 .（英）奥斯丁，孙致礼译 . 译林出版社，2016.
23. 简·奥斯丁文集（插图珍藏版）. 孙致礼译 . 人民文学出版社，2017.
24. 简·奥斯丁小说全集 .（英）奥斯丁，孙致礼译 . 四川人民出版社，2018.
25. 瓦尔登湖 .（美）梭罗，孙致礼译 . 译林出版社，2019.

二、期刊译文

1. 爱情的安乐窝 .（美）拉德纳，孙致礼译 . 译林，1979（1）.

2. 华尔特·密蒂的秘密生活 .（美）瑟伯，孙致礼译 . 译林，1980（2）.

3. 抽签 .（美）杰克逊，孙致礼译 . 译林，1980（4）.

4. 街头女郎玛吉 .（美）克莱恩，孙致礼译 . 译林，1981（3）.

5. 狮身人面像（长篇小说）.（美）科克，孙致礼等译 . 译林，1982（1）.

6. 一顿午餐 .（英）毛姆，孙致礼译 . 译林，1982（3）.

7. 呼啸山庄（节选）.（英）勃朗特，孙致礼译 . 中国翻译，1997（8）.

8. 美国人的忧郁癖性 .（英）罗素，孙致礼译 . 中国翻译，1998（1）.

9. 进入密西西比 .（美）霍华德，孙致礼译 . 中国翻译，1998（2）.

10. 奥斯丁为小说辩护 .（英）奥斯丁，孙致礼译 . 中国翻译，1998（3）.

11. 告别童年 .（美）莫马迪，孙致礼译 . 中国翻译，1998（4）.

12. 道德沉沦新议 .（美）克拉奇，孙致礼译 . 中国翻译，1998（5）.

13. 德伯维尔家的苔丝（节选）.（英）哈代，孙致礼译 . 中国翻译，1998（6）.

14. 哈罗公学 .（英）丘吉尔，孙致礼译 . 中国翻译，1999（1）.

15. 女人与男人 .（美）桑德斯，孙致礼译 . 中国翻译，1999（2）.

16. 电脑与人脑的差异 .（美）阿西莫夫，孙致礼译 . 中国翻译，1999（3）.

17. 害怕资源枯竭 .（美）塔克尔，孙致礼译 . 中国翻译，1999（4）.

18. 整洁人与邋遢人.（美）布里特,孙致礼译.中国翻译,1999（5）.
19. 海上扁舟.（美）克莱恩，孙致礼译.中国翻译，1999（6）.
20. 三个纽约.（美）怀特，孙致礼译.中国翻译，2000（1）.
21. 重罪（长篇小说）.（美）法因德,孙致礼等译.译林,2000（2）.
22. 美国牛仔裤史话.（美）奎因，孙致礼译.中国翻译，2000（2）.

三、著作

1. 1949—1966：我国英美文学翻译概论.孙致礼.译林出版社，1996.
2. 翻译：理论与实践探索.孙致礼.译林出版社，1999.
3. 中国的英美文学翻译：1949—2008.孙致礼.译林出版社，2009.
4. 新编英汉翻译教程.孙致礼.上海外语教育出版社，2003/2013.
5. 高级英汉翻译.孙致礼，周晔.外语教学与研究出版社，2010.

四、期刊论文

1. *Structual Changes in Present-day English*. 孙致礼.教学研究，1978（2）.
2. 浅谈英语结构的新变化.孙致礼.郑州大学学报，1979（2）.
3. 瑟伯作品的讽刺与夸张——《华尔特·密蒂的秘密生活》浅析.孙

致礼. 译林，1980（2）.

4. 英语结构的发展趋势. 孙致礼. 外国语，1980（3）.
5. 精炼含蓄的艺术结晶. 孙致礼. 教学研究，1980（3）.
6. 不带 to 不定式语法功能新探. 孙致礼. 现代外语，1981（1）.
7. 英语修饰语中常见错误举例. 孙致礼. 河南教育，1981（1）.
8. 试评约翰·斯坦培克的《愤怒的葡萄》. 孙致礼. 教学研究，1981（2）.
9. 《街头女郎玛吉》译后. 孙致礼. 教学研究，1981（3）.
10. 英语方言的语法特点. 孙致礼. 外国语，1981（2）.
11. 美语方言的词汇特点. 孙致礼. 外国语，1981（6）.
12. 误解与误译. 孙致礼. 教学研究，1982（1）.
13. 读奥斯丁的《理智与情感》. 孙致礼. 教学研究，1983（1）.
14. 重在传神，贵在入化——简评《傲慢与偏见》中译本. 孙致礼. 翻译通讯，1983（7）.
15. 含蓄凝练的艺术结晶——试论海明威的短篇小说艺术. 孙致礼. 郑州大学学报，1984（3）.
16. 评《名利场》中译本的语言特色. 孙致礼. 翻译通讯，1984（10）.
17. 洋味与洋腔——翻译体会漫谈. 孙致礼. 中国翻译，1986（1）.
18. 论《诺桑觉寺》的反哥特意向（上）. 孙致礼. 教学研究，1988（2）.
19. 论《诺桑觉寺》的反哥特意向（下）. 孙致礼. 教学研究，1988（3）.
20. 英语概念抽象词语的翻译. 孙致礼. 教学研究，1989（3）.
21. 我译《傲慢与偏见》. 孙致礼. 解放军外语学院学报，1991（4）.
22. 文学翻译二题. 孙致礼. 解放军外语学院学报，1992（5）.
23. 也谈神似与形似. 孙致礼. 外国语，1992（1）.

24. 文学翻译应该贯彻对立统一原则 . 孙致礼 . 外语研究，1993（2）.
25. 1949—1966：美国文学在中国的翻译出版 . 孙致礼 . 解放军外语学院学报，1995（4）.
26. 亦步亦趋，刻意求似——读卞之琳译《哈姆雷特》. 孙致礼 . 外语研究，1996（2）.
27. 坚持辩证法，树立正确的翻译观 . 孙致礼 . 解放军外语学院学报，1996（5）.
28. 关于我国翻译理论建设的几点思考 . 孙致礼 . 中国翻译，1997（2）.
29. 引导学生树立辩证的翻译观 . 孙致礼 . 山东外语教学，1997（3）.
30. 谈新时期的翻译批评 . 孙致礼 . 中国翻译，1999（3）.
31. 文化与翻译 . 孙致礼 . 外语与外语教学，1999（11）.
32. 读刘重德《浑金璞玉集》. 孙致礼 . 中国科技翻译，2000（1）.
33. 译者的克己意识与创造意识 . 孙致礼 . 上海科技翻译，2000（1）.
34. 翻译的异化与归化 . 孙致礼 . 山东外语教学，2001（1）.
35. 翻译与叛逆 . 孙致礼 . 中国翻译，2001（4）.
36. 译文应力求精确和精炼——《做家务》译文点评 . 孙致礼 . 中国翻译，2001（6）.
37. 中国的文学翻译：从归化趋向异化 . 孙致礼 . 中国翻译，2002（1）.
38. 个人主义、隐私及其他 . 孙致礼 . 上海科技翻译，2002（1）.
39. 再谈文学翻译的策略问题 . 孙致礼 . 中国翻译，2003（1）.
40. 理论来自实践，又高于实践 . 孙致礼 . 上海科技翻译，2003（4）.
41. 翻译中的“伪异化”现象 . 孙致礼 . 盐城师范学院学报，2004（2）.
42. 翻译应该尽量“求真”——谈张顺生译《缅怀丽娜·C·海顿》. 孙

致礼 . 中国翻译，2005（2）.

43. 中国的文学翻译 . 孙致礼 . 中国翻译研究论文精选，2006.

44. 译者的职责 . 孙致礼 . 中国翻译，2007（4）.

45. 新时期我国英美文学翻译水平之我见 . 孙致礼 . 中国翻译，2008（3）.

46. 交织在叙述语言中的战争与爱情——海明威《永别了，武器》重译有感 . 孙致礼 . 解放军艺术学院学报，2009（2）.

47. 在目标语中发现“原文的回声”——读《求婚》译文有感 . 孙致礼 . 中国翻译，2009（2）.

48. 汉语标点符号需要进一步规范和完善——从译者角度发出的一项呼吁 . 孙致礼 . 中国翻译，2010（2）.

49. 一切照原作译——翻译《老人与海》有感 . 孙致礼 . 当代外语研究，2012（4）.

50. 名重译 . 贵在精益求精——谈名重译的修订 . 孙致礼 . 外国语文研究，2015（5）.

51. 全面求“信”，尽可能照原作来译 . 孙致礼 . 中国翻译，2020（2）.

图书在版编目（CIP）数据

没有爱情可不能结婚 : 孙致礼译文自选集 / 孙致礼译著. -- 北京 : 中译出版社, 2021.9
（我和我的翻译 / 罗选民主编）
ISBN 978-7-5001-6698-6
Ⅰ. ①没… Ⅱ. ①孙… Ⅲ. ①世界文学—作品综合集 ②孙致礼—译文—文集 Ⅳ. ①I11

中国版本图书馆CIP数据核字(2021)第135823号

出版发行 中译出版社
地　　址 北京市西城区车公庄大街甲4号物华大厦六层
电　　话 （010）68359827，68359303（发行部）；68359725（编辑部）
传　　真 （010）68357870
邮　　编 100044
电子邮箱 book@ctph.com.cn
网　　址 http://www.ctph.com.cn

策划编辑 范祥镇　刘瑞莲
责任编辑 钱屹芝
装帧设计 秋　萍
排　　版 冯　兴

印　　刷 北京顶佳世纪印刷有限公司
经　　销 新华书店
规　　格 880毫米 × 1230毫米　1/32
印　　张 10
字　　数 194千字
版　　次 2021年9月第1版
印　　次 2021年9月第1次

ISBN 978-7-5001-6698-6　　**定价：**58.00元